약편

仙道 체험기

29

신선神仙되는 길이 보인다
경이적인 현상이 눈앞에 펼쳐진다!!

선도수련의 현장을 체험으로 파헤친 충격과 화제의 소설

약편 선도체험기 29권을 내면서

어느덧 『약편 선도체험기』 29권이 나오게 되었다. 지난 28권은 『선도체험기』 121권이 나왔다면 실렸을 내용 즉 현묘지도 화두수련 체험기 4편과 삼공 선생님의 번역 시리즈 중 대표로 하나, 현묘지도에 가장 어울리는 『채근담』 번역을 선별했다. 이로써 큰 숙제를 끝냈지만 『약편 선도체험기』에 지면 관계상 싣지 못한 원본의 아까운 내용을 생각하면 아쉬움이 남았다.

그래서 이번 29권과 다음 30권에는 약편에 실리지 않은 원본의 내용을 다시 추려서 옮기기로 했다. 약편 원고를 작성하기 위해 원본에서 1차로 추린 파일을 만들었다. 여기서 약편으로 옮기고 남은 내용 중에서 29권에 실을 것을 선별했다. 이로써 아쉬움이 어느 정도 덜어졌으니 엮은이로서 다행이다.

아는 만큼 보이고 들리고 생각한다고 한다. 그러므로 본 『약편 선도체험기』를 읽으면서 이해가 안 되는 부분은 그냥 넘어가고, 다 읽은 독자들은 처음부터 다시 읽기 바란다. 새로 읽다 보면 이전에 읽었을 때 간과되었던 부분이 새롭게 이해가 될 것이다. 이는 책을 읽는 과정에서 알게 모르게 실력이 늘었기 때문이다.

이번 29권과 다음에 나올 30권을 읽으면 1권부터 28권까지의 내용을 마무리하는 효과가 있을 것으로 기대된다. 끝으로 교열을 도와주는 별빛자, 일연, 대명 등의 후배 수행자들께 고마운 마음을 전하며, 『약편 선도체험기』를 발행해 주시는 글터사 한신규 사장님에게도 감사의 인사를 드린다.

단기 4356년(서기 2023년) 10월 7일
엮은이   조 광 배상

차 례

Contents

▩ 약편 선도체험기 29권을 내면서 _ 3

〈23권〉 ▩ 목숨을 걸고 쓴 책 _ 7
〈37권〉 ▩ 단하소불(丹霞燒佛) _ 16
        ▩ 마음이 해이해질 때 _ 23
〈38권〉 ▩ 같이 살던 여자 생각 _ 27
        ▩ 하나님이 계시는 곳 _ 37
〈39권〉 ▩ 구도자가 보통 사람과 다른 점 _ 42
        ▩ 단전에 불이 붙었을 때 _ 49
        ▩ 아내가 바람을 피우는데 _ 56
〈40권〉 ▩ 접신된 회사원 _ 67
〈41권〉 ▩ 모계사회의 대두 _ 79
〈42권〉 ▩ 단전호흡은 어떻게 해야 하나? _ 93
〈45권〉 ▩ 아무것도 아닌 것 _ 104
        ▩ 냉담한 시어머니 _ 109
〈53권〉 ▩ 직지인심 _ 115
〈55권〉 ▩ 경쟁자가 나타났을 때 _ 118
〈56권〉 ▩ 남을 어떻게 도와야 하나 _ 121
        ▩ 화장(火葬)에 대하여 _ 132
〈57권〉 ▩ 품위 있는 노사(老死)를 위하여 _ 138
〈58권〉 ▩ 억울한 일을 당했을 때 _ 144
        ▩ 수련을 시키고 나면 기운이 빠진다 _ 151
〈59권〉 ▩ 죽음의 문제 _ 156
        ▩ 강간을 모면하는 방법 _ 160
        ▩ 소극적 안락사 _ 178
〈60권〉 ▩ 스트레스 받는 교감선생님 _ 183

▓ 배우자를 잃었을 때 _ 209

▓ 믿음과 지혜의 차이 _ 217

▓ 행복은 어디서 찾아야 합니까? _ 223

▓ 기여입학제(寄與入學制) _ 231

〈64권〉 ▓ 이혼을 방지하는 비결 _ 238

〈66권〉 ▓ 마음을 비워야 할 이유 _ 244

▓ 도둑맞은 아내 _ 246

▓ 삼공선도의 특징 _ 255

〈68권〉 ▓ 수해(水害)도 인과응보입니까? _ 267

〈69권〉 ▓ 사람은 어디서 왔나? _ 272

〈70권〉 ▓ 죽어도 좋아 _ 278

▓ 사람의 영혼(靈魂)은 과연 있는가? _ 284

▓ 아이 못 낳는 고민 _ 290

▓ 재림 예수, 미륵불, 정도령 _ 304

〈71권〉 ▓ 주지(住持)와의 갈등 _ 313

▓ 돼지에게 진주를 던지지 말라 _ 317

▓ 어느 요식업자(料食業者)의 분노(忿怒) _ 324

▓ 우리가 이 세상에 태어난 이유 _ 335

〈23권〉

목숨을 걸고 쓴 책

1994년 4월 25일 월요일 9∼25℃ 구름 조금

오후 3시. 30대 중반의 중년 부부가 찾아왔다.

서재에 들어오자마자 남자만은 무조건 큰절을 세 번이나 했다.

"그렇게 삼배를 하지 않으셔도 되는데."

내가 말하자,

"그렇게 말씀하시지만, 선생님은 저에게는 캄캄한 밤중에 길 잃고 헤매다가 만난 등불과도 같습니다. 하도 고마워서 삼배라도 올리지 않으면 마음이 편치 않을 것 같아서 그랬을 뿐입니다."

"무슨 일이 있었습니까?"

"이런 얘기해도 될런지 모르겠습니다. 말씀드리기에는 하도 창피한 일이 되어 놔서요."

"괜찮습니다. 이왕에 말이 나왔으니 말씀해 보세요."

"선생님 제 이름은 장희욱이라고 하구요. 이 사람은 제 안사람인데 오연옥이라고 합니다. 사실 저는 10년 전에 빈손으로 이 사람과 단둘이서 무작정 상경하여 지금까지 온갖 고생 다 해 가면서 자수성가한 사람입니다."

7

"그러세요. 참으로 대단하십니다. 무슨 일을 하시는데요."

"체인점을 두어 군데 운영하고 있습니다."

"자녀분은 몇이나 됩니까?"

"아들만 둘인데, 큰애가 열 살, 초등학교 3학년이고 막내가 일곱 살에 초등학교 1학년입니다. 고생 끝에 3년 전부터 생활이 안정되자 여기저기서 이것이 좋다 저것이 좋다 하고 권해 오는 것이 많습니다.

생활은 비교적 안정이 되었지만, 그동안 불규칙한 생활로 제때에 식사를 하지 못해서 그런지 위장이 많이 상해 있었습니다. 주위에서는 저한테 그러한 지병이 있다는 것을 알고는 별별 약을 권하는 사람이 많았습니다만 구해 먹어 보아도 별로 효과를 보지 못했습니다.

그러던 어느 날 서울에 사는 고향친구 한 사람이 중국에서 나온 교포를 한 사람 데려왔습니다. 그 교포는 중국기공을 20년이나 했다는 기공사라고 합니다. 그 기공사의 말이 기공을 하면 위장병 같은 것은 틀림없이 고칠 수 있다고 장담을 했습니다.

그런데 기공사라는 사람이 줄담배를 피우는 것을 보고 좀 이상한 생각이 들어 망설이고 있는데, 보통 2주 동안만 하루에 세 시간씩 수련을 하면 틀림없이 소주천은 될 수 있다고 했습니다."

"수련은 어떻게 시키던가요?"

"열 명 정도씩 수련생을 모집해서 여관이나 민가에서 시킵니다. 2주일 안에 소주천을 할 수 있는 사람에 한해서 백만 원씩 받겠다고 말했습니다. 소주천이 안 되면 돈을 안 받겠다고 했습니다. 밑져야 본전이라는 생각이 들어 한번 해 보기로 했습니다. 열흘쯤 수련을 하니까 과연 기운이 하단전에서 회음을 지나 장강과 명문을 통하여 독맥으로 흐르는 것을 느낄 수 있었습니다.

그런데 독맥을 흐르던 기운이 중간에서 더이상 진행을 안 하고 멈추어 있는 거예요. 다른 사람들은 독맥을 통과하는데 저만 그러니까 정말 안타까운 생각이 들더라구요. 사흘 동안이나 계속 통과를 시도해 보았지만 맘대로 안 되자, 기공사가 1백만 원만 더 내면 독맥을 뚫어 주겠다는 겁니다. 경쟁심도 있고 오기도 나고 해서 그러라고 했습니다."

"아니 그럼 소주천하는 데 2백만 원 주었습니까?"

"그때의 기분으로는 어쩔 수 없더군요. 저만 수련을 한 것이 아니고 두 아들애도 수련을 함께 했습니다. 그 기공사는 처음 우리집에 왔을 때 옆에 있던 두 아들을 보고는 기운을 보니 어쩌면 투시 공능(功能)이 있을 것 같다는 겁니다. 투시 공능이 뭣 하는 거냐니까 사람의 오장육부를 환히 꿰뚫어볼 수 있는 능력을 말한다고 합니다.

중국에서도 이러한 공능이 개발되는 확률이 0.003 즉, 천분의 삼이라고 합니다. 그래서 그런 공능자가 생겨나면 마을 잔치가 벌어진다고 합니다. 열 살 내외의 어린이에게 기공을 시키면 그렇다는 겁니다."

"그런 공능을 개발해서 어떻게 한다는 겁니까?"

"의사의 진단이나 첨단장비도 제대로 알 수 없는 인체 내부의 구석구석까지 천연색 텔레비전 화면처럼 아주 정확하게 볼 수 있다는 겁니다. 투시 공능만 갖게 되면 무슨 병에 걸려 있는지 손금처럼 환히 들여다볼 수 있다는 거죠. 마침 저는 아이들을 의과대학에 보내려고 하던 참이어서 잘됐다 싶었습니다. 아이들이 투시 공능을 진짜로 할 수 있는 것을 확인한 뒤에 돈을 내도 된다는 거예요."

"얼마를 요구합디까?"

"한 아이에 5백만 원씩인데, 특별히 싸게 해서 두 아이에 5백만 원을 받겠다는 겁니다."

"그래서 실제로 인체 투시가 되었습니까?"

"아이들은 거짓말이야 하겠습니까? 실제로 몸이 아프다는 사람을 투시하게 해 보았더니 정말 내장을 생생하게 보는 거예요. 소화가 안된다는 사람을 투시시켰더니 소장의 어느 부분의 색깔이 어둡고 탁하고 무엇이 잔뜩 엉겨 있는 것이 보인다는 거예요. 간이 나쁘다는 사람도 역시 그 부분이 검푸른 색깔을 띠고 있는 것이 분명 보인다는 거예요. 그러니 돈을 아니 내어 줄 수 있습니까?"

"그래서 전부 얼마를 주었습니까?"

"칠백만 원요."

"그럼 지금도 아드님은 투시를 할 수 있습니까?"

"아직은 보인다고 말합니다."

"어떤 수련을 시키는데요?"

"자기 자신의 내장을 투시하는 겁니다. 간, 담, 심장, 소장, 비장, 위장, 폐, 대장 순으로 투시를 해 나가면 오장육부가 깨끗이 정화된다고 합니다. 그런데 날이 갈수록 기능이 떨어지는 것 같습니다."

"장희욱 씨 자신은 어떻습니까?"

"저도 마찬가집니다. 처음에는 제법 소주천이 되었는데, 시간이 흐르면서 꼭 충전되었던 배터리에서 전기가 빠져나가듯 임독을 돌아가는 기운이 점점 희미해지다가 이제는 거의 느껴지지 않습니다. 선생님 왜 그런 일이 일어나는지 모르겠습니다."

"장희욱 씨는 운전면허증 가지고 계십니까?"

"네 가지고 있습니다."

"물론 자동차학원에 다니셨겠죠."

"그럼요."

"처음에 운전 배울 때 운전 교사가 같이 탔을 경우와 혼자 탈 경우와 어떤 차이가 났습니까?"

"완전히 배우기 전에는 운전 교사가 안 탔을 때는 탔을 때보다 잘 안 되었습니다."

"그와 꼭 같습니다. 배움이란 시간과 인내와 노력과 정성이 들어가야 되는 것이지 그렇게 하루아침에 얼렁뚱땅 되는 것이 아닙니다. 기공 수련도 마찬가지입니다. 기공사가 이끌어 줄 때는 제법 되는 것 같다가도 미처 공능을 익히기도 전에 혼자서 하게 되면 잘될 리가 없습니다. 그래서 그 후 어떻게 되었습니까?"

"저는 그 교포 기공사에게 돈을 7백을 날렸지만 기가 무엇이라는 것만은 어렴풋이 알게 되었습니다. 기의 맛은 분명 보았는데 어떻게 하면 본격적으로 수련을 좀 해 볼 수 없을까 하고 궁리하고 있던 차에 지금 여기 와 있는 제 집사람 친구 되는 여자가 이런 사정을 전해 듣고는 선생님께서 쓰신 『선도체험기』를 읽어 보라고 했습니다.

목숨을 걸고 쓴 귀중한 책이니까 꼭 읽어 보라는 겁니다. 그 말을 처음 들었을 때는 무슨 책인데 목숨까지 걸고 썼을까 하고 호기심이 일었습니다. 그런데 진짜로 이상한 일이 벌어졌습니다. 『선도체험기』를 읽으면서 책에서 가르친 대로 단전호흡을 하니까 정말 호흡문이 열리면서 운기가 되는 것이었습니다.

운기가 되니까 단전이 따뜻하게 달아오르고 온몸이 훈훈해지더니 어느새 제 지병인 위장병이 씻은 듯이 사라지는 것이었습니다. 그와 함께 항상 꺼칠하기만 했던 제 피부가 반들반들 윤기를 내는 거예요. 그런가 했더니 체중이 점점 줄어들면서 비만증이 없어졌습니다. 저에게는 사실 기적 같은 일이 아닐 수 없습니다.

그런데 제 안사람은 이걸 믿으려고 하지 않습니다. 제가 오늘 집사람을 이렇게 데려온 것은 고명하신 선생님께서 하시는 말씀을 좀 듣고 의심을 풀게 하기 위해서입니다. 우리 집사람은 남편인 제 말은 안 듣지만 남의 말은 아주 잘 듣거든요."

"내가 언제 그랬어요?"

그의 아내인 오연옥 씨가 무안당한 얼굴로 남편에게 눈을 흘겼다.

"너무 걱정하지 마세요. 아무리 그렇다고 해도 그것은 어디까지나 표면적인 것이고 결정적인 순간에는 남편의 말을 따르게 되어 있습니다."

"당신도 이제는 고집부리지 말고 선생님 말씀을 잘 들어 두어요."

"애기 아빠가 경험한 일은 전부 다 사실입니다. 내 독자 중에는 그런 경험을 한 사람이 한두 사람이 아닙니다. 아니 전부라고도 말할 수 있습니다. 『선도체험기』를 읽고 나를 찾아오는 사람들은 전부 다 그런 경험을 한 사람들입니다. 지난 5년 동안에 우리집에 다녀간 사람은 천 명도 넘는데, 그 사람들이 전부 다 귀신에 씌어서 헛소리를 했다고는 볼 수 없습니다."

"선생님 정말 책만 읽고도 병이 낫고 체중이 줄어들 수 있다는 말입니까?"

"그렇다니까요."

"어째서 그런 일이 일어날 수 있습니까?"

"그게 다 기공부 때문입니다."

"기가 무엇인데요?"

"우리 몸에 흐르고 있는 기운입니다. 우리는 누구나 기운이 있기 때문에 살아가고 있습니다. 그러다가 기운이 다 떨어지면 세상을 하직하게 되어 있습니다."

"그럼 기공부를 어떻게 합니까?"

"기공부를 어떻게 하는가 하는 것이 부군께서 읽은 『선도체험기』에 아주 구체적으로 씌어 있습니다."

"기라는 것은 누구에게나 흐르고 있다고 하셨는데, 그렇다면 그것을 구태여 공부한다는 것은 무엇을 말하는지요?"

"기공부를 안 하는 보통 사람들은 기가 있는지 없는지조차 의식하지 않고 살아갑니다. 그것은 사람들이 공기를 마시고 살면서도 공기가 있는지 없는지조차 의식하지 못하고 살아가는 것과 같습니다.

물고기는 물을 벗어나면 얼마 못 살고 죽습니다. 그러나 물속에서 살 때는 물이 있는지 없는지조차 의식하지 않고 살아가고 있습니다. 기라는 것은 우주 안 어디에나 충만되어 있지만 우리는 그것을 전연 의식하지 않고 살아가고 있습니다.

기를 의식하지 않는 동안은 기는 사람의 생명 활동에 필요한 최소한의 양밖에는 흡입하지 못합니다. 그러나 기를 의식하고 그것을 본격적으로 공부하기 시작하면 우리 몸속에 흐르는 기는 활성화되고 기운을 느끼게 됩니다. 그 기운을 활용하면 고질병도 낫게 할 수 있고 비만증도 해소할 수 있습니다. 그렇게 되는 것이 바로 기공부라는 겁니다."

"선생님 그렇다면 기공부를 하면 위장병이나 비만증은 낫는다고 하셨는데, 저처럼 이렇게 젓갈짝 마냥 바싹 마른 사람도 적당히 살이 오를 수 있습니까?"

"물론입니다. 지금 신장과 체중이 얼맙니까?"

"신장은 168에 체중은 45밖에 안 됩니다."

"단전호흡을 하면서 오행생식을 겸하고 적당한 운동만 하면 보기 좋게 살이 오를 수 있습니다."

"그럼 책에 있는 대로 혼자서 수련을 하면서 오행생식만 해도 그렇게 된다는 말씀입니까?"

"그렇대두요."

"그 말씀은 어느 정도 납득이 가는데요. 저 양반은 『선도체험기』를 읽으면 책에서 기운이 몸속으로 들어온다고 하는데, 세상에 어떻게 그런 일이 있을 수 있습니까?"

"그런 일이 있을 수 있습니다. 그러나 아무에게나 그런 일이 있는 것이 아니고 기공부가 어느 정도 된 사람에 한해서 그렇습니다."

"저는 아무래도 그 점은 이해할 수 없습니다. 책은 종이에 활자를 인쇄해 놓은 것에 지나지 않는데 어떻게 그 속에서 기운이 몸속으로 흘러 들어온다는 말씀입니까?"

"기공부를 하여 호흡문이 열린 사람에게는 일어날 수 있는 일입니다. 다시 말해서 마음과 몸이 책에서 기운을 받아들일 수 있을 만큼 변해 있어야 됩니다. 오연옥 씨는 기를 느끼지 못하니까 그런 말씀을 할 수도 있습니다.

오연옥 씨도 기공부가 되어 호흡문만 열리면 지금 내가 하는 말을 알아들을 수 있습니다. 그래서 『선도체험기』는 호흡문이 열린 사람이 읽어야 제맛을 알 수 있는 책입니다. 음양의 이치를 모르는 사춘기 이전의 소년소녀에게 부부 생활의 깊은 묘미가 이해되지 않는 것과 똑같습니다."

"그 말씀은 어느 정도 이해가 되는데요, 책에서 기운이 나온다는 것은 아무래도 무슨 말인지 모르겠습니다."

"책은 기운을 전달해 주는 매체가 충분히 될 수 있습니다. 그래서 기운이 적체되어 중단이 꽉 막힌 사람이 『선도체험기』를 가슴에 안고 있으면 막힌 중단이 풀리는 일이 있다고 말하는 독자가 한둘이 아닙니다. 이것 역시 책에서 기운을 느낄 만큼 심신이 변해 있는 사람에게만 국한된 얘기입니다."

〈37권〉

단하소불(丹霞燒佛)

1997년 10월 9일 수요일 8-21℃ 해 구름

오후 3시. 재미 교포 둘, 재일 교포 셋, 일본인도 한 사람 끼어든 12명의 수련생들이 모였다. 현구자라는 중년 여성 수련생이 물었다.

"선생님, 저는 책방에 가면 이상하게도 기운이 많이 느껴지는 책이 있습니다. 그 책을 구입해서 읽어 보면 반드시 잘했다고 속으로 감탄하게 됩니다. 대행 스님이나 청화 스님의 저서들은 그렇게 돼서 읽게 되었는데 읽는 동안에 많은 것을 공부하게 되었습니다.

선생님의 『선도체험기』 역시 바로 그런 연유로 읽게 되었습니다. 저자신도 모르게 어떤 기운이 끌어당기는 것 같아서 접근해 보면 바로 그 책들이 있었고 자연히 책장을 펼치면 책 면에서 강한 기운이 느껴집니다. 왜 이런 현상이 일어나는지 설명을 해 주셨으면 합니다."

"그 책에서는 현구자 씨의 뇌파와 일치하는 파장이 분명히 발산되고 있었기 때문이었습니다."

"파장(波長)이라뇨? 무슨 파장 말씀입니까?"

"현구자 씨의 뇌파(腦波)와 일치하는 파장 말입니다. 마치 전기가 통하는 전선에 손이 닿았을 때 감전이 되는 것과 같은 이치입니다. 그리고

텔레비전에서 다이얼의 파장이 일치되어 소리가 나고 화면이 뜨는 것과
도 같습니다."

"그런데 왜 같이 간 친구에게 물어보니까 아무런 느낌도 없다고 하죠?"

"그 친구는 아직 그것을 받아들일 만한 준비가 안 되어 있었기 때문입
니다."

"그렇다면 전깃줄에 전기가 통하듯 한다고 하셨는데 그것이 전기는
분명 아닐 테고 그 정체는 무엇입니까?"

"진리입니다."

"진리라뇨?"

"진리(眞理)도 모르십니까?"

"진리가 무엇인지는 압니다. 진리는 하늘이 아닙니까?"

"그렇습니다."

"진리란 원래 무상(無相), 무색(無色), 무취(無臭), 무음(無音)하고 상
하사방도 없고 허허공공하여 시작도 끝도 없고 무소부재(無所不在, 없는
곳이 없고)하고 무시부재(無時不在, 없는 때가 없으며)하여 시간과 공간
을 초월해 있으면서도 만물만생을 두루 포용하지 않은 것이 없지 않습
니까?"

"옳습니다. 잘 아시고 계시는군요."

"그런데 어떻게 진리를 기운으로 느낄 수 있다는 말씀입니까?"

"진리는 필요할 때는 무엇으로도 그 존재를 드러낼 수 있습니다. 쓰임
은 변하되 본바탕은 변하지 않습니다. 이것을 『천부경』에서는 용변부동
본(用變不動本)이라고 합니다. 실례를 들면 진리는 기(氣), 음(音), 광
(光), 열(熱), 화면(畵面) 그 밖의 어떤 것, 어떤 매체로든지 그 존재를

드러낼 수 있습니다."

"그렇다면 책에서 그러한 느낌을 받을 수 있는 것은 그 책에 진리의 기운이 흐르고 있다는 얘기가 되는가요?"

"그렇습니다."

"그럼 진리가 씌어져 있는 책에서는 전부 다 그러한 파장의 기운을 느낄 수 있다는 말씀인가요?"

"그렇습니다."

"그럼 진리가 가장 많이 배어 있는 책에서는 더욱더 강력한 기운이 느껴져야 할 텐데, 성경이나 불경이나 사서삼경을 펼쳐 들어도 그렇게 강한 기운을 느낄 수 없는 것은 무엇 때문입니까?"

"만약에 신약성경이 예수가 생존해 있었을 때 발간되었더라면 아주 강한 기운을 느낄 수 있었을 것입니다. 마찬가지로 석가모니 부처님이 생존해 있을 때 불경이 책으로 나왔다든가, 공자와 맹자가 살아 있을 때 사서삼경과 『맹자』가 책이 되어 나왔더라면 틀림없이 지금과는 비교도 할 수 없이 강한 기운을 받을 수 있었을 것입니다.

그러나 예수, 석가, 공자는 벌써 2천 년 내지 2천5백 년 전에 고인이 된 분들입니다. 그들의 책에는 진리가 적혀 있더라도 그것을 말한 주인 공들이 이미 아득한 옛날에 세상을 떠났으므로 지금은 그 책들에서 그들의 기운이 줄어든 것입니다.

그래서 구도자들은 이미 세상을 떠난 성인이나 그 상(像)에 집착을 할 것이 아니라 그들의 법맥을 이어받은 스승을 찾아야 합니다. 그러므로 경전, 불상(佛像), 성인상(聖人像), 십자가와 같은 종교적 상징물에서는 살아 있는 스승에게서와는 달리 아무런 진리의 기운을 느낄 수 없습니다.

우리는 흔히 만 권의 책보다는 한 사람의 살아 있는 스승이 더 낫다는 말을 합니다. 마찬가지로 만 권의 경전이나 만 개의 불상이나 십자가보다는 도맥을 이은 한 사람의 살아 있는 스승이 훨씬 더 구도자에게는 큰 도움이 됩니다.

경전은 구도자에게 참고는 될 수 있지만 구도자나 개인에게 꼭 필요한 피가 되고 살이 되는 가르침을 줄 수도 없고 의문이 있어서 물어보아도 대답을 해 주지 않습니다. 그렇다고 불상에 대고 애원을 해 보았자 응답이 없기는 마찬가지입니다. 또 구도자가 아무리 불상에게 절을 해도 기운이나 깨달음을 주지는 않습니다."

"그럴 때는 구도자는 어떻게 해야 합니까?"

"어떻게 하든지 살아 있는 스승을 찾아가야 합니다."

"아무리 살아 있는 스승을 찾아도 찾을 수 없을 때는 어떻게 해야 합니까?"

"제자가 있으면 반드시 스승이 있게 마련입니다. 그래서 '제자가 도심(道心)을 품으니 스승이 나타난다'는 격언이 있지 않습니까. 지극정성으로 구하면 반드시 찾게 되어 있습니다. 두드리는 자에게 문은 열리게 되어 있습니다.

그래도 구할 수 없을 때는 아직 때가 아니라고 생각하고 자기 자신의 내부에서 스승을 구할지언정 외부의 불상 같은 것에 아무리 절을 해 보았자 별로 이득은 없을 것입니다. 단하소불(丹霞燒佛)이라는 말 아십니까?"

"모르겠습니다."

"조사(祖師)들 중의 한 사람인 단하(丹霞, 739 - 824)가 낙양(洛陽)의 혜림사에 머물고 있었을 때였습니다. 어느 추운 날 그는 법당의 목불(木

佛)을 꺼내어 불을 지펴 언 몸을 녹이고 있었습니다. 그 소식을 전해 들은 그 절의 원주(院主)가 헐레벌떡 달려와서 '아니, 도대체 어떻게 불상(佛像)을 태울 수 있단 말이요?' 하고 펄펄 뛰었습니다. 그러자 단하(丹霞)는 '부처님을 태워서 사리(舍利)를 얻으려고 하네' 하고 대답했습니다.

그러자 원주(院主)는 '아니 목불(木佛)에서 무슨 놈의 사리가 나온단 말요!' 하고 비웃었습니다. 그러자 단하는 '만약에 사리가 없는 부처라면 나무토막이지 어찌 부처라고 할 수 있겠소. 그런 거야 불을 좀 땐들 무엇이 어떻다고 나를 그토록 책망한단 말요. 이왕 불 땐 김에 저기 있는 두 보처불(補處佛)마저 태워 버릴까 부다.'

이 말을 들은 원주는 하도 기가 막힌 나머지 두 눈썹이 저절로 빠져 버렸다고 합니다. 말년에 그는 단하산(丹霞山)에서 살다가 86세 때 문인(門人)들을 시켜 물을 데우게 하여 목욕을 하고 갓을 쓰고 지팡이를 들고 마루에 나앉으면서 '자, 나는 간다. 신을 신겨다오' 하고 신 한 짝을 발에 걸친 채 땅에 내려서는 순간 입적(入寂)하였다고 합니다.

단하(丹霞)는 원래 관리가 되려고 고향에서 장안(長安)에 올라갔다가 한 선승(禪僧)을 만나 그의 인도로 마조화상(馬祖和尙)에게 찾아가 승려가 되었습니다. 그 후 석두(石頭)화상의 법을 이었습니다. 단하소불(丹霞燒佛)의 교훈은 어떻게 하든지 살아 있는 스승을 찾아야지 죽은 스승이나 불상은 별로 도움이 되지 않는다는 것을 말해 주고 있습니다."

응답 없는 불상은 찾지 말라

"그러니까 구도자는 진리와 통하고 있는 살아 있는 스승을 찾아가야지 물어도 응답 없는 불상(佛像)은 찾지 말라는 말씀이군요."

"바로 핵심을 찌르셨습니다."

"허지만 그럴 만한 참스승은 어떻게 해야 찾을 수 있겠습니까?"

"무엇이 걱정입니까? 현구자 씨는 이미 진리의 기운을 감지할 수 있는 능력을 가지고 계시지 않습니까? 전기가 전깃줄에 통하듯 진리와 통하고 있는 스승이 쓴 책에서는 진리의 기운이 발산됩니다. 그 때문에 독자는 그 책을 읽는 동안에 자기도 모르는 사이에 진리의 기운에 감화되어 저절로 수련이 되는 겁니다. 책에서 그 정도의 기운을 느낄 수 있다면 그 책을 저술한 사람은 어떻겠습니까?"

"그렇다면 불상에게 절하고 십자가 앞에서 예배하는 가장 보편적인 현행 종교 행위를 어떻게 설명해야 합니까?"

"그것은 그것대로 또 존재 이유가 있습니다."

"존재 이유가 있다니요. 무슨 말씀이십니까?"

"아직 구도자가 되기 이전의 단순한 종교인에게는 불상이나 십자가 같은 것이 필요한 때도 있다는 얘기입니다. 유아(幼兒)들에게 인형이 필요하듯 초기 신앙인들에게는 아무것도 없는 곳에서는 마음이 산란하여 정신집중이 되지 않으므로 신앙의 구심체 역할을 하는 불상이나 십자가가 하나의 방편으로 사용될 수도 있습니다. 그러나 경계해야 할 것은 이것이 어릴 때부터 습관화되고 중독되어 그런 것 없이는 정서가 안정이 안 되는 경지에 이르면 좀 곤란해집니다."

"왜요?"

"방편이 목적으로 둔갑해 버릴 수 있기 때문입니다. 마치 다 자란 뒤에도 인형놀이에서 벗어날 줄 모르는 어른처럼 되어 버리면 곤란한 일이 아니겠습니까? 몸은 이미 커졌는데 어릴 때 입던 옷을 고집한다면 그 사람은 그 옷에 구속당하게 됩니다. 이처럼 방편에 구속당해 버리면 어찌 곤란한 일이 아니겠습니까?"

"무슨 뜻인지 이제는 이해를 할 수 있겠습니다."

마음이 해이해질 때

"선생님 저는 이렇다 할 뚜렷한 이유도 없이 자꾸만 마음이 해이해져서 공부를 등한히 하게 됩니다. 이럴 때는 어떻게 처신을 해야 하겠습니까?"

마경수라는 젊은 남자 수련생이 물었다.

"정신질환에는 치료될 수 있느냐 없느냐 하는 분기점이 있다고 합니다. 그것이 무엇인지 아시겠습니까?"

"모르겠는데요."

"그것은 환자 자신이 자기가 정신질환에 걸려 있다는 것을 알고 있느냐 모르고 있느냐의 여부라고 합니다. 병에 걸렸다는 것을 알고 있으면 어떻게 해서라도 고쳐보려고 애를 쓰지만 병에 걸렸다는 것을 전연 모르는 사람은 병이 아무리 악화되어도 고쳐보겠다는 생각을 하지 않게 됩니다.

마경수 씨는 내가 보기에 자기 마음이 해이해져 있다는 것을 이미 알고 있으므로 염려할 정도는 아닙니다. 구도자가 자기 마음이 해이해져 있다는 것을 모를 때가 문제이지 이미 알고 있는 이상 해결책은 얼마든지 있습니다."

"그렇습니까. 그럼 어떻게 해야 되겠습니까?"

"그건 아주 간단합니다."

"그렇습니까?"

마경수 씨의 얼굴이 반색을 한다.

"그렇고말고요."

"어떻게 하면 되겠습니까?"

"자신의 해이해진 마음을 집중적으로 관조(觀照)하십시오."

"관조만 하고 있으면 되겠습니까?"

"우선 그렇게 관조만 하고 있으면 자기 마음이 그렇게 해이해진 원인이 드러나게 되어 있습니다. 차분하게 살펴보고 있을수록 마음이 풀어진 원인이 하나둘 떠오를 것입니다."

"저도 선생님 말씀대로 관을 해 보았는데요. 아무래도 이거다 하고 잡히는 것이 없습니다."

"그것은 아직 관이 잡히지 않았다는 증거입니다. 이 세상에서 가장 어리석은 사람은 자기의 마음을 자기가 알 수 없다고 말하는 사람입니다. 내가 만약에 내 마음을 모른다면 누가 알 수 있겠습니까? 모르는 것이 아니고 알려고 지속적인 노력을 기울이지 않았기 때문입니다.

그럴 때는 관(觀)에 좀더 마음을 집중해야 합니다. 그러면 무엇이든지 잡혀 들어오는 것이 틀림없이 있게 되어 있습니다. 마음이 해이해졌다는 것을 알고만 있어도 그에 대한 대책이 자연히 강구될 것입니다. 마음의 해이를 해소할 수 있는 대책으로써는 다양한 방법들이 있습니다.

등산이든 달리기든 도인체조든 지금까지 해 오던 것보다 강도(强度)를 훨씬 높일 수도 있고 아니면 새로운 운동 종목이나 수련법을 개발하여 활력을 불어넣기 위해 의도적으로 노력을 기울일 수도 있습니다. 그것이 잘 안되면 보시(布施)나 선행(善行)을 함으로써 해이해진 마음에 자극을 줄 수도 있습니다. 나로 인해 이웃이 행복해지면 나 역시도 행복해진다는 원리를 아십니까?"

"모르겠는데요."

"이건 직접 실천해 보지 않으면 그 진미를 모릅니다. 우리는 남을 나처럼 사랑함으로써 다시 말해서 애인여기(愛人如己)함으로써 실제 체험을 통하여 남과 내가 따로 동떨어져 있는 것이 아니라, 사실은 하나라는 것을 알 수 있습니다.

그렇게 함으로써 해이해진 심신을 다잡아 얼마든지 스스로 조절할 수 있습니다. 육체운동으로 안 되면 평소에 늘 읽었으면 하고 관심을 가지고 있던 책을 집중적으로 읽는 것도 좋은 방법이 될 수 있을 것입니다. 특히 선도 수련자에게 있어서 심신을 활발하게 움직인다는 것은 온몸의 잠자고 있는 기운을 활성화하여 그의 인생의 전도에 새로운 생기를 불어넣을 수 있습니다. 운기(運氣)가 활성화되면 운명이 바뀌게 되어 있으니까요."

"그래도 잘 안될 때는 어떻게 합니까?"

"중증(重症)이군요. 그러나 그래도 굴하지 말고 지루하게 생각지 말고 좀더 분발하여 살펴보면 반드시 무엇인가 잡혀 들어올 것입니다. 하다못해 수련에는 굴곡(屈曲)이 있다는 것을 문득 깨닫게 될 수도 있을 것입니다."

"굴곡이라고요?"

"그렇습니다. 굴곡입니다. 무릇 세상만사는 무엇이든지 한자리에 머물러 있는 것은 없습니다. 삼라만상은 반드시 움직이고 변화하게 되어 있습니다. 이것을 불교에서는 제행무상(諸行無常)이라고 합니다. 쉽게 말해서 모든 현상은 변화하게 되어 있다는 말입니다. 그런데 그 변화 양상을 가만히 살펴보면 그 진행상태가 반드시 일직선으로 뻗어나가고 있지

25

는 않다는 것입니다. 반드시 굴곡이 있게 마련입니다. 오르막이 있으면 반드시 내리막이 있고 잘 나아갈 때가 있으면 잘 나아가지 못할 때도 있다는 말입니다.

모든 현상에는 흥망성쇠(興亡盛衰)가 반드시 따라다니게 되어 있습니다. 태어나는 것이 있으면 죽는 것이 있고 죽는 것이 있으면 태어나는 것이 있습니다. 사물에는 생주이멸(生住異滅)이, 중생에게는 생로병사(生老病死)가, 우주에는 성주괴공(成住壞空)이 끝없이 되풀이되는 것입니다.

밤이 있으면 낮이 있고 음이 있으면 양이 있고, 죽음이 있으면 반드시 삶이 있는 것과 마찬가지로 풀어지는 것이 있으면 틀림없이 조이는 것이 있습니다. 마음이 해이해질 때는 언제까지나 그 상태가 지속되는 것은 아니라는 것을 확신을 가지고 다음에 올 변화의 추이를 내다볼 수 있는 마음의 여유를 가지고 있으면 하등 문제될 것이 없습니다."

"밤이 가면 낮이 오는 것과 같이 지금 당하고 있는 상태는 조만간 끝장이 온다는 변함없는 진리를 믿는다면 초조해할 것도 고통스러워할 것도 없다는 말씀이군요."

"옳습니다. 바로 핵심을 파악하셨군요. 마음공부는 그렇게 해야 살아 있는 공부가 됩니다. 마음이 해이해질 때가 있으면 긴장될 때도 있다는 것을 미리 알고 있으면 그것이 바로 삶의 지혜도 되고 활력도 됩니다."

〈38권〉

같이 살던 여자 생각

"선생님, 저는 좀 창피한 얘기이기는 하지만 선생님 앞에서라도 제 속 사정을 속 시원히 털어놓아야 할 것 같아서 감히 말씀드리기로 했습니다. 경청해 주시겠습니까?"

삼십 대 초반의 자영업을 한다는 하인영 씨가 어렵게 입을 열었다.

"무슨 일인데 그러십니까? 인생상담이군요."

"맞습니다. 『선도체험기』를 37권까지 읽은 주제에 이런 말씀을 드리기는 정말 쑥스럽고 창피하기 짝이 없습니다만 이렇게라도 해서 선생님 한테서 좋은 해결책을 구해 볼까 해서 말씀드리는 겁니다."

"무슨 일인데 그러십니까?"

"여자 문제 때문에 그렇습니다."

"그럼 하인영 씨 부인이 혹시 집이라도 나갔습니까?"

"말하자면 그렇게 됐습니다."

"아이는 있습니까?"

"세 살짜리 아들이 하나 있는데 정말 미칠 것 같습니다."

"나가면 나가고 들어오면 들어오는 것이지 무엇이 그렇게도 미칠 것만 같다는 말입니까?"

"그거야 선생님의 의식 수준에서 그럴 수 있는 것이지 저 같은 중생은 그렇지 못합니다."

"그렇다면 하인영 씨의 의식 수준을 내 의식 수준으로 끌어올리면 아주 간단하게 해결될 수 있는 일이군요."

"그런데 그게 사실은 그렇지 못합니다."

"왜요?"

"여러 가지 사정이 얽히고설켜서 그렇습니다."

"내가 보기에는 그것은 하나의 변명이요 구실에 지나지 않습니다. 어쨌든 그건 그렇다 치고 하고 싶다는 얘기나 우선 들어 봅시다."

"이런 말씀드리는 저 자신이 정말 자존심 상하고 병신 같고 한심합니다."

"그렇게 말하는 것을 보니 하인영 씨는 곧 그 수렁에서는 탈출하겠군요."

"정말 그럴까요?"

하인영 씨가 침울했던 눈빛을 반짝 빛내면서 말했다.

"그렇고말고요."

"무엇을 보시고 그렇게 말씀하십니까?"

"하인영 씨 자신이 자기를 병신 같고 한심하다고 본 것은 자기도 모르게 자기 자신을 객관적으로 관(觀)하고 있었다는 증거입니다. 그것은 무엇을 말하는가 하면 하인영 씨 자신의 본래 의식이 세속의 때에 찌든 거짓 나를 냉정하게 일정한 거리를 떼어놓은 거리에서 바라보고 있었다는 것을 말해 줍니다. 자 그럼 이제부터 하인영 씨가 정말 하고 싶었던 얘기를 들어 봅시다. 부인이 무엇 때문에 집을 나갔습니까?"

"선생님, 저는 지금 서른세 살을 먹었지만 아직 법적으로는 총각입니다."

"그럼 집을 나갔다는 부인하고는 어떤 사이입니까?"

28

"그냥 오다가다 만나서 동거하다가 아이까지 낳은 사이입니다. 비록 정식 혼례는 부모님의 완강한 반대로 올리지 못했지만 우리는 정말 진정으로 사랑하는 사이였습니다."

"그런데 왜 그렇게 됐습니까?"

"그 사람이 저보다 나이가 세 살 위이고 교통사고로 죽은 전남편한테서 얻은 다섯 살짜리 아들이 있다고 해서 저의 부모님과 일가친척들이 한사코 혼인을 반대하신 겁니다. 더구나 저는 문중의 종손이거든요. 허지만 지금은 이조 시대도 왜정 시대도, 육이오 전후 시대도 아니지 않습니까?

언제까지나 우리가 그런 시대에 뒤떨어진 케케묵은 낡은 인습에 묶여 있어야만 합니까? 그래서 우리는 우선 동거생활부터 시작했습니다. 그리고 곧 아들을 낳았습니다. 그렇게 하면 부모님들의 반대가 어느 정도 누그러질 줄 알았거든요. 그런데 그게 아니었습니다.

삼대를 모시는 제사가 평균 한 달에 한 번씩 돌아오는데, 제주인 저의 사실상의 아내이며 앞으로 제 뒤를 이어 상주가 될 저의 아들까지 낳은 그 사람은 그 자리에는 얼씬도 못 하게 했습니다. 어느 정도 세월이 흐르면 누그러질 줄 알았는데 날이 갈수록 반대가 더 심해지자 그 사람은 마침내 저의 장래를 위해 떠나기로 작정을 한 겁니다.

저는 그 사람을 보고 어차피 이런 난관쯤은 다 각오하고 시작한 일인데 이제 그만두면 어떻게 하느냐고 눈물로 말렸지만 요지부동이었습니다. 집을 떠나는 대신에 저의 앞길을 열어 주기 위해서 아이는 자기가 기르겠으니 자기가 생활이 안정될 때까지 양육비만 좀 대 달라는 것이었습니다. 저는 수중에 돈이 좀 있었으므로 방도 얻어 주고 생활비를 보조해 주고 있지만 온라인 통장만 이용하게 하고 일체 저를 만나기를 거부하고 있습니다.

지금이라도 늦지 않으니 빨리 양가(良家) 처녀에게 정식으로 장가들어 부모님께 효도를 하라는 겁니다. 그리고 자기는 옛날 애인을 만나 팔자를 고치기로 했으니 그리 알고 자기를 잊으라는 것입니다. 그런데, 선생님 저는 그 사람이 아니면 누구와도 결혼을 하지 않을 작정입니다."

"왜요?"

"그 사람 외에는 어떤 여자도 제 마음에 차지 않습니다. 그 여자와 헤어지자 부모님은 잘됐다 여기고 여기저기 혼처를 구하고 맞선을 보이고 하시지만, 저는 형식적으로 마지못해 응하는 체할 뿐이지 속마음은 일구월심 그 사람에게 가 있습니다.

그 사람은 제가 이렇게 마음을 정하지 못하고 고민하는 것을 알고는 진짜로 어떤 남자를 끌어들여 같이 사는 척하고 있습니다. 그러나 저는 이것이 전부 다 제가 자기를 단념하고 하루빨리 다른 데 장가보내기 위한 쇼라는 것을 누구보다도 잘 알고 있습니다. 그러니까 제 가슴은 더욱더 미어지는 것 같습니다. 부모님은 빨리 장가들라고 독촉이 성화같고 저는 절대로 그 여자를 잊을 수 없고 저는 어떻게 해야 합니까. 선생님!"

그의 얼굴은 고통으로 처참하게 일그러졌다.

"극장에서 비극을 한 편 구경하고 있다고 생각하세요."

"비극이라뇨?"

"그럼 이게 비극이 아니고 희극입니까?"

"그건 알겠는데요. 어떻게 제가 당한 일을 남의 일같이 구경할 수 있겠습니까?"

"아까 하인영 씨가 뭐라고 했습니까? 『선도체험기』를 37권이나 읽은 주제에 정말 쑥스럽고 창피하기 짝이 없다고 하지 않았습니까?"

"네, 그렇게 말한 일이 있습니다."

"바로 그겁니다. 하인영 씨는 지금 하나의 비극에서 주인공 역을 맡은 배우입니다. 지금 하인영 씨가 그렇게 심한 고통을 느끼고 있는 것은 자기 자신을 그 비극의 주인공으로 착각을 하고 있기 때문입니다. 다시 말해서 자기 자신과 그 비극의 주인공을 동일시하고 있다는 얘기입니다. 바로 이 때문에 하인영 씨는 지금 그렇게 세속적인 고통에 몸부림치고 있는 것입니다. 지금이라도 늦지 않았으니 당장 그 꿈에서 깨십시오."

"그게 어떻게 꿈입니까? 현실이지."

"어차피 우리가 이 사바세계에 태어난 이상 우리는 누구나 한바탕 꿈을 꾸고 있다는 것을 알아야 합니다. 우리가 이 세상에 태어난 목적이 무엇인지 아십니까?"

"모르겠습니다."

"사바세계의 꿈에서 깨어나기 위해서입니다. 사실 세상만사(世上萬事)는 알고 보면 일장춘몽(一場春夢)입니다. 우리는 하인영 씨 모양 그 꿈에 시달리는 거짓 나에서 깨어나기 위해서 이 세상에 왔다고 보면 하나도 틀림이 없습니다."

"그렇다면 꿈을 꾸는 존재가 거짓 나라고 한다면 그 꿈을 바라보는 존재가 따로 있다는 말씀입니까?"

"그렇고말고요. 하인영 씨에게도 바로 그 꿈을 바라보는 존재가 따로 있기 때문에 자기 자신을 쑥스럽고 창피하고 병신 같고 한심하다고 말한 것입니다. 그렇습니다. 연극을 하고 꿈을 꾸면서 울고 웃는 존재가

31

가아(假我)이고 이것을 멀찍이 서서 바라보는 불생불멸(不生不滅)의 존재가 바로 진아(眞我)입니다. 이 진아에게는 원래 희구애노탐염(喜懼哀怒貪厭)이 없습니다. 희구애노탐염을 느끼고 이에 시달리는 존재는 가아(假我)입니다. 이 진아를 느끼고 이해하고 체험하고 깨닫는 것이 구경각(究竟覺)입니다."

이 말을 들은 하인영 씨는 갑자기 앉았던 자리에서 벌떡 일어나 나에게 큰절을 하고 나서 꿇어앉아 자못 엄숙한 얼굴로 말했다.

"선생님께서 이 미천한 민초(民草)를 일깨워 주신 은혜 평생 잊지 않겠습니다."

"정말 그렇게 생각합니까?"

"그렇습니다. 앞으로는 여자 문제 따위로 징징 우는 어리석은 짓은 절대로 하지 않겠습니다."

이때 이 말을 귀담아듣고 있던 한정숙이라는 젊은 여자 수련생이 입을 열었다.

"여자 문제 따위로 징징 울지 않겠다니 말이 좀 이상합니다."

"왜요?"

하인영 씨가 말했다.

"여자 문제 따위라니 그렇다면 하인영 씨는 여자를 의식적으로 하나의 물건처럼 경시하겠다는 뜻이 아닙니까?"

"그건 순전히 오해십니다. 저는 절대로 그런 뜻으로 그런 말을 한 것이 아닙니다."

"그럼 무슨 뜻으로 그런 말을 했습니까?"

"순전히 저의 결의를 다지는 뜻에서 한 말일 뿐입니다. 만약에 한정숙 씨가 '나는 남자 문제 따위로 징징 우는 짓은 절대로 하지 않겠다'고 하셔도 저는 조금도 기분 상하지 않을 것입니다."

"그 문제는 그 정도로 해 둡시다. 서로 한마디씩 주고받았으니 피장파장입니다."

"선생님, 죄송합니다. 제가 말을 잘못해서 한정숙 씨의 자존심을 건드린 것 같습니다. 한정숙 씨에게도 정식으로 사과드리겠습니다."

"별말씀을요. 저도 너무 신경과민이었던 것 같아서 미안하게 생각합니다."

"고맙습니다."

인생사란 하나의 꿈이요 물거품

"구도자가 된 사람이 그런 인생 문제로 앞으로는 고민하거나 가슴 아파하지 않을 만큼 깨우침이 있었다니 참으로 다행한 일입니다. 그렇습니다. 모든 인생사는 그것이 제아무리 큰일 같아도 알고 보면 결국은 한낱 꿈이요 물거품에 지나지 않습니다.

상대세계가 지배하는 현상계의 모든 일은 『금강경』에서 석가모니가 말한 그대로 한낱 꿈이요 허깨비요 물거품이요 그림자요, 풀잎의 이슬이요 번갯불과 같은 하잘것없는 것에 지나지 않습니다. 이러한 깨달음이 있고 난 연후에라야 하나인 진리가 손에 잡혀 들어오게 되어 있습니다.

그렇습니다. 현상계(現象界)야말로 대양의 파도와 같습니다. 파도가 바로 우리가 말하는 인생이고 삼라만상입니다. 파도는 아무리 관찰을 해 보아도 하나의 물결이요 물거품이지 실체는 아닙니다. 그렇지 않습니까?"

"그래도 파도는 엄연히 우리 눈에 보이고 때로는 항해에 영향을 주는 존재가 아닙니까?"

"그러나 그것은 엄연히 하나의 과도기적 현상일 뿐이지 실체가 있는 것은 아닙니다. 왜냐하면 파도는 순식간에 평온한 바닷물로 변하기도 하기 때문입니다. 따라서 파도의 실상은 바닷물이지 파도 그 자체는 아닙니다. 바람 때문에 잠깐 일었다가 다시 물로 되돌아가는 물거품에 무슨 실체가 있다는 말입니까?

여기서 파도는 거짓 나요 바닷물은 참나입니다. 파도는 에고인 가아(假我)요 바닷물은 진아(眞我)입니다. 금방 스러져 버릴 파도에 집착할 때 우리 인간에게는 온갖 고통이 따르게 되는 것입니다. 그러나 파도의 실상을 보는 사람은 그런 어리석음을 범하지 않습니다. 파도를 파도로 보는 것이 아니고 바닷물로 보기 때문입니다. 바닷물은 언제나 그대로입니다. 줄거나 늘어나지도 않습니다. 있다가 없어졌다 하지도 않습니다. 언제나 한결같이 그대로입니다.

우리 조상들은 이것을 시작도 끝도 없는 '한' 또는 '하나'라고 했습니다. 하나는 전체요 전체는 하나라고 했습니다. 이 하나의 원리를 81자의 한자로 풀이한 것이 『천부경(天符經)』입니다. 석가는 『반야심경』에서 바다는 공(空), 파도는 색(色)으로 보았습니다. 파도는 바닷물이고 바닷물은 파도입니다. 이것을 그는 색즉시공(色卽是空), 공즉시색(空卽是色)이라고 표현했습니다. 그러나 이러한 진리를 단지 하나의 정보나 지식으로 머릿속에 간직하는 것만으로는 별 의미가 없습니다."

"그럼 어떻게 해야 합니까?"

"심기신(心氣身)이 변화를 일으켜 실생활에 구현해야 합니다. 그리하여 석가모니를 죽이려던 앙굴리마라처럼 살인자(殺人者)가 성인(聖人)이 되는 기적이 일어나야 합니다. 변형(變形)이 없는 지식은 아무런 쓸모가 없다는 말입니다. 나는 하인영 씨가 조금 전에 나에게 고백한 깨달음을 일상생활에 실천하는 새사람이 되기를 충심으로 바랍니다."

"선생님 그럼 이제부터 어떻게 생활을 해야 하겠습니까?"

"조금 전에 하인영 씨 스스로 밝힌 깨우침에 상응하는 실행을 해야 합니다."

"그럼 이왕 말이 나온 김에 몇 가지 더 질문을 해도 괜찮겠습니까?"

"좋습니다. 어서 물어보십시오."

"제 결혼 문제는 어떻게 처리하는 것이 좋겠습니까?"

"앞으로 하인영 씨가 결혼을 하느냐 마느냐 하는 문제는 이 세상에 누구도 아닌 오직 하인영 씨 자신만이 선택할 문제입니다."

"저의 경우, 부모님이나 그 여자의 말대로 정식으로 결혼을 하는 것이 좋겠습니까? 아니면 결혼을 하지 않는 것이 좋겠습니까?"

"보통 사람과 똑같이 일상생활을 영위하면서 수도(修道)를 하고 싶으면 결혼을 할 것이고 오직 구도에만 전념하고 싶으면 결혼 같은 것은 안 하는 것이 좋을 것입니다. 선택은 하인영 씨 자신의 자유입니다. 이것은 오직 하인영 씨 혼자서 내려야 할 일생일대의 고독한 결정이 될 것입니다."

"선생님께서 저라면 어느 쪽을 택하시겠습니까?"

"그 질문에 대답하기 전에 한 가지 묻겠습니다. 하인영 씨는 구도자와 범인의 차이점이 무엇인지 아십니까?"

"모르겠는데요."

"구도자는 아내가 없어도 있어도 잘살 수 있습니다. 그러나 범인(凡人)은 독신주의자나 결혼생활에 부적합한 사유가 있으면 몰라도 아내 없이는 살기 어렵습니다."

"구도에 전념하려면 아내가 있는 것이 좋습니까? 없는 것이 좋습니까?"

"그거야 물론 아내가 없는 것이 유리하지요. 아내가 있으면 아이가 딸리게 되고 처자를 먹이고 아이를 교육시켜야 합니다. 거기에 많은 노력과 시간을 빼앗기다가 보면 공부의 기회를 놓치기가 쉽습니다. 그래서 일찍이 석가는 구도자는 '무소뿔처럼 혼자서 가라'고 했습니다.

그렇다고 해서 이미 처자를 거느린 사람이 뒤늦게 도심(道心)이 발동되어 수행을 시작하게 되었다면 마땅히 자기가 뿌린 씨는 거두어야 합니다. 혼자서만 도 닦겠다고 처자가 잠든 한밤중에 몰래 일어나 담 넘어 도망치는 짓을 장려하자는 것은 결코 아닙니다. 처자를 거느리고 살면서도 도심만 두터우면 부처님의 10대 제자들도 그 앞에서 벌벌 떨게 했다는 유마힐 거사와 같은 대도인(大道人)이 될 수도 있습니다."

"어떻게 하면 유마힐과 같은 대도인이 될 수 있습니까?"

"일의화행(一意化行), 반망즉진(返妄卽眞), 발대신기(發大神機)하여 지혜가 깨어나면 누구나 그렇게 할 수 있습니다. 이것을 보살도로 풀면 다음과 같습니다. 보시(布施), 지계(持戒), 인욕(忍辱), 정진(精進), 선정(禪定), 지혜(智慧)의 과정을 거치면 누구나 그렇게 될 수 있습니다. 지혜의 문이 열린 사람에게는 일상생활 하나하나가 명상이 될 수 있고 수행의 과정이 될 수 있으니까요."

"저와 같이 일단 여자와 동거생활을 해 본 젊은 사람도 아내 없이 살아갈 수 있을까요?"

"그거야말로 하인영 씨 자신만이 내릴 수 있는 고독한 결정입니다. 자문은 구할 수 있지만 누구의 의견에도 좌우되지 말고 오직 스스로 내려야 할 결정입니다."

36

하나님이 계시는 곳

"선생님, 저는 좀 어리석은 질문을 하나 할까 합니다. 괜찮겠습니까?"

고시 공부를 하고 있다는 30대 초반의 강재석 씨가 말했다.

"좋습니다. 말씀해 보세요."

"하나님의 존재를 선생님은 입증할 수 있습니까?"

"있고말고요."

"그럼 하나님이 어디에 있습니까?"

"하나님은 강재석 씨 자신 속에 있습니다."

"그게 정말입니까?"

순간 강재석 씨의 두 눈이 갑자기 반짝반짝 빛을 뿜어냈다.

"정말이지 않고요?"

"제 속에 하나님이 있다는 것을 지금 당장 입증할 수 있습니까?"

"있고말고요."

"어떻게요?"

"그럼 이제부터 내가 묻는 말에 추호도 숨기지 말고 솔직하게 대답해 주시겠습니까?"

"네, 그렇게 하겠습니다."

"지금 강재석 씨가 이면(裏面) 도로를 무심히 걷고 있다고 합시다. 그때 저 앞 십 미터 전방에서 승용차가 빠르게 다가오고 있습니다. 그런데 세 살쯤 난 아이가 가지고 놀던 공이 길 위에 나뒹굴자 그것을 집으려고 무작정 찻길 위로 뛰어들었습니다. 이것을 본 강재석 씨는 어떻게 하겠습니까?"

"그야 차가 오기 전에 얼른 아이를 길 밖으로 재빨리 끌어내야죠."

"왜 그렇게 해야 합니까?"

"그야 아이를 그대로 놔두면 달려오는 차에 치여 죽을 판인데 어떻게 그대로 둘 수 있겠습니까?"

"바로 그겁니다."

"바로 그거라뇨?"

"그게 바로 강재석 씨 속에 하나님이 있다는 가장 확실한 증거입니다."

"아니 그 정도야 누구나 다 하는 일 아니겠습니까?"

"바로 그겁니다."

"네엣?"

"바로 그것이 모든 사람의 마음속에는 원하든 원치 않든 간에 하나님이 주재하고 있다는 움직일 수 없는 증거입니다."

"그 정도의 일이라면 살인강도도 사기협잡꾼도 할 수 있는 일 아니겠습니까?"

"바로 그것입니다. 그것이 바로 살인강도나 사기협잡꾼의 마음속에도 하나님이 들어 있다는 증거입니다. 『삼일신고』에 보면 하나님은 유대덕대혜대력(有大德大慧大力)하다고 나와 있습니다. 이것은 하나님은 덕과 지혜와 능력이 무궁무진하다는 뜻입니다. 그 덕과 사랑과 지혜의 주체가 바로 하나님입니다.

그래서 예수는 '하나님은 사랑이라'고 말했습니다. 물론 덕이나 사랑이나 여기서는 같은 뜻입니다. 사랑과 덕이 있는 곳이 바로 하나님이 있는 곳입니다. 만약에 강재석 씨 마음속에 한 조각의 덕도 사랑도 없다면 어린아이가 차 앞으로 뛰어들든 말든 아랑곳하지 않고 자기 갈 길을 그대로 걸어갔을 것입니다. 그리하여 달려오던 차가 미처 제동을 하지 못하고 아이를 치어 죽였다고 해도 강재석 씨는 하등의 형사상의 책임은 없습니다. 따라서 범죄인은 될 수 없을 것입니다. 다만 양심의 가책 정도는 느꼈을지는 몰라도 말입니다."

"그러나 사실상 이 세상에 차 앞으로 뛰어드는 아이를 보고도 못 본 척할 사람이 어디 있겠습니까?"

"그러니까 정신병자가 아닌 이상 이 세상에는 완전무결한 악인(惡人)은 존재하지 않는다는 얘기가 됩니다. 그렇다고 완전무결한 선인(善人)이 존재하는 것도 아닙니다."

"아니 그렇다면 눈곱만큼이라도 착한 마음이 있으면 누구에게나 하나님이 있다고 말할 수 있습니까?"

"그렇고말고요. 그러나 차 앞으로 뛰어드는 아이를 살려냈다고 해도 매일 도둑질만 하고 사기협잡질을 일삼는 사람을 우리는 착한 사람이라고 말하지는 않습니다. 왜 그러냐 하면 그가 저지르는 악한 짓이 착한 짓을 압도하기 때문입니다."

"그러니까 이 세상에는 완전무결한 선인도 완전무결한 악인도 사실상 존재하지 않는다는 말이 되는군요."

"옳은 말씀입니다."

"그러면 득도(得道)한 사람은 어떤 사람입니까? 그 사람은 선한 사람이라고 할 수 있습니까?"

"아뇨. 그렇지는 않습니다. 득도란 선도 악도 초월하는 것입니다."

"도인은 착한 사람이 아닙니까?"

"그렇지 않습니다."

"무슨 뜻입니까?"

"착한 일을 많이 하는 사람은 선업(善業)을 쌓게 되어 천상(天上)에 태어날 수는 있어도 업에서 완전히 벗어나는 것은 아닙니다. 선업(善業) 도 업은 업이기 때문입니다. 진리를 깨닫는 것은 선악과는 관계없이 이 양자를 초월하는 것입니다."

"착한 일만 많이 하면 깨달음은 저절로 오는 것이 아닙니까?"

"그렇지 않습니다. 진리계(眞理界)에는 선악이 없습니다. 악이 있어야 선이 있고 선이 있어야 악이 있습니다. 이것은 상대세계(相對世界)에나 있는 현상입니다. 실상의 세계에는 선악이 있을 수 없습니다. 어찌 선악 뿐이겠습니까? 거기에는 생사(生死)도 유무(有無)도 시공(時空)도 미추(美醜)도, 흑백(黑白)도 증감(增減)도 시종(始終)도 없습니다."

"그럼 그곳엔 무엇이 있습니까?"

"오직 허공과 고요와 평안이 있을 뿐입니다."

"허공은 허무(虛無)가 아닙니까?"

"맞습니다."

"그럼 허무주의하고는 어떻게 다릅니까?"

"서구인들이 말하는 허무주의는 인간이 발견한 기존 가치체계를 부정 하는 것이지만 여기서 말하는 허무는 이기심과 욕심이 텅 비어 버려 일 체의 집착에서 떠난, 우주 전체를 감싸 안을 수 있는 무한한 포용과 여 유를 말합니다."

"다른 질문을 또 하나 해도 되겠습니까?"

"좋습니다."

"서점에 나가 보면 요즘은 그전 어느 때보다도 많은 구도(求道)에 관한 서적들이 나와 있습니다. 어떤 책이 진정으로 공부에 도움이 된다고 말할 수 있겠습니까?"

"어떤 책이든지 일단 마음에 당기면 읽어 보고 그 책에 적혀 있는 방편대로 직접 실험을 해 보고 나서 그것이 수련에 실제적인 효과가 있었다면 도움이 될 수 있습니다."

"그런데 선생님 어떤 도우가 좋은 책이라고 하여 권해서 읽어 보면 아무런 도움도 되지 않는 것이 있거든요. 이것은 어떻게 된 겁니까?"

"그것은 사람마다 기질(氣質)과 근기(根器)가 다르기 때문입니다. 그래서 자기에게 알맞은 방편이 씌어 있는 책을 고르는 것은 대단히 중요한 일입니다."

"그건 너무나 막연하고 어려운 일이 아닙니까?"

"그렇다고 해서 위축될 필요는 없습니다. '제자가 준비되었을 때 스승은 항상 거기 있다'는 말이 있습니다. 뜻이 있으면 길은 어떻게 해서든지 열리게 되어 있습니다."

"구도자가 올바른 스승을 가려내기는 유권자가 대통령 가려내기보다 더 어려운 것 같습니다. 무슨 특별한 비결이라도 있으면 알려 주십시오."

"대통령이고 영적 스승이고 그들의 말이 아니라 과거의 실제 행동을 보고 골라내야 합니다. 어느 정도 언행을 일치시켜 왔는지를 따져 보면 금방 본바탕이 드러나게 되어 있습니다."

⟨39권⟩

구도자가 보통 사람과 다른 점

"선생님, 구도자가 보통 사람과 다른 점은 무엇일까요?"

우창석 씨가 물었다.

"보통 사람들이 그것 없이 무슨 재미로 이 세상을 살아가느냐고 말하는 모든 것에서 자유로울 수 있는 것이 다릅니다."

"예를 들면 어떤 것이 있죠?"

"첫째, 술, 담배, 마약, 도박, 오락 같은 거 없이도 아무 불편 없이 살아갈 수 있습니다."

"그것뿐입니까?"

"왜 그것뿐이겠습니까?"

"그럼 또 어떤 것이 있죠?"

"미식(美食)을 하지 않아도 아무 불편 없이 살아갈 수 있습니다."

"미식이라면 무엇을 말합니까?"

"말 그대로 맛있는 음식을 말합니다. 보통 사람들은 맛있는 음식 먹는 재미로 산다고 흔히들 말하지만 구도자는 그런 것에 관심을 두지 않습니다."

"그럼 어떤 음식에 관심을 둡니까?"

"맛이 아니고 건강을 유지할 수 있는 음식에 주안점을 둡니다."

"맛있는 음식이 이왕이면 다홍치마라고 건강에도 좋은 것이 아닙니까?"

"반드시 그렇지도 않습니다. 오히려 맛있는 음식은 절제가 결여될 때 과식을 부르게 되므로 그 때문에 건강을 해치게 됩니다. 그래서 맛있는 음식 좋아하는 사람 쳐놓고 비만증, 고혈압, 당뇨병, 심장병 등 각종 성인병 환자 아닌 사람이 거의 없습니다.

그래서 비록 맛이 없더라도 건강에 좋은 음식을 구도자들은 선호하게 됩니다. 건강을 잃으면 구도 행위 자체가 성립될 수 없으니까요. 또 맛있는 음식은 대체로 육식 중에 많습니다. 그런데 육식을 탐하다가 보면 구도자가 제일 기피해야 할 살생업(殺生業)을 범하게 됩니다."

"그다음에 또 구도자와 보통 사람들이 다른 점엔 무엇이 있습니까?"

"이성이 없이도 능히 살아갈 수 있는 것이 다릅니다."

"이성이라면 무엇을 말합니까?"

"이성(異性)이란 남자에게는 여자, 여자에게는 남자를 말합니다."

"그러니까 애인(愛人), 연인(戀人), 정부(情婦), 정부(情夫), 남편, 아내 같은 것이 없어도 조금도 불편을 느끼지 않고 살아갈 수 있는 사람이 구도자이고 그렇지 못한 사람이 보통 사람이라는 말씀이군요."

"그렇습니다. 그러니까 일체의 이성이 없어도 유유자적(悠悠自適)할 수 있는 사람이 구도자이고 그렇지 못한 사람이 보통 사람 즉 중생입니다. 사랑하는 사람과 결혼 못 하는 것을 비관하여 살인을 감행하거나 자살을 하는 사람들은 구도자의 눈에는 어리석기 짝이 없는 철부지로만 보입니다."

"그것뿐입니까?"

"아닙니다."

"그럼 또 있습니까?"

"있고말고요."

"그게 뭡니까?"

"중생들은 부귀영화(富貴榮華)를 소중히 여기지만 구도자는 이런 것을 뜬구름으로 압니다."

"그것뿐입니까?"

"아닙니다. 또 있습니다. 구도자는 친구도 종교도 친목단체 같은 것에 의존하지 않아도 조금도 허전한 생각을 가지는 일이 없습니다. 특히 일년 내내 바쁘고 분주한 나날을 보내다가 연말 때 갑자기 인생의 허무감에 휩싸여 동창회나 친목단체를 찾아다니면서 그 허무를 달래려고 하는 일도 없습니다. 더구나 구도자는 서울법대 출신과 같은 엘리트 의식에 젖어 우쭐하는 사람들을 속물이라고 코웃음을 칩니다."

"그것뿐입니까?"

"아닙니다. 또 있습니다."

"그게 뭔데요."

"아내도 가정도 자식도 부모도 형제도 친척도 이웃도 있으면 있는 대로 없으면 없는 대로 부족함 없이 살아갈 수 있습니다."

"그렇다면 구도자는 무슨 재미로 이 세상을 살아갑니까?"

"일체의 소유를 버리는 재미로 살아갑니다."

"그렇다면 중생들이 구하는 것을 도리어 버리는 재미로 살아간다는 말씀입니까?"

"그렇습니다."

"그렇게 하면 무슨 재미가 있습니까?"

"있고말고요."

"그게 뭡니까?"

"일체의 소유를 말끔히 다 털어내 버렸을 때 오는 표현할 수 없는 충족감으로 살아갑니다."

"모든 것을 다 버리는데 어떻게 상실감 대신에 충족감을 느낄 수 있다는 말씀입니까?"

"자기가 가진 것을 버릴 때 상실감을 느끼는 사람이 중생이고 그 대신에 충족감을 느끼는 사람이 구도자입니다."

"일체를 다 털어 버릴 때 상실감 대신에 오히려 충족감을 느끼게 하는 것은 무엇 때문입니까?"

"모든 것을 버리는 사람만이 모든 것을 소유할 수 있기 때문입니다."

"그 모든 것이란 무엇입니까?"

일체를 버려야 일체를 소유한다

"일체(一切)이기도 하고 전체(全體)이기도 합니다. 다시 말해서 허공이기도 하고 삼라만상이기도 합니다. 공(空)이자 색(色)입니다. 하나이자 전체입니다. 없는 것이기도 하고 있는 것이기도 합니다."

"그게 도대체 무엇입니까?"

"그것을 일컬어 진리라고도 합니다."

"진리는 어디에 있습니까?"

"진리는 우리들 각자의 내부에 있습니다."

"내부가 어딥니까?"

"우리의 마음속입니다."

"그럼 그 진리는 우리의 마음속에서 무엇을 합니까?"

"거짓 나를 감시합니다."

"무엇을 통해서 거짓 나를 감시합니까?"

"참나를 통해서 거짓 나를 감시합니다."

"그럼 참나와 거짓 나는 어떤 관계에 있습니까?"

"참나는 우리들 각자에게 들어와 진리를 구현하는 진리의 대행자이며 하느님의 대리인입니다."

"우리에게 참나가 들어와 있다는 것을 어떻게 알 수 있습니까?"

"우리에게 조금이라도 나보다 남을 위하는 마음이 있다면 그것은 참나가 작용하고 있다는 증거입니다. 그래서 예수는 하나님은 곧 사랑이라고 한 것입니다. 하나님이 사랑이고 사랑이 곧 진리로 진입하게 하는 사다리입니다.

그래서 『행복론』을 쓴 존 힐러는 '사랑은 모든 것을 이긴다'고 했습니다. 그런데 이것은 2천5백 년 전에 맹자가 말한 인자무적(仁者無敵)이라는 말을 되풀이한 것에 지나지 않습니다. 어진 사람만이 이타행(利他行)을 할 수 있기 때문입니다."

"그럼 구도자란 한마디로 무엇 하는 사람입니까?"

"구도자는 글자 그대로 도(道)를 구하는 사람입니다. 도를 위해서는 세속적인 소위 행복이라는 것을 기꺼이 버릴 수 있는 사람입니다. 그리하여 디오게네스처럼 비록 술통 속에서 살아도 남부러울 것이 하나도 없는 사람을 말합니다."

"도가 무엇입니까?"

"도가 바로 하늘이고 하나님이고, 진리이고 니르바나, 브라흐만이고 뿌루샤이고, 무극(無極)이고 태극(太極)이고, 하늘이고 도(道)입니다. 도를 실천하는 존재가 바로 참나이고 아트만입니다. 구도자는 참나를 항상 의식하고 이타행(利他行)을 하는 사람이고, 보통 사람은 성(性), 색(色), 미식(美食), 부귀영화, 명예 따위 이기행(利己行)을 추구하는 사람입니다."

"이타행만 하면 도를 얻을 수 있습니까?"

"반드시 그렇지는 않습니다."

"그럼 어떻게 해야 합니까?"

"구경각(究竟覺)을 성취해야 합니다."

"구경각이란 무엇입니까?"

"큰 깨달음 즉 대각(大覺)입니다. 또 흔들리지 않는 마음의 평온입니다."

"마음의 평온이라구요?"

"그렇습니다. 부동심(不動心)과 평상심(平常心) 즉 마음의 평온을 성취하는 겁니다."

"구경각이란 진리를 궁극적으로 깨닫는 것이 아닙니까?"

"그 말이 바로 그 말입니다."

"무슨 말씀인지 이해를 할 수 없는데요."

"구경각을 얻은 사람이 아니고는 궁극적으로 마음의 평온을 얻을 수 없습니다."

"마음의 평온이 그렇게도 중요합니까?"

"그렇습니다. 흔들리지 않는 마음의 평온이야말로 생사대사(生死大事)를 이룩한 것을 말합니다."

"마음의 평온을 유지할 수 있는 일쯤은 저도 할 수 있을 것 같습니다."

　"그럼 우창석 씨는 아무 이유도 없이 억울하게 죽임을 당하게 되었을 때도 마음의 평온을 유지할 수 있겠습니까?"

　"그건 좀 곤란한데요."

　"그렇다면 흔들림 없는 마음의 평온을 성취한 것은 아닙니다."

　"정말 죽음 앞에서 마음이 흔들리지 않는 사람이 있을 수 있을까요?"

　"있고말고요."

　"그게 누굽니까?"

　"예수, 이차돈, 안중근 같은 사람입니다."

　"죽음 앞에 의연할 수 있는 비결은 무엇입니까?"

　"죽음을 초월하는 겁니다."

　"죽음을 초월한다는 것은 무엇을 말합니까?"

　"육체의 죽음 저쪽에 있는 영원한 생명을 포착하는 것을 말합니다."

　"어떻게 해야 죽음을 초월할 수 있습니까?"

　"죽음 앞에서도 평온을 유지할 수 있을 만큼 마음공부를 하는 길밖에 없습니다."

단전에 불이 붙었을 때

"선생님 저는 수련에 대해서 좀 여쭈어보겠습니다. 괜찮겠습니까?"

"좋습니다. 어서 말씀하십시오."

"바로 사흘 전이었습니다. 사무실에 앉아서 호흡을 하는데 하루 종일 단전이 달아올랐습니다."

"단전이 어떻게 달아올랐습니까?"

"마치 마른 나무뿌리에 불이 댕겨진 것같이 저의 단전이 은근히 뜨겁게 달아오르기 시작했습니다. 그렇게 단전이 달아오르니까 까닭 없이 하루 종일 마음이 깃털처럼 가볍고 기분이 말할 수 없이 좋았습니다. 그런데 바로 그날 저녁 퇴근 무렵에 오래간만에 중학교 동창들이 찾아와서 술을 좀 했습니다. 그랬더니 그렇게 뜨겁게 달아오르던 단전이 싸악 식어 버리고 말았습니다."

"그래서 어떻게 했습니까?"

"그 뒤에는 아무리 단전호흡을 열심히 해도 그렇게도 뜨겁게 달아오르던 단전이 식은 재처럼 아무 소식이 없습니다. 도대체 이거 어떻게 된 겁니까?"

"과음했군요."

"네, 좀 그렇게 됐습니다. 그날 하도 기분이 좋다가 보니 술맛이 그렇게 좋을 수가 없었고 꿀맛 이상이었습니다. 그런데 어떻게 된 것인지 아무리 술을 마셔도 취하지를 않습니다. 그래서 마음 놓고 2차 3차까지

49

갔던 모양입니다."

"그럼 정신을 잃을 때까지 마셨군요. 호사다마(好事多魔)요 도고마성(道高魔盛)이라고 좋은 일에는 반드시 마가 끼게 마련입니다. 그 유혹을 처음부터 과감하게 뿌리쳤어야 하는 건데 참으로 애석하게 됐습니다. 그래서 수행자에게 과음은 절대 금물이라고 『선도체험기』에도 누누이 지적하지 않았습니까?'

"제가 그만 깜빡했습니다."

"수행자에게 제일 피해야 하는 것이 음주, 흡연, 과색(過色), 도박, 마약, 살생, 도둑질, 거짓말, 간음입니다. 이 아홉 가지 중에서 음주, 흡연, 도박, 마약, 살생, 도둑질, 거짓말, 간음은 완전히 금해야 하고, 결혼한 부부는 방사를 한 달에 한두 번 정도로 절제해야 합니다. 방사를 그 정도로 절제하지 않으면 저수지(貯水池)에 물이 고이기도 전에 방류부터 시켜 버리는 꼴이 되어 축기가 되지 않습니다.

축기가 되고 단(丹)이 형성되지 않으면 소주천도 대주천도 되지 않습니다. 소주천 대주천이 되지 않으면 그다음 단계인 연정화기(煉精化氣)에는 이를 수 없습니다. 연정화기야말로 선인(仙人)이 되는 가장 어렵고 중요한 고비입니다.

단전이 그렇게 뜨겁게 달아오르기 시작하는 것은 막 축기가 시작되는 것을 말합니다. 이때는 마치 제주(祭主)가 큰 제사를 앞두고 목욕재계하는 심정으로 심신을 가다듬어야 합니다. 하늘이 주는 그 좋은 기회를 그렇게 술로 탕진해 버린다는 것은 구도자가 취할 바 자세가 아닙니다. 그동안 축기(畜氣)했던 기운이 일시에 전부 다 술기운으로 탕진되어 버린 것입니다."

"그럼 전 앞으로 어떻게 해야 합니까?"

"목욕재계하고 근신하면서 그전의 몇 배 더 수행에 정성을 쏟아야 합니다."

"그렇게 하면 제 단전이 그때처럼 다시 달아오를 수 있을까요?"

"그건 정성과 항심(恒心)에 달려 있습니다."

"선생님 저는 어제부터 단전에 조금씩 불이 댕겨지면서 불길이 점차 세어지는 것 같습니다. 저는 어떻게 해야 합니까?" 하고 다른 수련생이 말했다.

"그 불이 꺼지지 않고 계속 타오르도록 해야 합니다. 행여 술, 담배, 도박, 과색, 방사, 살생 따위로 단전이 식지 않도록 조심에 조심을 해야 합니다."

"언제까지 그렇게 조심을 해야 합니까?"

"단전에 기(氣)의 방(房)이 형성되어 완전히 정착될 때까지 그렇게 하도록 해야 합니다."

"기의 방이 형성된다는 것은 무엇을 말합니까?"

"단전 부위에 실제로 큰 성냥곽만한 방이 자리를 잡게 됩니다. 기의 방이 자리를 잡을 때는 단전 부위에 꼭 무엇이 끼어들어와 실제로 자리를 잡는 것 같은 이물감(異物感)을 한동안 느끼게 됩니다. 좀 거북하더라도 꼭 참고 있으면 어느덧 시간이 흘러가면서 그 이물감에도 익숙해져서 아무렇지도 않게 됩니다. 치과에 가서 이를 새로 해 넣었을 때와 비슷한 현상입니다. 일단 그렇게 되어 단전에 기의 방이 확고히 자리를 잡게 되면 그때부터는 의식적으로 단전호흡을 하지 않아도 자동적으로 단전호흡이 됩니다."

"그때부터 단전의 기운을 아래로 내려보내 회음을 통과시켜 독맥으로 올려 백회 쪽으로 올렸다가 임맥으로 내려보내어 소주천을 일주(一周)시켜야 하는 것 아닙니까?"

"시중에 나와 있는 대부분의 기공에 관한 서적들이 그렇게 말하고 있습니다만 그렇게 의식적으로 기를 돌리지 않아도 됩니다. 축기만 하고 때가 되면 소주천도 대주천도 자연히 이루어지게 되어 있습니다. 인체는 원래 하나의 소우주입니다.

대부분의 생체활동은 인간의 의지와는 관계없이 자동적으로 이루어지게 되어 있습니다. 가령 우리가 음식을 먹고 나면 그 음식의 소화 흡수, 연소 과정은 인간의 의식적인 간섭을 받지 않고도 육장육부가 다 알아서 자율신경이 처리하게 되어 있습니다. 그와 마찬가지로 우리 수행자는 축기만 하고 있으면 주천(周天)은 소우주가 알아서 하게 되어 있습니다."

"그런데 왜 책에는 그렇게 나와 있을까요?"

"그 책들의 내용은 대체로 몇백 년 전에 중국의 선인들에 의해 쓰인 것을 그대로 번역한 것에 지나지 않습니다. 그 책이 쓰인 당시에는 그렇게 해도 되었는지는 몰라도 지금은 그렇지 않습니다. 그때의 어떤 도인이 체험한 수행법이 오늘날의 수행자에게도 그대로 맞아떨어지는 것은 아니기 때문입니다.

실례를 들어 지금부터 4백 년 전에 허준이 쓴 『동의보감(東醫寶鑑)』에 나오는 각종 질병에 대한 처방들은 오늘날의 같은 환자에게 써 보아도 맞지 않는 것이 많습니다. 왜 그럴까요? 그 처방들이 시대 환경에 맞지 않기 때문입니다. 『동의보감』의 처방은 4백 년 전 사람들에게는 맞았는지 모르지만 지금 사람들에게는 맞지 않습니다. 왜 그런지 아십니까?"

"모르겠는데요."

"시대 상황이 그때와 지금은 사뭇 다르기 때문입니다. 다시 말해서 그때에 우리 조상들이 호흡하던 공기와 지금 우리가 마시는 공기는 질적으로 다르기 때문입니다. 그때는 지금처럼 물과 공기가 오염되지도 않았습니다. 바로 이 때문에 『동의보감』의 처방들은 오늘날의 우리에게는 맞는 것보다는 맞지 않는 것이 많은 것입니다.

선도수련도 이와 똑같습니다. 몇백 년 전에나 통하던 방식대로 해 보아야 잘 맞지 않습니다. 그래서 책에 쓰인 옛 방식을 고집하다가 병이 든 수행자도 많습니다. 우리집에도 그러한 수행자들이 많이 찾아옵니다.

시대 환경에 맞는 수행법

그래서 현대인들은 현대의 물과 공기를 마시는 선구자가 개발하여 성공한 수행법을 따르는 것이 가장 안전합니다. 그렇다고 해서 동시대의 선배 수행자가 개발한 방편들이 무조건 다 맞는가 하면 그렇지는 않습니다. 맞는 것도 있고 맞지 않는 것도 있습니다."

"그건 왜 그렇죠?"

"책에 씌어 있는 대로 직접 실행해 보고 맞으면 되는 것이고 맞지 않으면 안 되는 겁니다. 나를 찾는 여러분들은 『선도체험기』를 읽어 보고 그 안에 씌어 있는 대로 직접 체험해 보고 그대로 되니까 나를 찾아온 것입니다. 그러나 내 책을 읽어 보고 그대로 해 보아도 되지 않는 사람도 간혹 있습니다."

"그건 무엇 때문이죠?"

"백인백색(百人百色)이요 천태만상(千態萬象)이며 만인만법(萬人萬

法)이기 때문입니다. 사람마다 다 기질이 다르고 성격이 다르며 근기(根器)가 다르고, 다겁생래(多劫生來)의 전생의 업이 다르기 때문입니다. 요즘 우리나라에는 중국에서 각종 기공사(氣功士)들이 들어와서 도장을 차리고 있습니다.

어떤 사람은 한국인은 한국인이 차린 도장에 갈 것이지 무엇 때문에 하필이면 외화(外貨) 낭비해 가면서 외국인이 차린 도장에 나가느냐고 하지만 그것은 잘못된 생각입니다. 왜냐하면 우리 한국인들 중에는 중국의 기공사들이 가르치는 것이 유난히 잘 먹혀드는 사람이 있는가 하면 한국식 수행법이 중국인들에게 잘 받아들여지는 수도 있을 수 있기 때문입니다."

"그래서 백인백색이요 만인만법이라는 말이 나왔군요."

"또 유유상종(類類相從)이라는 말도 있지 않습니까?"

"그렇고말고요."

"그것뿐이 아닙니다. 우리나라에는 세계에 그 유례를 볼 수 없을 만큼 별별 국산, 외산 사이비 종교들이 판을 치고 있습니다. 속 모르는 사람들은 어떤 쓸개 빠진 인간들이 그따위 사이비 종교에 빠져드느냐고 못마땅해하지만, 그것 역시 백인백색과 만인만법을 모르는 소리입니다."

"그럼 수행을 할 때 언제 어디서나 변함없는 가장 중요한 요령은 무엇입니까?"

"그건 두말할 필요도 없이 바르고 착하고 성실한 마음가짐입니다. 이러한 마음의 자세만 확실히 확립되어 있으면 그 사람이 비록 사이비 종교에 일시적으로 빠져드는 한이 있더라도 미구에 스스로 그 구렁텅이에서 기어나올 수가 있습니다. 그러나 마음이 바르고 착하고 성실하지 못

하면 좋은 스승을 만났다가도 감당하여 내지를 못하고 뛰쳐나오고 맙니
다. 왜 그런지 아십니까?"

"자기 수준에 맞지 않기 때문이 아닐까요?"

"그렇습니다. 유치원생이 대학교 강의실에 잘못 들어간 것과 같은 경
우입니다. 사이비 종교는 동화와 신화와 우화와 거짓말이 판치는 유치원
수준의 종교라고 보면 됩니다."

아내가 바람을 피우는데

1998년 1월 25일 일요일 -11~1℃ 구름

오후 3시. 8명의 수련자들이 모였는데 그중에서 박성호라는 한 중년 남자 수련생이 입을 열었다.

"선생님, 제 친구 중에 아내가 바람을 피우는 통에 가정이 풍비박산이 날 지경에 처해 있는 사람이 있는데, 옆에서 보기도 정말 안타까워서 못 견딜 지경입니다. 그런 친구를 위해서 뭐라도 좋으니 그럴듯한 충고라도 해 주어 마음이라도 안정을 시켜 주었으면 하는데 저에겐 역부족이거든요. 무슨 방법이 없을까요?"

"그 친구는 몇 살입니까?"

"마흔둘입니다."

"아이는 몇입니까?"

"열두 살짜리 아들과 열 살짜리 딸이 있습니다. 재산도 좀 있겠다 직장에서 명퇴당할 염려도 없겠다 아내만 그 지경이 아니라면 남부러울 것 없을 사람인데, 오직 아내의 바람기 때문에 말할 수 없는 인생고를 겪고 있습니다."

"그렇게 된 지는 얼마나 됐습니까?"

"벌써 한 2년 됐습니다."

"여자가 어떻게 바람을 피운답니까?"

"상대를 자꾸만 바꾼다고 합니다."

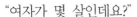

"여자가 몇 살인데요?"

"서른일곱이라고 합니다."

"아내가 바람을 피운다는 것은 어떻게 알았답니까?"

"동창회니 계모임이니 하면서 밤늦게까지 외출이 너무 잦아서 낌새가 이상했다고 합니다. 틀림없이 바람을 피운다는 심증은 가는데 본인이 극구 부인하므로 사설탐정을 이용했다고 합니다. 사설탐정의 협조로 정사(情事) 현장을 몇 번 덮치기도 했답니다. 이런 말을 하는 그 친구를 보고 제가 그럼 아예 이혼을 하는 게 어떻겠느냐고 했더니 자존심은 몹시 상하지만 어미 없는 아이를 둘이나 만들고 싶지 않다면서 이혼은 안 하겠다고 합니다."

"그럼 이혼을 안 하고 그대로 살면 되지 않겠습니까?"

"그러자니 집안은 항상 쑥밭이죠. 아이들 교육에도 지장이 많고 친인척들에게 소문이라도 날까 봐 늘 전전긍긍이고요."

"그렇게 이혼이 하기 싫으면 잘 달래서 개과천선하도록 하는 길밖에 없겠군요."

"그렇게도 해 보았다고 합니다. 타이를 때는 눈물까지 흘리면서 자기가 왜 그러는지 모르겠다고 하면서 한 번만 용서해 주면 다시는 그러지 않겠다고 맹서를 하고 나서도 며칠 지나면 마치 발작증을 일으키듯 또다시 뛰쳐나가곤 한답니다."

"상습적으로 바람을 피우는 아내와 굳이 이혼을 하기 싫다면 죽이 되든 밥이 되든 같이 사는 길밖에 없을 것이고 단지 마음이 괴롭다면 그 마음을 다스리면 됩니다."

"마음을 다스리다뇨. 원인은 아내의 부정(不貞)에 있는데 원인을 그대로 놓아둔 채 마음만 다스린다고 문제의 응어리가 풀리겠습니까?"

"모든 일은 마음먹은 대로 되게 마련이니까 마음만 잘 다스리면 이 세상에서 풀리지 않는 응어리 같은 것은 없습니다."

"아니 그렇다면 아내의 상습적인 부정행위도 마음먹기에 따라 얼마든지 해결할 수 있다는 말씀인가요?"

"그렇고말고요."

"어쩐지 제가 듣기에는 대단히 비현실적인 얘기 같기만 합니다."

"비현실적인 얘기라뇨. 이것보다 더 현실적인 대책은 없습니다. 세상만사는 마음먹은 대로라고 하지 않습니까? 일체유심조(一切唯心造)입니다. 이것을 진실로 믿는다면 이 세상에서 해결 못 할 일이 없습니다. 알고 보면 괴로움은 마음의 장난일 뿐 실재(實在)하는 것은 아니라는 것만 알면 간단히 해결됩니다."

"그래도 아내의 부정행위에서 오는 괴로움을 그대로 둔 채 어떻게 마음을 제대로 다스릴 수 있겠습니까?"

"아내의 부정행위는 남편의 숙세(宿世)의 업장 때문이라는 것을 알고 나면 괴로울 것도 해결 못 할 것도 없습니다."

"아니 그렇다면 아내의 상습적인 부정행위가 남편의 전생의 업 때문이라는 말씀입니까?"

"확실히 그렇습니다. 이 우주 안에서 뿌린 대로 거두지 않는 것은 없으니까요."

"그렇다면 인과응보라는 말씀입니까?"

"그렇습니다. 자업자득이요 자작자수(自作自受)죠."

"선생님께서는 그것을 어떻게 아셨습니까?"

"다 아는 수가 있습니다."

"어떻게요?"

"방금 전에도 말했지만 이 우주 안에 뿌린 대로 거두지 않는 일은 있을 수 없다고 하지 않았습니까? 다시 말해서 원인 없는 결과란 있을 수 없다는 말입니다."

"아니 그렇다면 남편이 전생에 지금과 같은 괴로움을 당할 만한 짓을 했다는 말씀인가요?"

"그렇습니다."

"그게 정말입니까?"

박성호 씨는 눈에 쌍심지를 거꾸로 켜고 나한테 대들 듯이 따지고 들었다. 자기 친구의 얘기라고 했지만 실은 자기 자신이 직접 겪고 있는 일이라는 것을 직감적으로 알 수 있었다.

"정말이지 않구요."

"그렇습니까?"

"틀림없습니다."

"그렇다면 남편이 전생에 무슨 잘못을 저질렀을까요?"

"지금의 아내가 남편을 괴롭혔던 것과 똑같이 그는 전생에 오입쟁이로서 아내를 괴롭혔습니다. 그때도 남매를 두었지만 그의 아내는 끝내 가정을 지켰습니다."

처지 뒤바뀐 전생의 부부

"아니 그렇다면 전생에는 처지가 완전히 뒤바뀌었었습니까?"

"그렇습니다. 전생의 남편은 상습적으로 바람을 피워 그 많던 재산을 다 날리고 가정은 끼니를 이을 수 없을 만큼 가난한 신세가 되었습니다만 그의 아내는 끝까지 아이들 키우면서 가정을 지켰습니다. 남편은 계집질을 하면서도 이 때문에 항상 양심이 찔렸습니다. 그것이 잠재의식이 되어 남편은 금세에도 아내가 그렇게 바람을 피우건만 이혼만은 하지 않으려고 하는 겁니다."

내가 이렇게 말하는 순간 박성호 씨의 두 눈에 이슬방울이 반짝하더니 볼을 타고 재빨리 굴러떨어지는 것을 나는 놓치지 않았다.

"결국 그런 일이 있었군요."

박성호 씨는 큰 깨달음이라도 얻은 듯이 고개를 크게 끄덕이다가 다시 말을 이었다.

"하늘의 그물망은 허술한 것 같으면서도 실은 물샐 틈이 없다는 말이 틀림이 없군요. 그런데 어떻게 선생님은 그것을 알 수 있었습니까?"

"선정(禪定)을 통해서 관(觀)이 잡히면 자연히 누구나 다 알게 되어 있습니다."

"어떻게 하면 전생을 볼 수 있을 정도로 관이 잡힐 수 있겠습니까?"

"거짓 나를 털어 버리면 누구나 다 그렇게 될 수 있습니다."

"거짓 나가 무엇인데요?"

"탐진치(貪瞋癡) 즉 이기심에 지배당하고 있는 자기 자신을 말합니다. 말하자면 이기심이 구름이나 안개처럼 가려서 올바른 관찰을 방해합니다. 이 거짓 나를 털어 버리고 완전히 제3자가 되면 아상(我相)을 타파했다고 말합니다."

"아상이 뭔데요?"

"아상이 바로 거짓 나입니다."

"어떻게 하면 거짓 나를 털어 버리고 아상을 타파할 수 있습니까?"

"일상생활에서 매사에 나보다는 남을 먼저 생각하는 습관을 붙여 놓으면 저절로 아상에서 벗어날 수 있습니다. 아상에서 벗어난 사람은 누구든지 잃었던 4차원의 시력(視力)인 영안(靈眼)을 회복을 할 수 있습니다. 이 영안이 열린 사람에게는 예외 없이 인과응보의 진리가 환하게 보입니다. 이 인과응보의 진리를 내 것으로 소화한 사람은 자기 마음을 제 맘대로 다스릴 수 있습니다."

"인간은 언제부터 그러한 진리를 깨달았을까요?"

"무위계(無爲界)에서 보면 시간도 공간도 존재하지 않으니까 언제부터라고 말할 수 없습니다. 그러나 우리가 지금 살고 있는 유위계(有爲界)에서 보면 이미 1만 년 전에 『삼일신고』와 『참전계경』 속에도 나와 있는 얘기입니다."

"어떻게 나와 있는데요?"

"『삼일신고』에 나오는 선복악화(善福惡禍) 청수탁요(淸壽濁夭) 후귀박천(厚貴薄賤)이라는 세 구절 속에 인과응보의 이치가 함축되어 있습니다. 즉 착한 사람은 복을 받고 악한 사람은 화(禍)를 당하고, 청렴결백한 공무원은 오래 살고 떡값 좋아하는 탐관오리는 감옥에 가거나 당뇨병, 고혈압, 뇌졸중 같은 난치병에 걸려 요절(夭折)하고, 후덕한 사람은 고귀해지고 박덕한 사람은 천박해진다는 뜻입니다.

『화엄경』에 나타난 인과응보

『참전계경』은 이러한 원칙을 상세하게 각론(各論)으로 규정해 놓았습니다. 그리고 지금으로부터 2천 5백 년쯤 전에 나온 『화엄경(華嚴經)』이라는 불경에 보면 이 이치가 더 상세하게 나와 있습니다.”

“어떻게 나와 있는데요?”

“동국대학교 역경원에서 냈고 법정 스님이 옮긴 『화엄경』 109쪽에 보면, 요컨대 열 가지 나쁜 짓을 하지 말고 열 가지 좋은 일을 하라는 뜻입니다. 그중에서 세 번째로 나온 말이 지금 말하고 있는 바람난 아내를 가지고 있는 사람에게 해당됩니다. 즉, 음란한 죄로는 삼악도(三惡道, 즉 지옥계, 아귀계, 축생계)에 떨어지고, 인간으로 태어나더라도 두 가지 과보(果報)를 받을 것이니, 하나는 아내의 행실이 부정(不貞)하고 둘은 마음에 드는 가족을 얻지 못할 것이다.

결론적으로 말해서 열 가지 좋은 일을 하느냐 열 가지 나쁜 일을 하느냐 하는 것은 다른 누구도 아닌 당사자의 마음이 결정하고 선택한다는 겁니다. 그러니까 이 마음만 내 의지대로 움직일 수 있다면 못 할 일이 어디 있겠습니까?”

“그럼 선생님, 제가 그 친구에게 뭐라고 말을 해 주었으면 좋겠습니까?”

“지금까지 내가 해 준 모든 얘기가 전부 다 그 친구에게 들려줄 수 있는 것들입니다.”

“마음을 다스려야 한다는 결론이 나오는데요, 그렇게 하자면 결국은 도심(道心)이 싹터야 합니다. 그건 지금의 그 친구에게는 너무나 큰 부담이 되지 않을까요?”

“부담이 될지 조문도석사가의(朝聞道夕死可矣)가 될지는 부딪쳐 보아야 압니다.”

“조문도석사가의란 무슨 뜻입니까?”

“아침에 도(道)를 얻으면 저녁에 죽어도 여한이 없겠다는 뜻인데 『논어(論語)』 이인편(里仁篇)에 나오는 말입니다. 도를 얻는다는 것은 진리를 깨닫는다는 뜻입니다. 우리가 인생을 살아가는 목적이 무엇이겠습니까? 어떤 사람은 행복을 추구하기 위해서라고 말합니다."

"그 말이 맞는 것이 아닙니까?"

"인생의 목적이 행복을 추구하는 것이라고 생각하는 사람은 구도자라고 말할 수 없습니다."

"그건 왜 그렇죠?"

"인생의 목적은 행복 추구에 있는 것이 아니니까요."

"인생의 목적이 행복 추구가 아니라면 그럼 무엇입니까?"

"행복이 있으면 반드시 불행도 있게 마련입니다."

"무슨 뜻인지 이해를 할 수 없습니다."

"행복이라는 말이 왜 생겼겠습니까. 만약에 불행이라는 말이 없다면 행복이라는 단어조차 생겨나지 않았을 것입니다. 극즉반(極則返)이고 오르막이 있으면 반드시 내리막이 있습니다. 따라서 행복이 극도에 달하면 틀림없이 불행이 오게 되어 있습니다.

영원한 행복 같은 것은 상상의 산물일 수는 있어도 현실은 아닙니다. 영원한 행복자가 있다면 영원한 강자(强者)도 있어야 할 것입니다. 그러나 영원한 강자 같은 것은 현실적으로 존재하지 않습니다. 역사상 강국임을 자랑했던 로마 제국도 징기스칸의 원 제국도 결국은 망하고 말았습니다.

역사의 교훈은 강자는 반드시 약자가 되든가 아예 멸망해 버리든지 둘 중 하나임을 일깨워 줍니다. 행복 역시 여기에서 제외될 수는 없습니다. 행복의 극은 불행입니다. 행복이 인생의 목표라면 불행까지도 어쩔 수 없이 목표가 되어야 합니다. 행불행은 동전의 양면과 흡사하기 때문입니다.

그렇다고 해서 생(生)이 인생의 목표가 될 수 있는가 하면 그렇지도 않습니다. 왜냐하면 생(生)과 사(死) 역시 동전의 양면과 같기 때문입니다. 사(死)가 있어야 생(生)이 있고 생(生)이 있어야 사(死)가 있기 때문입니다."

"그러면 무엇이 진정한 인생의 목표입니까?"

인생의 목표는 무엇인가

"그것은 행복도 불행도 아니고 삶도 죽음도 아닙니다."

"어쩐지 저에게는 점점 미궁(迷宮) 속으로 빠져드는 느낌입니다."

"미궁이다 생각되면 그 순간에 재빨리 그 속에서 빠져나오면 됩니다."

"무슨 뜻입니까?"

"행복과 불행, 강자와 약자, 삶과 죽음의 상대계(相對界)에서 빠져나옴으로써 양자를 초월하면 됩니다. 다시 말해서 행불행, 강약, 생사가 없는 진리의 영역으로 뛰어들면 됩니다."

"그거야 성현들이나 하는 일이 아닙니까?"

"성현이 따로 있는 것이 아닙니다. 자기 마음을 뜻대로 움직일 수 있는 사람은 누구나 성현입니다. 일체중생실유불성(一切衆生悉有佛性)이라고 하지 않습니까? 모든 중생들에게는 누구나 다 불성(佛性) 즉 신성(神性)이 있다는 얘기입니다.

바람난 아내를 직접 다스리려 하지 말고 이것을 괴로워하는 자기 자신의 마음을 다스리도록 해야 합니다. 이것만이 궁극적인 해결책입니다. 자

64

기를 이기는 자가 세계를 이기는 자입니다. 만약에 박성호 씨의 친구가 이 진리를 깨닫고 실천할 수 있다면 그에게 바람난 그의 아내는 그의 인생에서 둘도 없는 훌륭한 반면교사(反面教師)가 될 수 있을 것입니다."

"그럼 그 바람난 아내는 어떻게 처리하는 것이 좋겠습니까?"

"만약에 남편이 마음의 안정을 찾을 수 있다면 그녀가 정상(正常)을 회복할 때까지 느긋하게 기다릴 수도 있을 것입니다. 아내를 속썩이는 애물단지가 아니라 나의 업장을 제대로 보상하게 하려는 섭리요 그 과정이라고 생각하면 오히려 그러한 아내가 측은하고 불쌍한 생각이 들 수도 있을 것입니다. 아내가 지금의 그 지경이 된 것은 결국은 전생의 자기의 잘못에 그 원인이 있기 때문입니다."

"역지사지 방하착(易地思之放下着)하라는 말씀이시군요."

"그렇습니다. 거짓 나를 털어 버리고 아내의 처지가 되어 보면 모든 것이 자기 탓이라는 것이 역력히 드러나게 됩니다. 아내를 그렇게 병들게 한 장본인은 바로 전생의 나 자신이었구나 하는 자책이 일 때야말로 남편이 도(道)를 깨닫는 순간이 될 것입니다.

이렇게 하지 않고 모든 잘못을 아내의 탓으로만 뒤집어씌우고 이혼을 하거나 법적 대응을 하거나 폭력을 구사한다면 일은 점점 더 심하게 꼬여들게 될 것입니다. 그러나 슬기로운 사람은 절대로 이런 유치한 짓은 하지 않습니다. 화(禍)가 복(福)으로 바뀐다는 전화위복(轉禍爲福)이란 바로 이것을 두고 하는 말입니다."

"선생님 말씀에 유심히 귀를 기울이고 있자니까 그야말로 한줄기 해결의 서광이 비쳐오는 것 같기도 합니다."

"정말입니까?"

"네."
"그렇다면 한참 떠들어댄 보람이 있었군요. 다행입니다."

〈40권〉

접신된 회사원

1998년 2월 18일 수요일 0~14℃ 구름

"선생님 저는 금융회사의 지점장을 맡고 있는 강태석이라고 합니다. 최근에 제가 거느리고 있던 부하 직원이 갑자기 신이 내려 회사 운영에 크게 장애가 되는 아주 불길한 예언을 퍼뜨리는 바람에 회사 운영에 적지 않은 지장을 초래했고 그 때문에 저는 심한 스트레스를 받고 있습니다. 이런 때 제가 어떻게 처신을 해야 될지 모르겠습니다. 선생님께서 좋은 말씀을 좀 해 주셨으면 합니다."

"강태석 씨가 평소에 그 사람에게 원한을 샀거나 섭섭한 일을 한 일은 없습니까?"

"전생엔 어떤 일이 있었는지 모르지만 금생엔 그런 일은 전연 없습니다."

"그럼 그 회사원이 접신이 되었다는 것은 어떻게 알았습니까?"

"제가 맡고 있는 지점이 석 달 안에 반드시 망하게 되어 있으니 그렇게 되기 전에 사원들은 전부 회사를 떠나야지 그렇지 않으면 나중에 큰 화를 당한다느니 하고 제멋대로 악선전을 늘어놓습니다."

"그렇다면 그걸 처음부터 아예 깡그리 무시해 버리세요."

"그런데 묘하게도 그가 그런 예언과 악선전을 한 뒤로 회사 안에서 이상한 일들이 벌어지곤 합니다."

"어떤 일들인데요?"

"저희 지점에서 사원들이 요맘때쯤이면 연례적으로 승진 시험을 치게 되어 있습니다. 다른 때 같으면 응시자 중의 90프로 이상이 합격이 되곤 해 왔었는데 금년에는 겨우 1, 2점 차이로 응시자 전원이 낙방을 했습니다. 그런가 하면 영업 실적도 예년에 비해서 무려 30프로나 저조한 상태에 있습니다. 이런 일이 있자 처음부터 그의 예언을 허무맹랑한 악선전으로 여기고 일체 무시해 버렸던 사원들도 요즘엔 귀가 솔깃해졌습니다."

"그럼 강태석 씨는 그 사람에 대해서 지금까지 무슨 조치를 취해 왔습니까?"

"물론 처음에는 좋은 말로 그러면 못쓴다고 타일러 보았지만 처음부터 도통 쇠귀에 경 읽기입니다."

"그다음에 또 무슨 조치를 취하지 않았습니까?"

"그래도 자꾸만 악선전을 늘어놓아 더이상 회사 운영에 지장을 초래하고 동료 사원들을 불안케 하면 정리 해고시키는 도리밖에 없다고 경고했는데도 끝내 먹혀들지 않았습니다."

"그래서 어떻게 했습니까?"

"할 수 없이 상부에 보고해서 해고 조치를 취했습니다."

"그럼 문제는 해결된 거 아닙니까?"

"그렇지 않습니다."

"왜요?"

"회사 밖에 나가서도 저를 비롯해서 여러 사원들에게 전화나 편지나

팩스로 계속 악선전을 퍼붓고 있습니다."

"그럴 때는 일체 무시해 버리면 됩니다."

"저 자신과 회사를 망치려고 작정을 하고 덤벼드는데 어떻게 그것을 일체 무시해 버릴 수 있겠습니까?"

"그 방면엔 내가 선배이니까 말하는데, 그런 악선전을 하는 전화가 걸려 와도 일절 대꾸를 하지 말고 그냥 말없이 끊어 버리면 됩니다."

"아무리 끊어 버려도 계속 걸려 오는 데는 업무가 마비될 정도인데 어떻게 합니까?"

"지구력 대결이라고 생각하고 인내력을 발휘해야 합니다. 그 사람이 아무리 끈질기다고 해도 하루 종일 아무 일도 안 하고 전화만 걸 수는 없을 것입니다. 더구나 상대는 한 사람이고 이쪽은 하나의 조직체가 아닙니까? 인내력만 있으면 얼마든지 제압할 수 있습니다. 나도 지금부터 8년 전에 모 단체로부터 그런 협박 전화를 지속적으로 받은 일이 있습니다. 신호가 울려서 전화만 받았다면 잡담 제하고 댓바람에 육두문자 욕지거리와 온갖 저주가 폭포처럼 쏟아져 나왔습니다."

"그런 때 화가 나시지 않았습니까?"

"나도 인간인데 처음엔 왜 화가 나지 않았겠습니까? 그러나 여러 날을 두고 지속적으로 조를 편성해서 교대로 밤낮을 가리지 않고 그런 욕설 전화가 걸려 오는 데는 나 역시 지혜를 짜내어 대항전을 펼 수밖에 없었습니다."

"어떻게요?"

"전화를 받자마자 욕설이 쏟아져 나오면 무조건 두말 않고 송수화기를 놓아 버립니다. 또 걸려 오면 또 그렇게 합니다."

"그러다가 진짜 필요한 전화가 걸려 오면 어떻게 합니까?"

"그럴 때를 대비해서 아무리 방금 전에 폭력 전화가 걸려 왔다고 해도 그다음에 걸려 오는 전화를 무조건 끊어 버리지는 않았습니다. 그럴수록 사람은 침착해야 하니까요."

"그럼 그럴 때 어떻게 해야 합니까?"

"아무리 화가 머리끝까지 치밀어 오르더라도 침착하게 일단은 전화를 받고 상대의 첫마디를 들어 보고 나서 폭력 전화다 싶으면 아무 말 없이 끊어 버리면 됩니다. 첫마디로 폭력 전화가 아니라는 것을 알면 정상적으로 전화를 받으면 됩니다."

"선생님 그럴 것 없이 전화번호를 아예 바꾸어 버리면 되지 않겠습니까?" 다른 수련생이 물었다.

"그것도 생각해 보았지만, 상대는 돈도 조직도 있으므로 알려고만 하면 어떻게 해서든지 새 전화번호를 알게 되어 있습니다. 그래서 나는 그 환난(患難) 속에서도 전화번호는 바꾸지 않았습니다. 그래서 지금도 내 전화번호는 그때 그대로입니다."

"그럴 거 없이 역추적 장치를 사용해서 상대의 전화번호를 알아내어 당국에 고발하면 되지 않겠습니까?"

"지금은 그런 제도가 생겼지만, 그때만 해도 그런 제도가 없었습니다."

"그렇게 일일이 전화를 받다 보면 다른 일을 하기 어려우셨을 텐데요?"

"그래서 생각해 낸 것이 전화기를 자동응답 시스템으로 바꾸는 것이었습니다. 자동응답 시스템으로 걸려 오는 전화의 주인공의 목소리를 듣고 폭력 전화가 아니라는 것을 알면 얼른 전화를 받으면 됩니다. 이렇게 해서 나는 폭력 전화를 끝내 이겨낼 수 있었습니다. 폭력 전화가 걸려 올 때 제일 명심해야 할 사항이 뭔지 아십니까?"

"뭔데요?"

먼저 흥분하는 쪽이 진다

"상대가 어떤 폭언을 퍼부어도 절대로 흥분하지 않는 겁니다. 어떠한 대결에서든지 먼저 흥분하는 쪽이 반드시 지게 되어 있다는 것을 알아야 합니다. 상대가 아무리 폭언을 퍼부어도 흥분하지 않고 냉정하게 전화를 끊어 버리는 것은 비유해서 말하면 상대가 달걀로 바위를 치는 격이 될 것입니다. 이쪽이 차분하고 냉정하게 대하기만 하면 상대는 끝내 지쳐서 저절로 손을 들게 되어 있습니다."

"그럼 그 후에 별일이 없었습니까?"

"없긴요. 조를 편성하여 인해작전식으로 폭력 전화 공격을 퍼부었건만 이쪽에서 끄떡도 하지 않으니까, 그다음 번에는 남녀 맹신자들로 3명씩 조를 편성하여 교대로 수련생을 가장하고 우리집에 숨어 들어와 온갖 행패를 다 부렸습니다."

"그때 폭력 사태는 일어나지 않았습니까?"

"다행히도 그때는 항상 『선도체험기』를 애독하는 건장한 수련생들이 늘 내 좌우에 포진하고 있어서 그들이 감히 폭력을 휘두르지는 못했습니다."

"그런데 왜 그 사람들은 그렇게 3명씩 조를 편성해 가지고 찾아왔을까요?"

"군중심리를 이용하기 위해서입니다."

"군중심리라뇨?"

"최소한 두세 명씩 조를 편성하면 서로 상대의 동태를 감시하게 되어 있으니까 절대로 개별 행동을 못 하게 되어 있습니다. 그래서 공산당이나 사이비 종교단체들은 자기네 요원들을 외부에 내보낼 때는 반드시 조를 편성합니다. 한 사람씩 행동하면 제정신을 찾아 이성(理性)을 회복하게 되어 언제 어떻게 조직을 이탈할지 모르지만, 일단 조직 속에 묶어놓으면 어떠한 경우에도 서로 상대를 감시하니까 조원 전체가 합의를 보지 못하는 한 이탈을 방지할 수 있고 군중심리를 이용하여 상대에게 얼토당토않은 생억지를 부릴 수 있습니다.

그들이 만약에 한 사람씩 나를 찾아왔다면 백발백중 나에게 설복당한다는 것을 그들의 우두머리는 너무나도 잘 알고 있었기 때문에 꼭 조를 편성해서 찾아와 생억지를 부리고 욕지거리를 퍼붓게 하곤 했습니다.

그래도 내가 끄떡도 하지 않으니까 이번에는 입심 좋고 욕 잘하는 여자 맹종자 행동대원들로 조를 편성하여 대낮에 우리집 대문에 포진하고 대문을 드나드는 식구들에게 차마 입에 담지 못할 쌍소리와 욕지거리와 악다구니를 퍼부어댔습니다.

앞길이 구만리 같은 딸 같은 나이의 처녀애들이 그런 짓 하는 것이 하도 안쓰러워서 우리 집사람이 나가서 잘 타일러 돌려보내려 했다가 도리어 그녀들의 입심에 눌려 꼼짝없이 손을 든 일도 있었습니다."

"그땐 어떻게 대처하셨습니까?"

"남의 대문 앞에서 이렇게 소란 행위를 저지르는 것은 명백한 치안문란 행위였으므로 112에 신고했더니 5분도 안 되어 경찰이 달려와 처리해 주었습니다."

"그다음엔 별일 없었습니까?"

"아니죠. 갈수록 태산이었습니다."

"또 어떤 일이 있었는데요?"

"나에게 꼭 할 말이 있다면서 그 단체의 간부가 한 명 또는 두 명씩 찾아와서 식당으로 나를 유인해 내어 온갖 회유와 위협 공갈을 해대는 것이었습니다. 심지어 손해배상 청구를 하여 내가 사는 집을 빼앗겠다는 둥 별의별 씨도 먹히지 않는 소릴 다 했습니다.

마음대로 하고 싶은 대로 하라고 하고는 자리에서 일어서려니까 그중에서 무술 유단자 한 명은 그 당시 부상이 덜 회복되어 다리가 불편한 나를 완력으로 꼼짝 못 하게 했습니다. 이때 나는 사전에 약속해 둔 대로 식당 주인에게 눈짓을 했더니 그가 112를 호출하자 경찰이 때마침 달려와서 위기를 모면하기도 했습니다. 그런가 하면 아침에 직장에 출근하는 아내를 납치하여 끌어가다가 아내의 기지(奇智)로 실패한 일도 있었습니다.

별별 수단을 다 동원해도 여전히 먹혀들지 않자 어느 일요일 오후에는 봉고차를 여러 대 동원하여 맹종자 55명을 한꺼번에 우리집에 투입하기도 했습니다. 그들은 마치 공산당이 인민재판 하듯이 일방적으로 다수의 폭력으로 나를 성토하고 단죄하려고 했습니다.

허지만 이 방면엔 그동안 산전수전 공중전 우주전까지 다 겪은 내가 그렇게 호락호락할 리가 있겠습니까. 즉각 112를 불렀죠. 기동경찰이 또 달려와서 가택침입 혐의로 입건하겠다고 으름장을 놓자 그들은 썰물처럼 물러났습니다."

"그 뒤엔 또 별일이 없었습니까?"

"별일이 없다뇨. 아직도 첩첩산중이었습니다."

"그럼 무슨 일이 또 있었습니까?"

"충성 맹세를 한 맹종자 변호사를 동원하여 거금을 들여 출판물에 의한 명예훼손 혐의로 나를 검찰에 고발했습니다. 두 번이나 검찰에 고발을 당한 경위는 이미 『선도체험기』에서 자세히 언급했으므로 되풀이하지 않겠습니다. 결론적으로 말해서 그들은 거대한 조직력과 금력을 갖고도 개인인 나 하나를 당할 수 없었습니다. 왜 그런지 아십니까?"

"글쎄요. 무엇 때문이었을까요?"

인신(人神)의 가호

"한번 잘 생각해 보세요. 그건 내가 남보다 인격이 훌륭했기 때문은 결코 아니었습니다."

"그럼 뭣 때문일까요? 아무리 생각해 보아도 당장 그 이유가 머리에 떠오르지 않는데요."

"불경에 보면 사심 없는 사람, 이타행을 하는 사람은 어떠한 핍박을 받아도 항상 인신의 가호를 받게 되어 있다고 했습니다."

"인신이 뭔데요?"

"인신(人神) 즉 사람과 신입니다. 만약에 내가 그때 한 일이 순전히 나 개인이나 내 가족을 위한 이기적인 행동이었다면 나에게서 어떻게 그런 인내력과 지구력, 그리고 그러한 침착성과 지혜가 솟아나올 수 있었겠습니까. 공교롭게도 나는 위기의 순간을 맞을 때마다 기묘하게도 도움의 손길이 뻗어 와서 생명을 건질 수 있었습니다. 사실 나는 내가 공공의 이익, 이타행(利他行)을 하는 한 무슨 일이든지 과감하게 밀고 나갈 수 있다는 확신을 그동안의 숱한 경험으로 터득했던 것입니다."

"아무리 남을 위한 일이라고 해도 간혹가다가 예수나 이차돈이나 안

중근처럼 이타행을 하고도 목숨을 잃는 일이 있지 않습니까?"

"물론 있습니다."

"목숨을 잃는다면 인신의 가호를 받았다고 말할 수도 없는 일 아닙니까?"

"그건 그렇지 않습니다."

"왜요?"

"인명(人命)은 재천(在天)이란 말이 있지 않습니까? 육신의 목숨을 보호하는 것만이 진정한 의미의 가호(加護)인 것은 아닙니다."

"그럼 무엇이 진정한 의미의 가호입니까?"

"사람은 죽을 때가 되어 죽는 것도 일종의 가호라고 할 수 있습니다. 생자필멸(生者必滅)이라고 하여 우리가 한 번 육신의 생명을 받은 이상 반드시 때가 되면 죽게 되어 있습니다. 제아무리 크게 견성 해탈했다는 대성인이나 대도인이나 구세불(救世佛)도 육체 생명을 영원히 간직한 경우는 하나도 없습니다.

생자필멸의 우주의 변함없는 법칙은 아무도 어길 수 없기 때문입니다. 그러나 생사를 깨달은 도인은 생자필멸 뒤에는 반드시 멸자필생(滅者必生)의 법칙도 엄연히 살아 있다는 것을 알고 있습니다. 깨달은 사람에게는 생사는 마치 낮과 밤이 교대하는 것과 같습니다.

살아 있는 사람이 죽는 것은 낮 시간이 다 되어 밤이 오는 것과 같이 지극히 자연스러운 현상에 지나지 않습니다. 따라서 죽음이란 죽음을 두려워하는 사람에게만 존재하는 것입니다. 죽음을 두려워하지 않는 사람에겐 죽음은 없는 것과 마찬가지입니다. 그것은 마치 낮이 밤으로 바뀌는 현상을 보고는 아무도 낮이 죽었다고 슬퍼하지 않는 것과 같습니다.

따라서 알고 보면 생사란 두려워하거나 슬퍼할 일이 아니라 하나의 필연적인 자연 현상으로 받아들이면 됩니다. 내 경우 인신의 가호라고 하는 것은 인과에 의해 내가 응당 죽을 때가 되어 죽지 못하고 부자연하게 비명횡사하는 것을 미연에 방지하는 것을 말합니다."

뜻있는 죽음

"그럼 비명횡사란 무엇입니까?"

"아무 의미 없이 사욕이나 채우다가 깨닫지도 못한 채 개죽음을 당하는 것을 말합니다. 그러나 비록 같은 죽음이라고 해도 예수나 이차돈이나 안중근의 죽음은 얼마나 뜻있는 죽음입니까? 그들의 죽음은 이타행을 위한 의로운 죽음이었기에 수많은 중생들에게 어떻게 인생을 살아야 할 것인가를 일깨워 준 뜻있는 죽음이 아닐 수 없습니다."

"선생님의 말씀을 가만히 듣고 있자니까 삶과 죽음은 어떤 때는 있다고 하시고 또 어떤 때는 없다고 하시는데 어느 쪽이 맞습니까? 다시 말해서 생사는 과연 있습니까? 없습니까?"

"생사를 초월한 사람에게는 생사는 분명 없습니다. 그러나 생사를 초월하지 못한 사람에게는 생사는 분명히 있습니다."

"생사를 초월한다는 것은 구체적으로 무엇을 말하는지요?"

"생사를 두려워할 것도 아니고 그렇다고 슬퍼할 일도 아닌 일상사로 받아들일 수 있는 사람에게는 생사란 밤낮이나 계절의 변화 이상의 의미는 없습니다. 그러나 죽음을 두려워하고 슬퍼하는 사람에게는 누가 뭐라고 해도 생사는 엄연히 존재하는 것입니다."

"생사의 의미가 그렇게 엄청난 차이를 가져오는 것은 무엇 때문일까요?"

"그건 순전히 마음먹기의 차이, 인식의 차이 때문입니다."

"그럼 마음은 생사까지도 만들어 낸다는 말씀입니까?"

"그럼요. 그래서 일찍이 '마음이 일체를 만들어 낸다'고 하지 않습니까? 그것을 일컬어 일체유심조(一切唯心造)라고 흔히들 말합니다."

"그렇다면 생사는 각자의 마음이 만들어 낸다고 할 수 있을까요?"

"그렇고말고요. 조물주는 하늘 높은 곳에 있는 보좌에 앉아 있는 것이 아니고 바로 내 마음속의 보좌에 앉아 있는 겁니다. 얘기가 본론에서 너무나 빗나간 것 같습니다. 강태석 씨도 이 정도로 마음이 열렸다면 그따위 접신된 부하 직원 한 사람 때문에 고민하거나 스트레스를 받지는 않았을 것입니다. 그 접신된 직원이 강태석 씨에게 어떤 몹쓸 짓을 하더라도 내가 극복해야 할 하나의 시련이요 숙제라고 생각하면 그때그때 능수능란하게 대처할 수 있을 것입니다."

"그런데 선생님, 그 접신된 직원은 이미 해고가 되었는데도 회사 안에서 그에게 정보를 제공해 주는 직원이 한 사람 있어서 화근(禍根)이 되고 있습니다."

"그것이 확실합니까?"

"네 확실한 증거도 확보해 놓고 있습니다."

"그럼 강태석 씨는 그 정보 제공 직원에 대해서 어떤 조치를 취했습니까?"

"아직은 아무런 조치도 취하지 못하고 있습니다. 조치를 취하기 전에 선생님에게 자문을 좀 구했으면 합니다."

"접신이 되어 해사(害社) 행위를 하다가 해고된 사람에게 회사 내의 정보를 제공해 주어 그것을 근거로 직원들에게 전화를 걸어 갖은 악선전을 퍼부어 불안감을 조성함으로써 회사에 해로운 행위를 저질렀다면 우선 그를 조용히 불러서 순리와 이치로 잘 타일러 그렇게 하지 못하게 해야 합니다."

"만약에 그래도 듣지 않을 때는 어떻게 합니까?"

"몇 번 더 잘 타일러 봐서 그래도 완강하게 거절하면 그때 가서는 해사 행위자를 규제하는 사규(社規)에 따라 처리하면 되지 않겠습니까? 이건 지극히 초보적인 상식에 속하는 일인데도 강태석 씨가 지금까지 우유부단하게 나올 뿐 과감한 조치를 취하지 못한 것은 혹시 강태석 씨 자신이 그들에게 어떤 약점이 잡혀 있는 것이 아닌지 의심이 갑니다."

"아닙니다. 선생님 제가 그들에게 무슨 약점이 잡혀 있다면 어떻게 감히 제가 이런 문제를 가지고 선생님한테까지 들고 올 수가 있겠습니까?"

"하긴 그렇군요. 좌우간 내가 이 정도로 얘기했으면 스스로 알아서 지혜롭게 처신해 보도록 하세요. 나는 여기서 더이상 그런 일에 개입하고 싶지는 않습니다. 남의 회사 일에 이 이상 끼어드는 것은 주제넘는 일이 될 수도 있으니까요."

"명심하겠습니다. 혹시 지금 제가 겪는 일도 인과응보일까요?"

"물론입니다. 좋은 숙제로 알고 잘 풀어내면 강태석 씨의 수련은 한 단계 높아질 것입니다."

"잘 알겠습니다. 선생님."

이렇게 말하는 그의 목소리에는 처음과는 달리 한결 힘이 실려 있었다.

〈41권〉

모계사회의 대두

단기 4331(1998)년 5월 15일 금요일 12~28℃ 구름

9명의 수련생이 모여 수련을 하다가 오후 다섯 시가 되자 하나둘씩 자리를 떴는데도, 움직일 생각을 않고 미적대던 20대 후반의 박한규라는 청년 수련생이 나와 단둘이 대좌하게 되자 무척 망설였던 말을 입 밖에 내듯 무겁게 말을 꺼냈다.

"저어 선생님한테 대단히 죄송합니다만 제가 처한 어려운 인생 문제 하나 상의 좀 드려도 되겠습니까?"

"그래요. 어디 말씀해 보세요."

"선생님, 저는 부산에 있는 해운공사에서 기술자로 일하고 있습니다. 저는 원래 해군사관학교에 다니고 있었는데, 생도 때에 여자를 하나 사귀게 되었습니다. 원래 해사에는 3금법이라는 것이 있는데, 그게 바로 술, 담배, 여자를 금하는 겁니다. 그런데 저는 처녀로만 알고 사귄 그 여자가 나중에 알고 보니 부끄럽게도 유부녀였고, 책임을 져야 할 일을 저지르게 되었습니다. 그런데 이 사실을 그녀의 남편까지도 알게 되었습니다. 저는 결국 그 여자의 남편의 고발로 해사에서 퇴교까지 당하게 되었습니다."

"아니 어떡하다 하필이면 유부녀를 사귀게 되었습니까?"

"저는 하늘에 맹세코 그 여자가 유부녀인 줄은 꿈에도 몰랐습니다. 그 여자는 자기 입으로도 분명 처녀라고 했으니까요."

"그래도 처녀와 유부녀는 어디가 달라도 다를 텐데요."

"그 여자는 결혼을 한 뒤로도 남편과 한 번도 잠자리를 같이한 일이 없다고 합니다."

"그렇다면 도대체 결혼은 왜 했답니까?"

"어쨌든 결혼을 하기는 했지만 한사코 잠자리는 같이하고 싶지 않아서 저와 사귈 때도 몸만은 처녀였다고 합니다."

"남편은 뭘 하는 사람이랍니까?"

"육군 중령이라고 합니다."

"육군 중령쯤 되는 사람이 체면이 있지 비록 결혼한 여자와 잠자리는 같이하지 못했을망정 결혼식까지 올린 아내가 다른 남자와 정을 통했다면 가만히 있지는 않게 되었군요. 그 때문에 해사에서 퇴교를 당한 것은 인과응보구, 그럼 그 여자는 여전히 지금도 그 육군 중령의 형식상의 아내입니까?"

"아닙니다."

"아니라뇨. 그렇다면 이혼을 했다는 말입니까?"

"네, 둘은 합의이혼을 했다고 합니다."

"박한규 씨와의 관계 때문이군요."

"그것보다는 그 여자가 제 아이를 낳았다고 합니다."

"그럼 그 일 때문에 합의이혼을 한 건가요?"

"그런 것 같습니다."

"그래도 그 정도로 수습을 한 것은 불행 중 다행입니다. 역시 육군 중령쯤 되는 사람이라 신사적으로 해결한 것이군요. 그럼 박한규 씨의 아이는 사내아이입니까 여자아이입니까?"

"사내아이라고 합니다."

"낳은 지 몇 개월인데요?"

"육 개월이 되었답니다."

"아니 그럼 아직 아이도 보지 못했습니까?"

"네, 아직 보지 못했습니다."

"그럼 그 아이는 지금 누가 키우고 있습니까?"

"그 여자가 키운다고 합니다."

"그럼 그 여자는 지금 어디에 살고 있습니까?"

"혼자서 방을 얻어 살고 있다고 합니다."

"무슨 직업이 있나요?"

"이럭저럭 생활비는 벌어서 쓰는 모양입니다."

"그럼 지금 그 여자가 박한규 씨에게 결혼을 하자고 하는가요?"

"아뇨. 결혼을 하자는 쪽은 제 쪽이지 그 여자 쪽이 아닙니다."

"그럼 그 여자가 박한규 씨에게 요구하는 것은 무엇입니까?"

"그 여자가 저에게 요구하는 것은 아무것도 없습니다."

"그럼 무엇 때문에 박한규 씨는 나에게 상담을 청했습니까?"

"앞으로 저는 어떻게 처신을 해야 할지 저 혼자서는 해결의 실마리를 잡을 수 없어서 그렇습니다."

"그럼 문제는 외부에 있는 것이 아니고 박한규 씨 자신의 마음을 어떻게 가져야 하느냐는 겁니까?"

"그렇습니다. 제 생각으로는 그 여자는 이제는 합의이혼을 했으므로 독신녀이고 더군다나 저의 아이까지 낳은 이상 저와 결혼을 하는 것이 당연하지 않겠습니까?"

"그야 어디까지나 박한규 씨 생각이자 사회의 통념이지 그 여자의 생각은 아니지 않습니까? 그러니까 문제는 박한규 씨의 결혼 요구에 응하지 않는 겁니다. 그것이 현실입니다."

"과거 같으면 이런 경우 남자 쪽보다 오히려 여자 쪽에서 결혼을 하자고 더 서둘러야 할 텐데 지금은 왜 그것이 거꾸로 되어 가는지 그게 저는 이해가 가지 않습니다."

"그럴 겁니다. 그러나 그것이 엄연한 이 시대의 추세입니다. 불과 한세대 전만 해도 여자가 남자와 일단 정을 통했으면 그 남자의 아내가 되어야 했습니다. 더구나 남자의 아이를 낳았다면 당연히 그 남자의 아내가 되어야 했습니다. 그러나 지금은 아닙니다. 불과 10년 전만 해도 여자가 실수로 결혼도 하지 않을 남자의 아이를 임신했으면 당연히 중절수술을 해야 했습니다. 지금도 그런 생각을 가진 여자들이 많지만 그전만큼 많지 않습니다. 그 대신 결혼도 하지 않을 남자의 아이를 낳아서 혼자 기르는 여자들이 늘어나고 있습니다. 왜 그런지 아십니까?"

"전 모르겠는데요."

자유분방한 독신녀

"박한규 씨는 나이는 신세대이면서 머리는 구세대인 것 같습니다. 요즘 신세대들 중에는 결혼을 꼭 해야만 하는 것이라고 생각하지 않는 사람들이 늘어나고 있습니다. 남자고 여자고 평생 누구의 구속도 받지 않고 자유분방하게 혼자 살기를 바라는 독신자들이 증가일로에 있다는 것을 알아야 합니다. 여자들 중에는 남편도 없이 혼자 살기가 좀 외롭고 쓸쓸하니까 자기의 피붙이라도 하나 낳아서 같이 살기를 원하는 사람들도 늘어나고 있습니다."

"그럼 그 아이는 사생아가 되는 것이 아니겠습니까?"

"현행법으로야 엄연히 그렇겠죠. 그러나 그러한 경우가 기하급수적으로 늘어나면 사람들의 생각도 달라지게 됩니다. 다수 국민들의 의식이 바뀌면 법도 자연 바뀌게 되어 있습니다."

"그럼 선생님, 그 여자가 낳은 제 아이의 성은 어떻게 됩니까?"

"모계성(母系姓)을 따르도록 앞으로는 법이 바뀔지도 모릅니다. 앞으로 여권이 지금의 추세대로 자꾸만 신장하게 되면 멀지 않은 장래에 반드시 그렇게 될 것입니다. 당연시되었던 부계사회의 일부다처제가 무너지기 시작하고 한동안 일부일처제가 정착하여 왔지만 앞으로 일처다부제(一妻多夫制)가 합법화될 모계사회의 도래가 이미 시작되었다고 보아도 됩니다.

그렇기 때문에 박한규 씨와 사귀고 있는 그 여자는 결혼식을 올리고도 자기가 싫으니까 부부가 응당 치러야 할 성합(性合)까지도 당당하게 거부하고 있지 않습니까? 남편은 또 어떻습니까? 그전 같으면 강제로라도 합법적인 자기 아내를 제 마음대로 하려고 했겠지만 지금은 감히 그렇게 할 엄두조차 못 내고 오쟁이를 진 끝에 이혼을 당하기까지 하지 않았습니까? 여필종부(女必從夫)를 천명으로 알았던, 성리학(性理學)이 지배하던 기성사회에서는 감히 꿈도 꿀 수 없는 일들이 지금은 다반사로 벌어지고 있습니다."

"그럼 선생님 저는 앞으로 어떻게 처신을 해야 하겠습니까?"

"박한규 씨가 구체적으로 원하는 것이 무엇인데요?"

"저는 제 아들을 낳은 그 여자와 가정을 꾸미고 오손도손 살아 보았으면 합니다."

"그거야 박한규 씨의 생각이지 그 여자의 생각은 아니지 않습니까?"

"그렇긴 합니다만."

"결혼이란 남녀가 합의하에 이루어지는 것인데, 비록 자기의 아이를 낳았지만 결혼은 하지 않겠다는데 강요할 수는 없는 일입니다."

"그럼 선생님 저는 그 여자와는 영영 결혼할 수 없다는 말씀입니까?"

"그 여자가 결혼에 동의하지 않는 한 못 하는 것이죠."

"그럼 저는 어떻게 해야 합니까?"

"한시바삐 그 짝사랑의 꿈에서 깨어나야 합니다. 『선도체험기』애독자인 박한규 씨는 지금이라도 늦지 않으니까 빨리 현실을 직시하고 그 현실을 있는 그대로 받아들여야 합니다."

"어떤 현실 말입니까?"

"박한규 씨가 처한 현실 말입니다. 그리고 이 우주 안에서 변하지 않는 것은 아무것도 없다는 엄연한 진리를 이번 경험을 통하여 뼈저리게 깨달아야 합니다. 제행무상(諸行無常)입니다. 여필종부라는 고정관념에서 신속히 깨어나야 합니다. 또한 남자의 아이를 낳은 여자는 반드시 그 남자와 결혼을 해야 한다는 고정관념에서도 빨리 깨어나야 합니다. 그리고 지금은 불확실성이 지배하는 혼돈의 시대라는 것도 알아야 합니다. 과거 수천 년을 지배하여 온 부계사회가 바야흐로 모계사회로 변화하는 와중에 있다는 것도 알아야 합니다.

일처다부제(一妻多夫制)가 지배했던 모계사회에서는 아비가 누구인지 모르는 아이들이 수두룩했습니다. 그래도 그 당시에는 사회활동에 아무런 지장도 받지 않았습니다. 아이들은 당연히 어머니의 성을 따랐습니다. 그래서 성(姓)을 표시하는 한자는 계집녀(女) 변에 날생(生) 자의 합자로 이루어져 있습니다. 남자는 누군지 모르지만 좌우간에 특정 여자가 낳았다는 뜻입니다. 그러므로 처음부터 어미의 성을 따르는 것은 당연합니다.

모계사회에서는 여자가 경제권을 쥐고 있으므로 여자는 남자를 마음대로 고를 수 있었습니다. 남존여비 시대와는 정반대의 현상이 일어난 것입니다. 다시 말해서 남자들은 한갓 여자의 성적 노리개로 전락될 수도 있습니다. 따라서 아이를 낳아도 구태여 누구의 씨인지 구분할 필요도 없어지게 됩니다.

지금도 티베트에서는 수천 년 전의 모계사회가 그대로 유지되고 있다고 합니다. 3, 4명 혹은 5, 6명의 남편들이 한집에서 한 여자를 지어미로 공유하여 사이좋게 살아가고 있다고 합니다. 지금과 같은 추세대로 계속 여권이 신장되다가 보면 멀지 않은 장래에 그렇게 되지 말라는 법도 없어지게 될 것입니다."

"그럼 그 여자가 낳은 제 아이는 영영 제 성을 따를 수도 없다는 말씀인가요?"

"그 여자가 박한규 씨와 결혼해 주지 않는 한 그런 행운은 바라지 않는 것이 마음 편할 것입니다. 아까도 말했지만 박한규 씨에게 지금 필요한 것은 집착과 고정관념에서 신속히 벗어나는 일입니다. 응무소주이생기심(應無所住而生其心)해야 합니다."

"응무소주이생기심이 무슨 말입니까?"

"『금강경』에 나오는 핵심 명제인데, 이 한문을 직역하면 '마땅히 머무름 없는 마음을 내어야 한다'는 뜻입니다. 다시 말해서 마음을 한곳에 고정시키지 말아야 한다는 뜻입니다. 집착하지 말라 또는 고정관념에 얽매이지 말라는 뜻입니다.

이 세상의 온갖 집착과 고정관념에서 떠나는 것이야말로 구도의 시작이자 끝입니다. 그렇다면 그 집착과 고정관념은 어디에서 오는가? 바로 탐욕에서 옵니다. 탐욕에서 완전히 벗어날 때 우리 마음은 완전히 비워지게 됩니다. 마음이 완전히 비워져서 티끌 한 점도 없는 무일물(無一物)이 되었을 때 우리는 진리와 부지중 접합(接合)하게 됩니다.

내가 보기에 박한규 씨는 지금 심리적으로 중대한 위기에 처해 있습니다. 그러나 단지 마음을 어떻게 먹느냐에 따라 이 위기는 호기가 될 수도 있습니다. 전화위복(轉禍爲福)이 과연 될 것인가의 여부는 오직 박한규 씨의 마음 하나에 달려 있습니다."

"무슨 말씀인지 이제는 잘 알 것 같습니다. 그런데 문제가 하나 있습니다."

"문제라뇨? 혹시 그 여자가 양육비라도 청구했습니까?"

"아뇨. 양육비 얘기를 꺼낸 일은 없습니다. 그러나 저에게서 돈을 꾸어 간 일은 있습니다."

"얼마나요?"

"한 6백만 원 됩니다."

"그것뿐입니까?"

"그것 말고도 제 친구들한테 저를 빙자하고 한 4, 5백만 원 빌려 가고는 갚지 않았으므로 제가 대신 갚아 준 일은 있습니다."

"혹시 박한규 씨는 그 돈을 그 여자에게 돌려 달라고 하지는 않았습니까?"

"아뇨."

"그건 잘했습니다. 박한규 씨가 여자에게 책임질 일을 했고 아이까지 낳았으니 아기의 분만비용이며 양육비로 그 정도의 금전적 기여는 마땅히 해야 합니다. 그리고 모든 남성들은 매춘을 직업으로 하지 않는 어떠한 여자든지 함부로 건드리면 반드시 발목이 잡힌다는 것을 명심해야 합니다."

"그리고 참, 선생님, 그 여자와 만나는 것은 어떻게 해야 할까요?"

"지금도 만나고 있습니까?"

"네, 결혼도 동거도 반대하면서도 한 달에 서너 번씩 지금도 만나고 있습니다."

"만나서 뭘 합니까?"

"습관적으로 저녁 먹고 영화 같은 거 보고 여관에 갑니다. 이런 관계도 청산해야겠죠?"

"그거야 둘이서 알아서 의논하여 해결할 일입니다. 아이까지 낳은 사이니 그만한 문제는 원만하게 합의할 수 있는 일이 아니겠습니까?"

"그런데 선생님 저는 유달리 성욕이 강한 게 아닐까요?"

"그렇지 않습니다. 지금 한창나이인데 그 정도는 보통 수준입니다. 그러나 단순히 성욕 때문에 결혼도 하지 않을 그 여자에게 질질 끌려다니는 것은 건전한 인생을 위해서든 수행을 위해서든 결코 바람직스러운 일이 아닙니다."

"성욕에서 벗어날 수 있는 길은 없을까요?"

연정화기(煉精化氣)

"부지런히 수련을 해서 연정화기가 되어야 합니다. 수련이 그 경지에 도달하면 성욕을 능히 조절도 할 수 있고 극복도 할 수 있습니다."

"저는 그 경지에 가려면 아직도 멀었겠죠?"

"그거야 박한규 씨의 수련 진도 여하에 달려 있습니다."

"저는 『선도체험기』에서 가르친 대로 기공부, 몸공부, 마음공부를 누구나 자기 나름대로 열심히 하고 있다고 생각하는데도 제가 원하는 대로 안 되는 것을 보면 저의 수련 방법에 무슨 결정적인 결함이 있는 것은 아닐까요?"

"물론 결정적인 결함이 있습니다."

"그게 뭡니까?"

"언제나 수행자의 앞길을 가장 많이 가로막는 것은 성욕입니다. 박한규 씨는 하루 24시간 중에 어느 시간대에 가장 강하게 성욕을 느낍니까?"

"새벽 다섯 시에서 여섯 시 사입니다."

"그때 박한규 씨는 무슨 생각을 합니까?"

"요즘 말입니까?"

"물론입니다."

"그 여자를 생각합니다."

"왜 그 여자를 생각합니까?"

"지금까지는 그 여자가 제 성적 고민을 가장 확실하게 해결해 왔으니까요."

"그것은 좋지 못한 습관의 틀입니다."

"그렇습니까?"

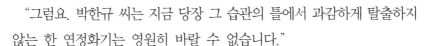

"그럼요. 박한규 씨는 지금 당장 그 습관의 틀에서 과감하게 탈출하지 않는 한 연정화기는 영원히 바랄 수 없습니다."

"그렇습니까?"

잘못된 습관의 틀

"그렇고말고요. 그 잘못된 습관의 틀을 당장 깨어 버려야 합니다."

"어떻게 말입니까?"

"지금처럼 성욕이 강하게 일어날 때마다 그 여자를 생각하면 자연히 그 여자를 만나고 싶어지고 그렇게 되면 똑같은 일이 자꾸만 되풀이됩니다. 수련도 그 자리에서 한 발자국도 더 앞으로 나아가지 못하고 정체되거나 퇴보하게 됩니다. 이것을 가지고 박한규 씨가 그 여자에게 발목이 잡혔다고 말하는 겁니다."

"그럼 어떻게 해야 합니까?"

"양기가 한창 발동될 새벽 다섯 시와 여섯 시 사이에 그 여자 생각이 나 하면서 누워 있을 것이 아니라, 아예 다섯 시 정각만 되면 벌떡 일어나서 조깅을 시작하도록 하십시오. 이것이 바로 박한규 씨에게는 성욕을 이길 수 있는 가장 확실한 길입니다.

물론 오래된 습관의 틀을 깬다는 것이 힘겨운 일이겠지만 이러한 과감한 행동을 취하지 않고는 발전이 있을 수 없습니다. 하늘은 스스로 돕는 자를 반드시 도와주게 되어 있습니다. 처음 사흘을 넘기기가 무척 어려울 것입니다. 그러나 그것을 극복하고 일주일 동안 지속하면 희망이 있습니다. 2주일을 넘기면 자신감이 붙게 될 것입니다. 거기서 좀더 분발해서 3주일을 넘기면 어느덧 새로운 습관의 틀이 형성될 것입니다.

극기(克己)의 보람

그때부터는 한결 수월하게 새벽 달리기를 할 수 있게 될 것입니다. 자신과의 싸움에서 이긴 자의 극기(克己)의 보람이 무엇인가를 피부로 느끼게 될 것입니다. 이것은 귀중한 자산이 되어 앞으로 박한규 씨의 인생에 좋은 귀감이 될 것입니다. 이러한 수련이 쌓이고 쌓여서 연정화기의 경지에도 진입하게 됩니다.

어찌 그뿐이겠습니까? 여자나 성욕 따위에 발목이 잡혀 있는 지금보다 훨씬 더 인격적으로 고양(高揚)된 자신을 깨닫게 될 것입니다. 드디어 연정화기의 경지에 들게 되면 더이상 성욕 때문에 실수를 저지르는 일은 없어지게 될 것입니다."

"허지만 제 수련이 그 경지에 못 들게 되면 어떻게 합니까?"

"그때엔 자기 자신과 신중한 대화를 해야 합니다. 금생에 연정화기에 오를 자신이 없으면 결혼 상대를 고르는 수밖에 없습니다."

"그때 다른 여자와 결혼하는 것을 제 아이를 낳은 그 여자가 반대하면 어떻게 하죠?"

"결혼을 결정하기 전에 그 여자와 진지하게 의논을 하세요. 내가 보기에는 박한규 씨와의 결혼을 원치 않는 그 여자가 박한규 씨의 결혼까지 가로막지는 않을 것입니다."

"그럼 애비 없는 그 아이는 어떻게 됩니까?"

"산모와 아이의 장래 문제를 의논해 본 일이 있습니까?"

"그 여자는 앞으로 아이를 안고 제 앞에 나타나는 일은 절대 없을 것이니 안심하라고 했습니다. 그리고 양육비도 요구하지 않겠다고 했습니다."

"아마도 아득한 옛날 모계시대에는 그랬을 것입니다. 현행법으로는 부부가 이혼을 하면 양자 간의 별도 합의가 없는 이상 자녀는 당연히 남자 쪽이 책임져야 하는 것과 마찬가지로, 모계시대에는 자녀의 일차적인 소유권은 당연히 여자가 갖게 됩니다.

그러나 지금은 과도기이므로 여자가 비록 아이는 자기가 책임지겠다고 해도 언제 어떻게 마음이 바뀔지 모르니까 모든 가능성에 대해 미리 대비를 해 두어야 할 것입니다. 어쨌든 간에 여자는 절대로 잘못 건드리면 두고두고 평생 화근이 된다는 것을 알아야 합니다. 화류계 여성이라고 해서 안심해도 안 됩니다.

작고한 정부 고위층인 모씨가 그 좋은 실례입니다. 상대했던 여자가 타계한 뒤에도 그 여자가 낳았다는, 모씨를 쏙 빼닮은 청년이 미국에서 나타나 친자 확인 소송을 걸어오는 일도 있으니까요. 무조건 여자는 조심해야 합니다. 박한규 씨가 지금 겪고 있는 고통은 이 교훈을 일깨우게 하려는 시련입니다. 박한규 씨는 지금 그 때문에 아주 비싼 수업료를 내고 있는 겁니다."

"만약에 그 여자가 이다음에 지금의 약속을 어기고 그 아이를 안고 제 앞에 나타나든가, 아니면 그 아이가 자라서 제 앞에 나타나면 어떻게 하죠?"

"유비무환(有備無患)이라는 말이 있지 않습니까. 지금부터 그때를 대비하여 만반의 준비를 해 두면 됩니다. 아무 준비도 없을 때 갑자기 무슨 일을 당할 때가 늘 문제가 되는 것이지 미리 알고 준비한 상태에서 당하는 일은 환란(患亂)이 아닙니다. 인과응보로 알고 천망회회소이불실(天網恢恢疎而不失)을 늘 염두에 두면 이 세상에 두려울 것도 없습니다."

"접근해 오는 여자를 아무 생각 없이 건드린 것이 그렇게 무서운 결과를 가져오리라고는 그때는 미처 생각지 못했습니다."

"그걸 깨달았으니 됐습니다."

"그럴까요?"

"그렇고말고요. 박한규 씨는 앞으로 다시는 그런 어리석은 일을 저지르지는 않을 거 아닙니까?"

"그렇긴 합니다만."

단전호흡은 어떻게 해야 하나?

1998년 7월 31일 금요일 24~28℃ 비 구름

"단전호흡을 할 때에는 의식적으로 흡입한 공기를 힘을 주면서 단전까지 밀어내려야 합니까? 아니면 그냥 자연스럽게 해야 합니까?"

"흡입한 공기를 의식적으로 힘을 주어 단전까지 내려보내는 방식의 호흡을 무식호흡(武式呼吸)이라고 합니다. 이런 호흡은 특별히 필요한 경우에만 합니다. 너무 힘이 들어서 초심자는 지쳐 버리니까요. 그래서 평상시에는 자연스러운 호흡을 하는 것이 좋습니다."

"허지만 강하게 밀어 내리지 않으면 단전에 기운이 느껴지지 않습니다."

"그렇다면 단전에 기운을 느낄 수 있는 상태가 고정될 때까지는 무식호흡을 하다가 문식호흡(文式呼吸)으로 바꾸어 보세요."

"문식호흡이 뭔데요?"

"호흡에 의식적으로 힘을 넣지 않고 하는 자연스런 호흡을 말합니다. 단전호흡 시작하신 지 얼마나 되었습니까?"

"한 달쯤 되었습니다."

"호흡을 할 때 의식을 어디에 두십니까?"

"의식요? 그건 별로 생각해 보지 않았는데요."

"단전호흡을 할 때는 무엇보다도 의식을 단전에 두어야 합니다. 그래야만이 단전호흡이라고 할 수 있습니다. 그러니까 의식이 단전에서 떠난 호흡은 복식호흡은 될 수 있을지언정 단전호흡이라고는 할 수 없습니다.

의식이 일단 단전에 가 있으면 단전호흡은 자동적으로 이루어지게 되어 있습니다.

그래서 행주좌와어묵동정(行住坐臥語默動靜) 염념불망의수단전(念念不忘意守丹田)이라고 했습니다. 길을 가든지 서 있든지, 앉아 있든지 누워 있든지, 말을 하든지 침묵을 지키든지, 움직이든지 조용히 있든지 간에 마음은 항상 단전을 지키고 있어야 한다는 뜻입니다."

"그런데 선생님 호흡은 어떻게 해야 합니까?"

"방금 말한 대로 의식을 단전에 두고 호흡한다는 것을 잠시도 잊지 말아야 합니다. 의식이 일단 단전에 가 있으면 호흡을 강하게 하든 약하게 하든지 간에 단전에는 기운이 쌓이게 되어 있습니다. 의식이 단전에 가 있으면 코로 들이쉰 숨은 어떻게 해서든지 단전에까지 닿게 되어 있습니다.

초심자는 그렇게 해도 단전에 좀처럼 따뜻한 기운을 느끼지 못하는 수가 있습니다. 그런 때는 조기태 씨처럼 무식호흡을 시도해 보는 겁니다. 무식호흡을 하든 문식호흡을 하든 마음이 단전에 가 있는 한 기운은 단전에 모이게 되어 있습니다. 단지 초심자는 기 감각이 무뎌서 느끼지 못할 뿐입니다."

시대와 환경에 맞지 않는 수행법

"들이쉴 때 몇 초, 내쉬기 전에 몇 초 동안 숨을 멈추고 또 몇 초 동안 내쉬는지 알고 싶습니다."

"그런 것은 생각할 필요가 없습니다."

"그래도 단전호흡에 관한 책을 보면 몇 초 들이쉬고 몇 초 멈추었다가 몇 초 내쉬라고 나와 있던데요."

"숨은 어디까지나 각자의 호흡 능력에 맞게 들이쉬고 내쉬고 하는 것이지 그렇게 일률적으로 몇 초 들이쉬고 몇 초 멈추고 몇 초 내쉬고 하는 것이 아닙니다."

"그런데 책에는 왜 그렇게 나와 있죠?"

"그러니까 독자는 책을 잘 선택해야 합니다. 인간은 원래 소우주입니다. 각자의 호흡의 길이는 그 사람의 체질과 특성에 맞게 스스로 조절하게 되어 있습니다. 이것을 무시하고 일률적으로 들이쉬기, 멈추기, 내쉬기를 규정해서 그대로 강요하면 생각지도 않았던 부작용이 생겨 각종 질병에 걸리게 됩니다. 소우주인 인체의 자율성을 무시했기 때문입니다. 우리집에는 그러한 이상야릇한 책들을 보고 단전호흡을 하다가 얼굴이 누렇게 병이 들어 찾아온 사람이 많이 있습니다. 책 선택을 잘못하면 그러한 화를 자초하게 됩니다. 조심해야 합니다."

"단전호흡에 관한 책들이 대부분 호흡을 길게 하되 적어도 한 호흡이 1분은 되어야 하고 흡(吸)지(止)호(呼)의 3단계 호흡을 해야 한다고 하는데 그게 다 잘못되었다는 말씀입니까?"

"그렇습니다. 나도 수련 초기에는 그런 책들을 읽어 보았습니다. 그리고 그 책에 쓰여진 대로 흡지호(吸止呼) 3단계로 나누어 해 보기도 하고, 가능한 한 길게 호흡을 해 보기도 했습니다. 그러나 아무리 그렇게 해 보아도 제대로 호흡이 되지 않았습니다. 왜 그럴까 하고 나는 내 나름대로 연구를 해 보았습니다.

연구 끝에 나는 놀라운 사실 하나를 발견했습니다. 우리가 단전호흡을 하는 목적은 기공부를 하자는 것이지 호흡을 1분, 8분, 10분 하는 식으로 길게 늘이는 데 목적이 있는 것이 아니라는 겁니다. 그리고 실제로 해 보니까 호흡을 가능한 한 길게 하는 호흡법에 집착하는 수행자들은 대체로 호흡기 계통의 장애를 위시한 각종 질병에 걸리는 수가 많다는 것도 알아냈습니다. 왜 이런 일이 일어날까요? 그 후에도 나는 연구와 조사를 거듭해 오다가 마침내 그 원인을 알아냈습니다."

"그게 뭐죠?"

"호흡의 길이에 중점을 둔 책들을 쓴 사람들은 실체험에 바탕을 두고 책을 쓴 것이 아니라 남이 쓴 것을 그대로 우리말로 옮겼거나 확실치도 않은 자기 의견을 가미했다는 겁니다. 문제는 자기가 직접 수행을 해 보고 나서 그 체험을 바탕으로 하여 책을 쓴 것이 아니라는 것이 결정적인 착오였습니다. 몇백 년 전에 한문으로 쓰여진 책들을 적당히 재편집을 했거나 일본이나 대만에서 쓰인 책을 그대로 옮긴 것들이었습니다. 선도에서 체험이 빠져 버리면 달걀에서 노른자위가 빠져 버린 것과 같습니다.

1984년도에 김정빈의 『단』이라는 선도소설이 공전의 대히트를 치기는 했지만 그 당시 국내에는 체험을 바탕으로 하여 일가를 이룬 선도 수행가도 없었고 더구나 책을 쓸 만한 사람도 없었습니다. 수요는 폭발적으로 늘어나고 있는데 공급은 지나치게 달리는 형편이었습니다. 가짜와 사이비가 등장하기에 가장 적합한 상황이 조성되고 있었습니다.

이러한 분위기에 편승해서 단시일 안에 선도수련을 직접 해 보지도 못한 사람들이 방금 말한 것과 같은 엉터리 책들을 써서 내놓았는데 이것이 날개 돋친 듯이 팔려 나간 것입니다. 그것이 각종 부작용을 불러일으켰습니다. 무조건 책에 쓰여 있는 대로 호흡을 길게 늘이기만 하다가 건강도 깨지고, 수련 효과도 얻지 못하고 각종 질병에 걸리게 되었던 것

입니다."

"그렇다면 정부 당국에서는 뭘 했습니까?"

"정부의 당국자 중에 선도수련을 해 본 사람이 있어야 단속을 하든가 말든가 할 텐데 모두가 선도에 대해서는 문외한이요 백지상태이니 무슨 대책을 세울 수 있겠습니까?"

"그렇다면 그거야말로 큰일이 아닙니까?"

"큰일이죠. 엉터리 책들만 나돈 것이 아니라 한때는 엉터리 수련단체 들도 우후죽순처럼 제멋대로 생겨났습니다. 여기에서 착안된 것이 어떻게 해서든지 내가 직접 체험한 『선도체험기』를 써 보아야 하겠다는 것이었습니다.

다행히도 내가 쓴 『선도체험기』가 90년 1월에 처음 1, 2권이 나온 이래 지금까지 42권이나 나올 수 있었던 것은 이 책을 읽은 독자가 있었기 때문이 아니겠습니까? 이 책의 내용들이 옛날 책을 그대로 옮겨 놓았다거나 남의 것을 무비판적으로 베낀 것이었다면 벌써 생명력이 다하여 사라져 버렸을 것입니다. 그래도 이 책을 꾸준히 찾는 독자들이 있다는 것은 그만큼 이 책의 생명력이 있기 때문이 아니겠습니까. 그래서 조기태 씨도 이 책을 읽고 나를 찾아온 것이고요. 이제는 책을 고르는 안목도 생겼을 테니까 함부로 아무 책이나 읽지 않도록 조심하세요."

"네, 명심하겠습니다."

"아울러 이 기회에 꼭 알아 두셔야 할 것은 단전호흡은 호흡의 길이가 핵심이 아니고 얼마나 많은 기운을 단전에 축적하고 운용할 수 있는가 가 핵심이라는 겁니다. 기운이 일단 단전에 쌓이기 시작하여 운기가 활발해지면 호흡은 자연히 길어지게 되어 있습니다. 운기도 하지 못하면서 무조건 호흡만 길게 늘리려고 억지를 부리니까 엉뚱한 질병만을 초래한 것입니다. 단전호흡이라는 것이 원래 기공부를 하기 위해서 고안된 훈련 체계인데, 엉뚱하게도 호흡의 길이에만 중점을 두면 되겠습니까?"

"그래도 선도에 관한 고서(古書)들이 호흡의 길이를 중시했을 때는 그만한 이유가 있었을 거 아닙니까?"

"좋은 질문을 해 주셨습니다. 선도수련을 했던 옛 선인(先人)들이 그러한 기록을 남겼을 때는 다 그만한 이유가 분명히 있었을 것입니다. 그러한 기록이 나왔을 당시에는 분명 유효했기 때문에 그러한 책들이 쓰여졌을 것입니다만 많은 세월이 흘러간 지금은 그러한 수행법이 먹혀들지 않게 되었습니다. 그러니까 옛날 기록대로 호흡을 길게 늘려 보았자 아무런 효과도 없는 겁니다."

"그 이유가 어디에 있다고 보십니까?"

"지금은 그러한 기록을 남긴 선배 선도인들이 살던 시대도 아니고 그들이 살던 환경도 아니기 때문입니다."

"아니 그렇다면 시대와 환경이 바뀌면 수행법도 바뀌어야 한다는 말씀인가요?"

"물론입니다."

"왜 지금 사람들에게는 듣지 않을까요?"

"방금도 말했지만, 지금은 4백 년 전이 아니기 때문입니다. 지금은 사람들이 그 당시와는 다른 공기와 물과 음식과 옷과 주택과 운송수단을 이용하고 있습니다. 시대와 환경이 변했으면 사람 사는 방법도 그 밖의 모든 것이 마땅히 바뀌어야 합니다.

옛날에는 지극정성을 다해도 기를 느끼는 데만 5년 내지 10년의 세월이 필요했습니다. 스님들 중에는 백회가 열리는 수행자가 나오면 온 절이 축제를 벌이곤 했다고 말하는 분이 있습니다. 그러나 요즘 수행자는 올바른 스승만 만나면 수련을 시작하자마자 금방 기운을 느끼는 경우가 허다합니다. 그리고 1년 내지 3년 안에 대주천이 됩니다."

"왜 그렇죠?"

"지금은 그만큼 많은 구세도인(救世道人)을 필요로 하는 시대이기 때문입니다. 현재 한반도 상공에는 옛날과는 비교도 안될 만큼 짙은 기운대(氣運帶)가 형성되어 있습니다. 바로 이 때문에 단전을 지긋이 의식만 해도 곧 기운을 느낄 수 있습니다. 그러나 옛날에는 지금처럼 짙은 기운대가 형성되어 있지 않았습니다.

그런 때는 호흡을 흡지호(吸止呼) 세 단계로 가능한 한 길고 강하게 해야 했습니다. 그런 호흡법을 써야만이 공기 중에 희박하게 퍼져 있는 기운을 끌어들일 수 있었습니다. 지금과는 상황이 정반대였기 때문에 그런 호흡법이 필요했던 것입니다. 그러나 지금은 아닙니다. 변해진 시대 환경에 알맞게 모든 것이 변해야 합니다. 정치, 경제, 사회, 문화의 판과 틀도 새로 짜야 합니다. 그런데 선도 수련법만은 옛날 것이 그대로 적용될 수 있겠습니까?"

"물론 그럴 수는 없겠죠."

"그렇습니다."

"그런데 왜 그렇게 모든 것이 자꾸만 변하기만 할까요?"

"한 번 생겨난 삼라만상은 생로병사(生老病死), 성주괴공(成住壞空), 기흥쇠망(起興衰亡)의 과정을 거쳐 변하게 되어 있습니다. 더구나 이 중에서 생명체는 변하지 않으면 썩거나 죽게 되어 있습니다. 그러므로 변한다는 것은 살아 있음의 증거이기도 합니다.

사람도 유아 시절에는 유아 시절에 살아가는 방식이 있고 유년 시절, 소년 시절, 청년 시절, 장년 시절, 노년 시절에도 각각 그 시절에 살아가는 방법과 노하우가 있습니다. 그런데 이것을 무시하고 청년기가 되었는데도 유년 시절에 쓰던 방법을 고집하면 낙후되고 탈락되거나 도태당하게 될 것입니다.

젖먹이가 점점 자라나서 누웠던 자리에서 몸을 뒤채고 기고, 일어나 앉고, 서고 걷고 하는 과정을 유심히 관찰해 보십시오. 누워서만 지내던 아이가 몸을 뒤채기 시작할 때 얼마나 많은 시행착오를 거듭합니까? 기고 앉고, 일어서고 걷고 하는 매 단계도 마찬가지입니다.

매 단계마다 얼마나 많은 시행착오 끝에 다음 단계로 넘어갑니까? 어린아이로서는 정말 전심전력을 다한 각고의 노력 끝에 한 단계 한 단계 올라가는 겁니다. 어린아이의 내부에서 생명력이 자라나면서 아이는 점차로 변하고 성장해 가는 겁니다. 어린아이가 태어나서 자라나고 늙어서 죽는 과정은 특별히 어떤 의식적인 노력을 가하지 않아도 생명체 내부에 저장된 프로그램에 따라 자동적으로 이루어집니다.

구도의 바탕은 자기 체험

그러나 구도는 그렇지 않습니다. 진리를 깨닫고 그것과 하나가 되는 것 즉 성통공완(性通功完), 견성 해탈(見性解脫)이라는 뚜렷한 목표를 구도자는 정해 놓고 지극정성을 다하여 일로매진(一路邁進)해야 합니다. 이때 조심할 것은 수련을 하는 것은 어디까지나 자기 자신이지 외부에서 누가 대신해 주는 것은 아니라는 겁니다."

"무슨 뜻인지 잘 알아들을 수 없는데요."

"남의 책을 참고는 하되 맹신하지는 말라는 말입니다."

"그래도 좋은 책과 나쁜 책은 구별해야 하는 거 아닙니까?"

"물론입니다."

"좋은 책을 구별할 수 있는 믿을 만한 기준이 있으면 좀 말씀해 주십시오."

"좋은 책은 책방에 들어가기만 해도 자기를 읽어 줄 독자의 시선을 끌게 되어 있습니다. 읽어 보고 책에 쓰인 대로 직접 체험을 해 보고 나서 좋은 성과를 얻으면 확실히 좋은 책입니다. 수련이 진전되어 기 감각이 예민해지면 좋은 책에서는 기운이 발산되는 것을 느낄 수도 있습니다."

"책에서 기운이 발산되는 것은 무엇 때문일까요?"

"책에 쓰인 내용이 진리를 있는 그대로 밝혔을 때는 낮은 땅에 물이 고이듯 그 책에도 진리의 기운이 고이게 됩니다. 이처럼 모였던 기운이 외부로 발산하게 되는데 이때 수행이 진전되어 그 기운과 주파수가 맞는 사람을 만나면 상호 감응을 일으키게 됩니다. 그럴 때는 책 자체가 진리를 전파하는 매개체가 됩니다. 발전소에서 나오는 전기가 일반 수요자에게 공급되기 전에 중간 기착지인 변전소가 필요하듯 진리는 구도자에게 전달되기 전에 역시 중간 기착지인 책이라는 매체를 필요로 합니다.

그러한 책을 쓴 영적 스승이 변전소 역할을 담당할 수도 있습니다. 그럴 때는 그 사람 자신이 얼마나 진리에 가까워져 있는가에 따라서 그의 주위에 일정한 기운의 자장을 형성하게 됩니다. 수행자가 그 자장 안에 들어가면 그의 깨침의 정도에 따라 상호 감응을 일으키게 되어 있습니다.

그러나 낡아 버린 스승, 케케묵은 책에서는 그러한 진리의 기운이 발산되지 않습니다. 왜냐하면 진리에 도달하는 구도의 틀은 시대가 바뀔 때마다 변하기 때문입니다. 그러니까 전 시대의 방법대로 아무리 따라 해 보았자 성과가 오르지 않습니다."

"그럴 때는 우리 같은 평범한 수행자들은 어떻게 해야 합니까?"

"방금 말했지만 새로운 시대 환경에 알맞게 판을 새로 짜는 데 성공한 영적 스승과 그가 쓴 책을 만나는 것이 지름길입니다."

"그러한 스승을 그렇게 쉽게 만날 수 있을까요?"

"제자가 작심을 하면 스승이 저절로 나타난다는 격언이 있습니다. 두드리는 자에게는 반드시 열리게 되어 있으니까요. 이때 새 시대를 선도하는 영적 스승은 처녀지를 개척하는 심정으로 과거의 유산들을 하나하나 점검해 들어가면서 실험과 체험을 거쳐 새로운 판을 하나하나 짜 나갑니다. 낡은 방법에만 매달려 있는 사람들은 날이 갈수록 뒤로 처질 것이고 실험 정신이 강한 구도자들은 나날이 새로운 경지를 개척해 나갈 것입니다.

오늘날 물질과학은 하루가 다르게 발전을 거듭하여 새로운 개발품들이 쏟아져 나오지만 정신과학 분야에서는 지금도 옛 틀에 집착하고 있는 사람들이 많습니다. 게으른 사람들은 옛것을 고집할 것이고 부지런하고 성실한 사람들은 막장을 파 들어가는 광부처럼 진리의 새로운 면모들을 하나하나 발굴해 나갈 것입니다.

이 일은 반드시 체험을 통해서만 가능합니다. 옛 방식들이 도움이 되지 않는 것은 바로 체험을 통하지 않았기 때문입니다. 그래서 임제 선사는 수련 중에 부처가 나오면 부처를 죽이고 조사(祖師)가 나오면 조사를 죽이라고 했습니다. 이것이 저 유명한 임제(臨濟)의 살불살조(殺佛殺祖)

정신입니다. 다시 말해서 자기가 직접 체험해 보고 확인되지 않은 외부의 가르침에는 의존하지 말라는 뜻입니다.

아무리 경전에 쓰여 있는 좋은 말이라도 직접 체험을 통해서 입증이 되지 않는 한 믿을 것이 되지 못합니다. 선도수련 분야에도 예외는 없습니다. 옛 방식을 고집하던 사람들은 지금 맥을 추지 못하고 있습니다. 조상의 뼈만 우려먹으려는 안이한 사고방식이 그들의 생명력을 약화시켜 앞길을 가로막은 겁니다. 그렇다고 해서 조상이 물려준 유산을 완전히 무시하자는 것은 아닙니다.

조상들의 유산을 참고는 하되 현실에 맞지 않는 것은 과감하게 개혁해 나가자는 겁니다. 하나하나의 체험이 쌓이고 쌓이면서 구도자는 진리에 한 발 한 발 육박해 들어가는 겁니다. 그런 과정을 통해서 구도자는 새로운 모습, 보다 진리에 가까워진 모습으로 바뀌게 됩니다."

〈45권〉

아무것도 아닌 것

1998년 9월 30일 수요일 16~21℃ 비

오후 3시. 다섯 명의 수련생이 모였다. 40대 후반의 사업가 오성식 씨가 물었다.

"선생님, 저는 사업이 잘 안되고 부도 위기에 몰리기만 하면 영락없이 뒷목이 뻣뻣하게 굳어 오고 심한 두통이 오곤 하는데 이런 땐 어떻게 해야 합니까?"

"그런 걸 보고 뭐라고 하는지 아십니까?"

"스트레스라고들 하는 모양이던데요."

"그렇습니다. 그런 걸 스트레스라고 합니다. 그럴 때는 스트레스를 받지 않으면 됩니다."

"스트레스를 받지 않을 수도 있나요?"

"있고말고요."

"어떻게 하면 스트레스를 받지 않을 수 있습니까?"

"스트레스란 자기가 하고자 하는 일이 뜻대로 돌아가지 않거나 원하지 않는 일이 일어날 때 일어나는 일종의 심리적인 압박이며 긴장상태입니다. 이것을 이기는 방법은 스트레스에 지배당하지 말고 도리어 그 스트레스를 지배해 버리면 됩니다."

"저도 그 점을 생각 안 해 보지 않았는데 막상 당해 보면 그렇게 되지 않습니다."

"무슨 일이든지 안 된다고 생각하면 안 되는 겁니다. 그러나 그와는 반대로 무슨 일이든지 된다고 생각하면 틀림없이 되게 되어 있습니다. 지금 얘기를 들어 보니까 오성식 씨는 스트레스를 느끼자마자 간단히 그것에 백기를 들었습니다. 그러니까 아주 쉽게 스트레스에 정복을 당한 것입니다."

"그럼 스트레스에 정복당하지 않는 방법을 구체적으로 설명 좀 해 주시겠습니까?"

"그러죠. 스트레스를 파도라고 생각하십시오. 그리고 오성식 씨 자신은 바다에 뜬 부이라고 생각하십시오. 그렇게 자기 위상을 견고히 구축해 놓으면 제아무리 험악한 파도가 밀어닥쳐도 부이를 가라앉힐 수는 없을 것입니다. 비록 일시적으로 부이가 파도에 시달리는 일은 있을 수 있겠지만 결단코 침몰당하는 일은 없을 것입니다. 부이가 상상되지 않으면 오뚝이를 생각하십시오. 아무리 쓰러뜨려도 다시 일어나는 오뚝이 말입니다."

"어떻게 하면 사람도 역경에 처해서 부이처럼 침몰당하지 않고 오뚝이처럼 쓰러지지 않을 수 있겠습니까?"

"부이와 같이 변함없는 부력(浮力)과 오뚝이와 같은 균형력(均衡力)이 있으면 그렇게 될 수 있습니다."

"인간이 그러한 부력과 균형력을 가질 수 있는 비결은 무엇입니까?"

"마음을 비우면 저절로 부력도 균형력도 생깁니다."

"무슨 말씀인지 취지는 충분히 이해를 할 수 있겠는데 저부터도 아무리 부이가 되고 오뚝이가 되고 싶어도 그렇게 되지 않는 이유는 어디에 있을까요?"

"공포심 때문입니다."

"그 말씀은 맞습니다. 부도위기에 몰릴 때 부도 후에 일어나는 비참한 사태를 상상하면 공포심이 일어나지 않는 사람이 어디 있겠습니까?"

"그건 어디까지나 세상 사람들의 보편적인 상식입니다. 우리는 그 상식을 뛰어넘어야 합니다. 뛰어넘지 못하면 상식의 노예가 되어 버립니다. 다시 말해서 공포심의 노예가 되어 버린다는 말입니다. 일단 공포심의 노예가 되어 버리는 순간 뒷목은 뻣뻣해 오고 골치는 지끈지끈 쑤셔 올 것입니다. 이렇게 되면 올바른 판단력을 잃게 되어 당황하게 됩니다. 바로 그 때문에 냉정한 두뇌로만 있었다면 능히 해결할 수도 있었을 일도 판단력에 착오를 일으켜 돌이킬 수 없는 큰 실수를 저지르게 됩니다."

"그러한 악순환에서 벗어날 수 있는 길은 없을까요?"

"왜 없겠습니까? 있습니다."

"그게 뭔데요?"

"우선 공포심에 사로잡히지 않는 겁니다."

"어떻게 하면 그럴 수 있습니까?"

"그러자면 공포심의 정체를 관해야 합니다."

"공포심의 정체를 관하는 이유는 무엇입니까?"

"공포심을 이기려면 우선 그 정체가 무엇인지 알아야 하기 때문입니다."

"그럼 공포심의 정체는 무엇일까요?"

"그거야 오성식 씨 자신이 알아내야 하지 않겠습니까? 잘 좀 생각해 보십시오."

"……"

"목이 뻣뻣해지고 골치가 아픈 것은 스트레스의 직격탄을 한 방 맞았기 때문입니다. 그런데 그 스트레스는 공포심에서 온다는 것까지는 알아냈습니다. 그렇다면 그 공포심의 정체는 도대체 무엇일까요?"

"혹시 이기심이 아닙니까?"

"맞습니다. 바로 그겁니다. 공포심의 뿌리는 바로 사욕과 집착입니다."

"그럼 사욕과 집착만 다 털어 버리면 공포심에서도 벗어날 수 있다는 말씀입니까?"

"그렇고말고요. 내 말이 틀리는지 한번 직접 실험해 보세요."

"그럼 부도위기에 몰린 중소기업 사장이 고민 끝에 자살을 하는 것도 피할 수 있다는 말씀입니까?"

"그렇고말고요. 부도위기에 몰린 중소기업 사장이 자살을 하는 것은 사욕과 집착에서 오는 심리적인 압박에서 헤어나지 못했기 때문입니다. 인간이 생사의 기로에 섰을 때는 언제나 비상한 초능력을 발휘하게 됩니다. 만약에 자살을 할 만한 용단과 그 에너지를 마음을 비우는 데 이용했더라면 그 순간에 그는 큰 성취를 했을 것입니다."

"그러나 실제로는 자살을 했다면 그 이유가 무엇이겠습니까?"

"역시 사욕과 집착에 사로잡혀 있었기 때문입니다."

"그럼 그것에서 벗어날 수 있는 지름길은 무엇입니까?"

"마음을 완전히 비우는 것입니다. 다시 말해서 자기 자신은 원래 아무 것도 아니라고 생각하는 겁니다."

"아무것도 아니라면 잡히지 않는 허공과 같다는 말입니까?"

"그렇습니다. 인간은 물론이고 모든 존재는 원래 아무것도 아닙니다. 무(無)요 공(空)입니다. 아무것도 아닌 곳에 무슨 욕심과 집착이 있을 수 있겠습니까? 절대의 평안은 이때 찾아오게 되어 있습니다. 영원히 가라앉지 않는 부력과 균형력도 이때 비로소 생겨나는 겁니다. 그곳에는 물론 삶도 죽음도 없습니다. 하물며 스트레스 따위가 어디에 감히 발붙일 수 있겠습니까? 아무것도 아니라고 해서 허무감에 빠질 필요는 없습니다. 만물은 원래 아무것도 아닌 데서 생겨났으니까요. 그래서 무일물중무진장(無一物中無盡藏)이라는 말도 생겨난 겁니다."

냉담한 시어머니

"선생님, 저도 문제가 하나 있습니다."

삼십 대 중반의 주부 수련생인 송정숙 씨가 말했다.

"그래요. 어서 말씀해 보십시오."

"제 남편은 삼대독자입니다. 시집 식구라고는 시어머니 한 분뿐이거든요. 삼대독자니까 시어머니는 우리가 마땅히 모셔야 하지 않겠어요?"

"그렇겠죠."

"그런데 아무리 지성껏 모시려고 해도 아파트에서 혼자 사시는 것만 고집하십니다."

"그렇다면 며느리가 어딘가 섭섭하게 대했거나 탐탁치 않은 데가 있어서 그런 게 아닐까요?"

"저는 절대로 그런 일을 한 일이 없거든요. 처음부터 같이 살아 본 일이 없어서 섭섭하게 굴고 말고 할 꼬투리도 없습니다. 그래서 우리 부부는 시어머니한테 제아무리 효도를 하고 싶어도 할 수 없는 딱한 처지에 놓여 있습니다. 무슨 좋은 해결책이 없겠습니까?"

"얘기만 들어 가지고는 얼른 상황 파악이 안 되는데요."

"그러실 겁니다. 보통 시어머니들 같으면 노후에 혼자된 몸이니 쓸쓸하고 허전해서라도 아들 내외와 같이 살려고 하실 텐데 우리 시어머니는 전연 그렇지 않습니다. 남들이 보면 우리가 꼭 시어머니를 섭섭하게 대해 드려서 그러신 것 같이 오해를 사기에 알맞습니다."

우리집에 나오는 여자 수련생들 중에서도 송정숙 씨는 유난히 외향적이고 솔직 담백하고 사교적인 성격이어서 시어머니를 은근히 홀대할 것같지는 않다. 그렇다면 혹시 시어머니의 성격에 무슨 문제가 있는 것은 아닐까 하는 의문이 일었다.

"송정숙 씨에게 자녀는 있습니까?"

"네 살짜리 아들이 하나 있습니다."

"시어머니는 손자를 좋아합니까?"

"손자도 별로 귀여워하시지 않습니다."

"아니 그럼 손자 싫어하시는 할머니도 있다는 말씀입니까?"

"대단히 죄송한 일이지만 제 시어머니가 그렇습니다."

"혹시 시어머니께서 우울증에 걸리신 거 아닐까요?"

"특별히 그런 것을 느껴 본 일도 없습니다."

"그럼 시어머니의 취미는 무엇입니까?"

"특별히 취미 같은 것도 있는 것 같지 않습니다. 솔직히 말해서 확실히 모릅니다."

"종교는요?"

"워낙 저와의 접촉을 피하시기 때문에 그런 건 알아보지 못했습니다."

"그렇다면 시어머니에 대한 관심과 연구가 아직은 부족하시군요. 인간관계의 시초는 상대를 충분히 알아보는 데서 시작해야 합니다. 송정숙 씨의 경우 시어머니와 친해지고 싶다면 우선 시어머니에 대한 모든 것을 알아야 합니다. 직접 알아보기 어려우면 남편을 통해서든지 시누이나 올케를 통해서든지 상대에 대한 모든 정보를 알아내야 합니다.

상대를 충분히 알고 나를 알면 자연히 해결책이 떠오르게 되어 있습니다. 상대가 무엇을 좋아하고 무엇을 싫어하는지 손금처럼 환히 꿰뚫어야 합니다. 그래서 오래간만에 찾아가더라도 상대가 좋아할 선물을 할 수 있습니다."

"선물도 많이 해 보았는데 먹혀들지 않습니다."

"좌우간 그렇게까지 정성을 들였는데도 아무런 반응이 없다면 때를 기다리는 수밖에 없습니다."

"효도를 하고 싶어도 못하는 심정은 안타깝기 짝이 없습니다."

"그래도 기다려야 합니다."

"언제까지 말입니까?"

"시어머니가 며느리에게 마음의 문을 활짝 열 때까지죠. 사람이 할 수 있는 일은 다 하고 하늘의 뜻을 기다릴 수밖에 없습니다."

진인사대천명(盡人事待天命)

"진인사대천명 말씀입니까?"

"그렇습니다. 시어머니가 무슨 이유에서인지 며느리에게 마음을 열지 않고 있는데 이쪽에서 안타까워하고 조바심치는 것 역시 진정한 의미의 효도는 아닙니다."

"선생님, 혹시 전생에 시어머니하고 저하고 무슨 원한을 진 것이 아닐까요?"

"그럴 가능성이 없지 않습니다. 특히 현생에서 고부(姑婦) 사이로 만난다는 것은 보통 인연이 아니니까요."

"혹시 선생님께서 저의 시어머니와 저 사이의 전생은 무엇이었는지 보아 주실 수는 없을까요?"

"송정숙 씨는 수련을 하니까 그런 것은 스스로 알아보도록 하십시오."

"저는 아직 수행 정도가 낮아서 역부족인 걸 어떻게 합니까?"

"그렇다고 해서 그런 걸 나에게 묻는다면 나를 점쟁이로 보는 것밖에는 안 됩니다. 송정숙 씨는 자기 스승이 점쟁이로 전락되는 것을 원하십니까?"

"아뇨. 허지만 선생님께서는 뜻만 있으시면 알아보실 수 있으시니까 혹시나 하는 마음에서 해 본 소리입니다. 오해는 마시기 바랍니다."

"송정숙 씨가 시어머니와 자기와의 전생을 알고 싶은 것은 송정숙 씨 자신의 숙제입니다. 송정숙 씨는 나에게 고기를 달라고 할 것이 아니라 고기 잡는 법을 가르쳐 달라고 했어야 합니다."

"무슨 뜻인지 알겠습니다. 선생님. 제 생각이 짧았습니다. 과연 저도 전생을 볼 수 있을까요?"

"있습니다. 송정숙 씨는 이미 작년 봄부터 대주천 수련에 들어갔으니까? 잘하면 자기 전생을 볼 수도 있습니다."

"어떻게 하면 되겠습니까?"

"시어머니와 나의 전생의 관계는 무엇이었을까 하는 의문을 화두로 삼고 마음에 확실한 소식이 오거나 화면이 떠오를 때까지 참구(參究)를 쉬지 마십시오."

"과연 저도 그렇게 할 수 있을까요?"

"길고 짧은 것은 대보아야 압니다."

바로 그 순간이었다. 내 심안에는 송정숙 씨와 그녀의 시어머니와의 전생의 한 장면이 떠올랐다. 지금은 고부 사이지만 전생에는 모녀 사이였다. 송정숙 씨가 시집갈 나이가 되자 그녀의 어머니의 마음에 쏙 드는 사윗감이 하나 나타났는데 딸은 이를 무시하고 비구니가 되어 어머니의 가슴에 못을 박아 놓았던 것이다.

그러나 내가 이 자리에서 그녀에게 이 말을 해 준다면 나는 그야말로 한갓 박수에 지나지 않는다. 어떻게 하든지 그녀 스스로 이것을 알아내도록 유도해야 했다. 그것이 스승으로서 제자에게 다해야 할 도리였던 것이다.

"송정숙 씨는 혹시 수행 중에 시어머니와의 전생의 관계가 무엇이었을까 하고 생각해 본 일은 없습니까?"

"왜 없겠습니까? 있습니다."

"혹시 막연하게나마 마음속에 떠오르는 것이 없었습니까?"

"어쩐지 저도 모르게 지금의 시어머니는 전생에 저의 친정어머니였던 것 같은 막연한 느낌이 들 때가 있습니다. 그런데 제가 어머니한테 무슨 몹쓸 짓을 해서 원한을 품으시게 했던 것 같은 느낌이 듭니다. 그래서 저도 모르게 자꾸만 미안한 생각이 들어서 어떻게 하든지 시어머니 가슴에 박힌 못을 빼 드려야 한다는 막연한 강박관념이 들곤 합니다. 그래서 지금도 저에게 냉담하신 시어머니 주변을 얼쩡거리곤 합니다."

"그럼 아까 내가 말한 대로 화두를 잡고 정식으로 참구를 해 보세요. 불원간에 마음속에 확연한 느낌이 오든가 명확한 화면이 떠오를 것입니다."

"화두를 참구한다는 것은 구체적으로 어떻게 하는 것을 말합니까?"

"그 화두가 풀릴 때까지 잠시도 화두에서 마음이 떠나지 말아야 합니다."

"네 알겠습니다. 그렇게 해 보겠습니다."

"지성이면 감천이라고 지극한 정성이 들어가야 합니다."

"네 그렇게 해 보겠습니다."

"송정숙 씨는 운기가 활발하니까 멀지 않아서 반드시 화두가 잡히게 될 것입니다. 수행자는 그때 비로소 진정한 성취감을 느끼게 될 것입니다. 여기서 얻은 자신감을 바탕으로 계속 용맹정진하다 보면 반드시 본래면목도 깨닫게 될 것입니다."

"선생님, 제가 만약에 전생에 지금의 시어머니에게 몹쓸 짓을 했다는 것이 드러나면 어떻게 합니까?"

"그건 그때 가서 생각해도 늦지 않습니다."

〈53권〉

직지인심

"선생님 종교인과 구도자의 차이점은 무엇입니까?"

차인석이라 하는 30대 초반의 수련생이 물었다.

"한마디로 말해서 종교인은 자기 혼자 힘으로는 진리를 공부해 나갈 자신이 없는 사람입니다. 그러나 구도자는 자기 혼자 힘으로 능동적으로 진리를 깨달으려는 사람입니다."

"불교의 선방(禪房)이나 가톨릭의 수도원을 어떻게 생각하십니까?"

"선방의 선승(禪僧)들은 살불살조(殺佛殺祖) 정신으로 철저히 무장되어 있다고 해도 선방의 엄한 규칙을 따라야 합니다. 그러니까 부분적으로 타율적일 수밖에 없습니다. 이런 의미에서 선승들도 결국 피동과 타력에 의존하지 않을 수 없게 됩니다."

"살불살조란 무슨 뜻입니까?"

"중국의 임제 선사가 한 말인데 밖에서 오는 것은 부처나 조사(祖師)라도 죽여 버리라는 말입니다. 무슨 뜻인가 하면 철두철미 자기 자신만을 의존하라는 뜻입니다."

"자기 자신만을 의존한다는 것을 구체적으로 무엇을 말합니까?"

"불립문자(不立文字), 직지인심(直指人心), 견성성불(見性成佛)을 주

115

요 방편으로 삼는 수행법을 말합니다."

"불립문자란 무슨 뜻입니까?"

"불경 같은 것도 의존하지 않는다는 말입니다. 석가모니가 불교를 개설한 지 근 천여 년이 지나자, 불교는 현학적(玄學的)이고 까다롭고 난삽한 교리와 논리로 중생들은 접근조차 하기 어렵게 되었습니다. 이에 대한 반발로 대두된 것이 선종(禪宗)입니다. 달마 대사를 주도자로 하여 불교와 노장(老莊) 사상이 결합하여 중국에서 6세기경에 일어난 불교 혁신운동입니다."

"그럼 불교의 삼보(三寶) 중의 하나인 불법을 수록한 경전에 의존하지 않는다면 도대체 무엇을 의존합니까?"

"의존할 수 있는 것은 오지 수행자 자신의 마음 하나뿐입니다. 그래서 직지인심이라고 한 것입니다."

"직지인심이란 무엇인데요?"

"부처니 조사니 교리니 계행(戒行) 따위를 통하지 않고 오직 수행자 자신의 마음 하나만을 다스려 진리를 깨닫자는 겁니다."

"견성성불은 무엇입니까?"

"진리를 깨달아 스스로 부처(깨달은 사람)가 되는 것을 말합니다. 불립문자, 직지인심, 견성성불은 한마디로 말해서 수행자 자신이 독자적으로 모든 것을 해결해 나가는 것을 말합니다. 그러므로 누구에게도 기대지 않는 독자성을 발휘해야 합니다. 의존 대신에 독립을, 타율 대신에 자율을, 타력 대신에 자력을 내세웁니다."

"그럼 가톨릭의 수도원은 선방에 비해서 어떻습니까?"

"수도원은 선방과는 근본적으로 다릅니다."

"어떻게요?"

"선방은 모든 것을 다 떨쳐버리고 오직 자기 마음 하나를 깨닫는 것을 위주로 하는 대신에 수도원의 수사와 수녀는 예수 그리스도에 대한 신앙이 전제 조건이 되어야 하므로 수도원에는 여전히 십자가가 봉안되고 있습니다. 불상조차 용납되지 않는 선방과는 지극히 대조적입니다. 그러니까 서로 비교의 대상조차 되지 않습니다."

"그럼 일반 가톨릭교도와 수도원생의 차이점은 무엇입니까?"

"수도원생은 기도와 함께 묵상(默想)을 많이 하고 평생 수도원 경내에서 독신생활을 준수하는 것이 일반 신도들과 구별된다고 할 수 있습니다. 그러나 그 묵상이라는 것도 예수 그리스도의 은혜를 조용히 명상하는 것에 지나지 않습니다. 이렇게 볼 때 선방의 선승이 그런대로 구도자와 가장 가까운 위치에 있다고 볼 수 있습니다."

"그럼 선승과 불교 울타리 밖의 구도자와는 어떤 차이가 있습니까?"

"선승은 선방 규율에 묶여야 하지만 구도자는 그러한 규율 같은 것도 없습니다. 철두철미 자율적입니다."

〈55권〉

경쟁자가 나타났을 때

"선생님, 저는 다른 질문을 하나 드리겠습니다."

이발소를 경영한다는 40대 초반의 박영식 씨가 말했다.

"어서 말씀하세요."

"요즘 가뜩이나 영업이 지지부진한데 저희 이발소 코앞에 새 이발소가 또 생겼습니다. 폐업을 해야 할지 다른 곳으로 이사를 해야 할지 고심 중입니다. 이런 때 선생님께서 좋은 아이디어라도 있으면 좀 말씀해 주시겠습니까?"

"박영식 씨는 『선도체험기』를 몇 권이나 읽었습니까?"

"저야 54권까지 다 읽었죠."

"그래요. 그럼 수행자는 역경에 처했을 때 어떻게 하라고 했습니까?"

"갑자기 생각이 잘 안 나는데요."

"역경에 처했을 때 좌절하거나 고민하지 말고 그것을 오히려 도약의 계기로 삼으라고 늘 말하지 않았습니까?"

"이제야 생각이 납니다."

"그럼 그럴 때 구체적으로 어떻게 해야 하는지 잘 생각해 보세요."

"글쎄요. 제가 평소에 『선도체험기』를 제 깐에는 열심히 읽는다고 읽기는 했지만 이런 때 구체적으로 어떻게 해야 좋을지 갑자기 생각이 나지 않습니다."

"우선 좌절하고 당황하거나 고민하지 말아야 합니다."

"그럼 어떻게 하죠?"

"이웃에 이발소가 생겼다면 우선 관찰부터 해야 합니다. 박영식 씨는 그 새로 생긴 이발소에 가 본 일이 있습니까?"

"아뇨. 아직 없습니다."

"그럼 그 새로 생긴 이발소에 대해서 아는 것이 있습니까?"

"손님들로부터 내부 장식이 요란하고 젊은 여자 안마사들 여럿이 서비스를 잘한다는 소문만 들었지 아직 확실한 정보는 모르고 있습니다."

"고객들이 눈에 띄게 줄어들고 있습니까?"

"평소의 10프로 정도 줄어든 것 같습니다."

"그런데 무엇 때문에 그렇게까지 고심을 하십니까?"

"앞으로 고객들이 계속 그쪽으로 빠져나갈 것이 뻔하기 때문입니다."

"소문만 듣고 그렇게 단정하기에는 아직 이릅니다. 좀더 확실한 정보를 얻어야 합니다. 그 정보를 바탕으로 앞으로 할 일을 결정해야 합니다."

"어떻게 해야 확실한 정보를 얻을 수 있을까요?"

"박영식 씨가 직접 고객으로 그 이발소에 가서 이발을 해 보십시오. 호랑이를 잡으려면 호랑이 굴에 직접 들어가 보라는 말이 있지 않습니까? 그 방면의 전문가시니까 박영식 씨 자신의 이발소와 비교해서 장점은 무엇이고 단점은 무엇이라는 것을 종합적으로 분석하고 난 뒤에 판단해 보십시오.

상대를 알고 나를 알면 백 번 싸워도 위태로운 일은 없을 것이라고 『

손자병법』은 말하고 있지 않습니까? 적이 나타났을 때 어리석은 장수는
상대를 잘 알아보지도 않고 겁부터 냅니다. 내가 보기에는 지금 박영식
씨가 그 격입니다. 상대의 약점과 장점을 골고루 파악하고 나면 그것을
바탕으로 계획을 세워도 늦지 않습니다.

지금이 박영식 씨에게는 일종의 위기이고 역경(逆境)입니다. 역경은
그 앞에서 좌절이나 실망부터 하라고 생겨난 것이 아니고 어디까지나
지혜롭게 풀기 위한 숙제요 뛰어넘으라는 장애물이라고 생각해야 합니
다. 그래야 투지도 용기도 경쟁력도 생겨납니다. 그리하여 한번 역경을
극복하는 데 성공하면 그 자신감을 바탕으로 새로운 역경이 나타나도
주눅들거나 겁부터 내는 일 없이 역경을 극복하는 일이 일상생활이 되
어 버립니다."

"그럼 우선 상대를 확실히 파악하는 일부터 시작해야겠군요."

"그렇습니다."

"선생님, 잘 알겠습니다."

이렇게 말하는 박영식 씨의 목소리에는 처음과는 달리 유난히 힘이
실려 있었다.

〈56권〉

남을 어떻게 도와야 하나

"선생님, 제 주변에는 어떻게 된 셈판인지 못사는 친지들이 많습니다. 그런데 이 사람들이 하나같이 저의 도움을 바라고 있습니다. 제가 가진 것은 한정되어 있고 달라는 사람은 많고 어떻게 해야 좋을지 망연자실할 때가 한두 번이 아닙니다.

제가 남의 도움을 바라는 처지가 아니고 남이 저에게 도움을 바라는 처지가 된 것은 다행이라고 생각되면서도, 남들이 원하는 대로 도와주지 못하는 것이 안타깝기 그지없습니다. 남을 도와주되 어떻게 도와주는 것이 좋겠는지 알고 싶습니다."

5십 대 초반의 소규모 자영업자인 고성남 씨가 말했다.

"그렇습니까. 그렇다면 지금까지 고성남 씨에게 그들은 구체적으로 무엇을 요구했습니까?"

"저에게 도움을 청하는 사람의 십중팔구는 돈을 꾸어 달라는 것이고 그 나머지는 취직 부탁입니다."

"돈 꾸어 달라는 사람들에게는 요구하는 대로 돈을 다 꾸어 주었습니까?"

"제 형편 닿는 대로 꾸어 주기도 하고 못 꾸어 주기도 하고 그랬습니다."

"어떤 때 꾸어 주고 어떤 때 못 꾸어 주었습니까?"

"꾸어 달라는 액수가 소액이면 꾸어 주었고 너무 액수가 많으면 못 꾸어 주었습니다."

"꾸어 줄 때는 받을 생각을 하고 꾸어 주었습니까?"

"꼭 그렇지는 않습니다."

"그럼 어떤 생각을 하고 꾸어 주었습니까?"

"반반입니다. 안 갚아도 꼭 받을 생각을 하지는 않았습니다. 하지만 저는 영수증이나 차용증은 꼭 받아 놓는 것을 잊지 않았습니다."

"왜요?"

"꾸어 준 돈을 꼭 받기 위해서라기보다는 이 세상에 공짜는 없다는 생각을 불어넣기 위해서입니다."

"꾸어 준 돈을 갚는 사람도 있었습니까?"

"백에 한 사람 정도는 갚았습니다."

"그럼 그 나머지는 어떻게 되었습니까?"

"떼어먹고 아예 나타나지 않는 사람들이 있는가 하면 계속 찾아와서 전과 같은 사정 얘기를 다 하면서 더 꾸어 달라고 간청하는 사람도 있습니다."

"그럼 어떻게 했습니까?"

"경우에 따라, 케이스 바이 케이스(case by case)로 처리해 왔습니다."

"취직 부탁을 하는 사람은 어떻게 처리했습니까?"

"그들도 형편 따라 제 업체에서 일자리를 주어 보기도 하고 다른 업체에 소개를 해 주기도 해 왔습니다. 그래도 취직 청탁을 하는 사람들은 돈 꾸어 달라는 사람들보다는 비교적 건전한 편입니다."

"그렇게 지금까지 해 온 대로 형편 따라 현명하게 처리하면 될 텐데 무엇 때문에 새삼스레 남을 어떻게 도와주어야 하느냐고 나에게 묻는 겁니까?"

"지금은 제가 취해 온 방식에 한계를 느꼈기 때문입니다."

"왜요?"

"별로 성과가 없기 때문입니다. 제 깐에는 아무리 성의껏 도와주었다고 해도 별로 고마워하는 사람도 없고 오히려 제가 도와준 다른 사람들과 자기를 비교하면서 불만을 토로하고 원망을 하는 경우도 늘어나고 있습니다. 이제 와서 곰곰이 생각해 보니 남을 돕는다는 것도 저에게는 한계에 도달한 것 같은 느낌이 듭니다. 왜 이렇게 되었는지, 제가 해 온 방법에 무슨 잘못이라도 있었는지 궁금합니다."

"내가 보기에는 고성남 씨가 남을 도와 온 방법에는 근본적인 잘못이 있다고 생각됩니다."

"그렇습니까? 어떤 잘못입니까?"

"지금까지 고성남 씨는 도움을 청하는 사람들에게 고성남 씨 자신이 잡은 고기만을 적당히 나누어주었을 뿐입니다. 고성남 씨 자신이 잡은 고기에는 한계가 있습니다. 그러니까 원하는 사람에게 흡족하게 다 나누어 줄 수는 없습니다. 그래 가지고는 주고도 도리어 원망을 듣기 알맞습니다."

고기 잡는 기술을 나누어주라

"그럼 어떻게 해야 합니까?"

"고성남 씨는 자기가 잡은 고기를 나누어 줄 것이 아니라 고기 잡는 기술을 나누어주어야 합니다. 그리하여 그들 스스로 자립하여 고성남 씨처럼 살아갈 수 있도록 도와주어야 합니다."

"저도 그런 생각을 안 해 본 것은 아닙니다."

"고기 잡는 법을 가르쳐 주려고 해 보았다는 말입니까?"

"물론입니다."

"그럼 그 결과는 어떻게 되었습니까?"

"대부분이 고기 잡는 법을 전수받으려고 하지는 않고 어떻게 하든지 남이 잡아 놓은 고기나 손쉽게 얻어다가 그때그때의 어려움만 때우려고만 합니다."

"요컨대 자립하여 살아가기를 원치 않는다는 말입니까?"

"그렇습니다."

"그렇다면 도울 가치가 없는 사람들이군요."

"그렇다고 할 수 있습니다."

"결국은 공짜나 좋아하는 거지 근성을 가진 사람들이군요."

"그런 것 같습니다."

"그래도 도움을 청하는 사람들 중에는 자립하려는 사람들이 조금이라도 있을 것 아닙니까?"

"백에 하나 천에 하나입니다."

"비록 그렇게 소수라고 해도 그들을 적극 도와주시는 것이 좋겠습니다."

"그 나머지는 어떻게 할까요?"

"그들도 스스로 자립을 원할 때가 되면 그때 가서 도와주시면 됩니다. 물질은 누구에게나 한계가 있지만 자립하려는 정신과 자립하여 살아가려는 생활 기법에는 한계 따위가 있을 수 없습니다. 유한한 것을 주려고 하면 언제나 불평과 원망이 돌아오지만, 무한한 것을 주면 불평과 원망

따위는 돌아오지 않습니다.

물질은 천재지변이나 불의의 사고로 당장 의식주가 막연한 사람들이 자립할 때까지 연명하게 해 주는 긴급 구호에나 필요할 뿐입니다. 자립 의지도 없는 탐욕스런 거지를 도와주는 것은 밑 빠진 독에 물 붓기입니다.

더구나 우리나라는 기아에 허덕이던 40년 전과는 형편이 다릅니다. 그때 우리는 일할 자리가 없어서 대학 졸업자들이 서독의 광부가 되려고 치열한 경쟁을 벌이기도 했었습니다. 그러나 요즘은 자립하려는 의지만 있으면 어떻게 해서든지 살아갈 수 있습니다.

연변의 조선족들은 어떻게 하든지 한국 땅에 발만 들여놓으면 노동판에서라도 악착같이 돈을 벌어 1, 2년 안에 2천만 원 정도의 목돈은 쥘 수 있다고 합니다. 그 돈만 가지면 고향에 돌아가서 집과 가게를 장만하여 남부럽지 않은 생계를 꾸려 나갈 수 있다고 합니다.

한국은 지금 일자리가 없어서 못 살아갈 그러한 사회는 아닙니다. 더럽고 힘들고 위험한 3D 업종에는 한국인 근로자를 구할 길이 없어서 외국인 근로자가 아니면 공장 가동이 안 되는 형편입니다. 우리나라의 외국인 근로자 수가 무려 30만 이상이라고 합니다. 어떻게 하든지 제힘으로 일어나 부지런하게 잘살아 보려는 사람은 살아갈 수 있게 되어 있는 것이 우리나라입니다.

그런데도 불구하고 제힘으로 일해서 벌 생각은 하지 않고 친지에게 동냥이나 바라는 얌체나 거지 근성 가진 사람을 도와준다는 것은 그들의 게으름을 조장시켜줄 뿐이라는 것을 알아야 합니다. 그러므로 돈으로 남을 도와주려고 하지 말고 자립 능력을 키워 주도록 하세요. 고성남 씨 자신이 잡은 고기만을 나누어 줄 생각을 하지 말고 고기 잡는 기술을 나누어주어 제힘으로 스스로 고기를 잡도록 하세요."

"자립 능력을 키워 주라고 하시는데 어떻게 하는 것이 자립 능력을 키워 주는 겁니까?"

"사람마다 능력과 소질이 다르니까 그 재질에 따라 각기 자기 일자리를 찾아가 어디까지나 제힘으로 살아가라고 일러 주세요. 고성남 씨가 간혹 일자리를 구해 주는 그런 방식이 정답이라고 생각합니다."

"그들이 저에게 요구하는 것은 어디까지나 돈이지 일자리는 아닙니다."

"돈을 요구하는 사람에게 언제까지나 돈을 줄 만한 자신이 있습니까?"

"그럴 자신은 없습니다."

"그럴 자신이 없으면 처음부터 태도를 명확히 해야 합니다. 돈을 조금씩 주다가 중간에 그만두거나 아예 처음부터 거절하거나 그들에게 불평과 원망을 듣기는 마찬가지라는 것을 아셔야 합니다. 그럴 바에는 좀 매정하다 싶어도 처음부터 길을 들여놓아야 합니다."

"생판 남이라면 그렇게 할 수도 있을 것 같은데 피붙이임을 내세워 손을 벌릴 때는 어떻게 해야 할지 난감할 때가 있습니다."

"피붙이에게 연연하지 마십시오. 피붙이를 따지자면 이 세상에 피붙이 아닌 사람이 어디 있겠습니까? 단지 멀고 가까운 차이가 있을 뿐입니다. 사람을 판단하는 기준이 무엇인지 아십니까?"

사람을 판단하는 기준

"바르고 성실한 것이 아닌가 생각합니다."

"역시 사람 부리는 기업가다운 생각을 가지고 계시군요. 많은 사람을 부려 본 사람이 아니면 그런 대답이 대뜸 나올 수 없을 것입니다."

"그리고 그다음이 능력입니다."

"그렇습니다. 옳게 보셨습니다. 대인관계에서 누구나 정직, 성실, 능력 세 가지만 충분히 갖추고 있다면 더이상 뭘 바라겠습니까? 그렇습니다. 사람을 나의 피붙이냐 아니냐로 판단할 것이 아니라 정직, 성실, 능력을 기준으로 판단하시면 됩니다. 단지 친척이요 피붙이라는 이유로 정직하지도 성실하지도 못하고 능력도 없는 사람을 채용한다면 그 기업체를 어떻게 끌고 나갈 수 있겠습니까?

예수는 사람을 모아 놓고 가르침을 베풀고 있을 때 한 제자가 와서 밖에 그의 친어머니와 형제들이 와서 할말이 있다면서 기다리고 있다고 알려 주었습니다. 그러자 예수는 '누가 내 어머니이고 내 형제냐? 하나님의 말씀을 따르는 너희가 바로 내 어머니이고 내 형제니라' 하고 말하면서 친어머니와 형제들을 만나려고 하지도 않았습니다. 예수에게는 핏줄을 나눈 형제보다는 진리를 따르는 사람들이 더 가까웠던 것입니다.

그러니까 고성남 씨도 피붙이 따위에 연연하지 않으시는 것이 좋습니다. 고성남 씨가 진정으로 피붙이를 잘 대해 주는 길은 그들도 정직하고 성실하고 능력 있는 사람들이 되도록 도와주는 길 이외에 다른 것은 없다는 것을 알아야 할 것입니다.

돈이라는 것은 제힘으로 벌어서 쓰는 습관을 일찍부터 갖게 해야 합니다. 사람들은 일확천금이나 벼락부자를 꿈꾸면서 누구나 그렇게 되기를 은근히 기대합니다. 그러나 돈이라는 것은 그렇게 힘 안 들이고 순전히 공짜로 아무한테나 주어지는 것이 결코 아닙니다."

돈은 누구한테 모이는가?

"그럼 돈은 누구한테로 가게 되어 있습니까?"

"돈이란 관리 능력이 있는 사람에게만 가게 되어 있습니다. 굳은 땅에 빗물이 고인다는 말이 있습니다. 푸석푸석한 모래땅에는 절대로 빗물이 고이지 않습니다. 그와 마찬가지로 돈 역시 허술하게 관리하는 사람에겐 일단 들어갔다가도 금방 새어 나가게 되어 있습니다."

"허술하게 관리하는 사람이란 어떤 사람을 말합니까?"

"돈 씀씀이가 헤픈 사람을 말합니다. 일단 손에 들어온 돈을 함부로 쓰지 않는 사람에게만 돈은 모여들게 되어 있습니다. 아무리 적은 돈이라도 함부로 쓰지 않으면 돈은 자꾸 늘어나면 늘어났지 줄어들지는 않습니다. 보너스나 상여금을 탔다고 해서 펑펑 써대는 사람에겐 돈이 모여들지 않습니다. 그 대신 가욋돈이 들어와도 저축을 하여 목돈을 만들려고 애쓰는 사람에게 돈은 모여들게 되어 있습니다. 목돈은 은행에 넣어 두어도 자꾸만 새끼를 치게 되어 있습니다.

그리고 손에 들어온 돈을 함부로 쓰지 않는 사람 쳐놓고 정직하고 성실하고 믿음직스럽고 유능하지 않은 사람은 없습니다. 그러니까 돈은 관리 능력에 따라 모여들기도 하고 흩어지기도 합니다. 관리 능력은 그릇에 비유할 수 있습니다.

그릇이 큰 사람은 큰돈을, 그릇이 작은 사람은 작은 돈밖에는 담을 수 없습니다. 작은 그릇에는 소나기가 퍼부어도 작은 물밖에는 받을 수 없습니다. 그러므로 성실하면서도 그릇만 크면 밑에 구멍만 뚫려 있지 않는 한 조만간 그릇은 채워지게 되어 있습니다.

그러니까 고성남 씨는 돈을 달라는 사람들에게 함부로 주려고 하지 말고 우선 밑동이 새지 않는 큰 그릇이 되게 도와주셔야 합니다. 작은 그릇은 돈을 주어 봤자 금방 넘쳐나 버릴 것이고 비록 큰 그릇이라도 밑이 빠져 있으면 아무리 주어 보았자 헛일입니다."

"허지만 사람들은 흔히들 이 세상은 불공평하기 짝이 없게 만들어져 있다고 합니다. 어떤 사람은 처음부터 부잣집에 태어나고 어떤 사람은 찢어지게 가난한 사람의 집에 태어나는 것 자체가 불공평하기 짝이 없다고 합니다. 이런 견해에 대하여 선생님께서는 어떻게 생각하십니까?"

"처음과 끝은 현상계의 얘기지만 알고 보면 처음과 끝 같은 것은 있지도 않습니다. 그건 하루살이가 어제와 내일을 모르는 것과 같은 단견입니다. 부잣집에 태어난 사람은 그만한 업보가 있었기 때문이고 가난한 집에 태어난 사람 그 역시 그럴 수밖에 없는 인과응보가 있었기 때문입니다.

하루살이의 눈이 아니라 과거 현재 미래를 꿰뚫어볼 줄 아는 긴 눈으로 사물을 살펴볼 때 이 세상처럼 완전무결한 것은 없습니다. 세상이 불완전한 게 아니라 세상을 불완전하다고 보는 사람의 눈이 불완전하다는 것을 알아야 합니다. 이 세상이란 어두운 색안경을 끼고 보면 어둡게 보이고 밝은 색안경을 쓰고 보면 밝게 보입니다. 세상을 탓할 게 아니라 색안경을 탓할 줄 알아야 합니다."

"그럼 그 색안경만 벗어던지면 완전한 실상을 볼 수 있겠군요."

"그렇습니다."

"그럼 어떻게 하면 그 색안경을 벗어던질 수 있겠습니까?"

"아상(我相)에서 벗어나야 합니다. 내가 없으면 불완전이고 불만이고 있을 수 없습니다. 그렇게 되기 위해서 고성남 씨도 나도 공부를 하고 있는 것이 아닙니까?"

"마음공부, 기공부, 몸공부 말입니까?"

"그렇습니다."

"언제까지 그 세 가지 공부를 해야 되겠습니까?"

"방금 내가 말한 그대로 세상이 원래 불공평하게 만들어져 있는 것이 아니라 세상을 보는 사람의 눈이 잘못되어 있다는 것을 깨닫고 바른 눈을 갖도록 힘써야 되겠다 하는 자각이 일어날 때까지입니다. 그때가 되면 우주의 진상이 바로 보일 것입니다."

"세 가지 공부를 시작할 때의 기본자세는 어떠해야 되는지 말씀해 주시겠습니까?"

"마음을 비우는 공부가 기본입니다."

"어떻게 하는 것이 마음을 비우는 공부인가요?"

"나보다는 남을 먼저 생각하는 마음을 갖는 겁니다."

"나보다 남을 먼저 생각함으로써 마음을 비우는 공부가 왜 그렇게도 중요합니까?"

"우선 마음을 비워야만이 사물의 실상과 우주 전체를 볼 수 있고, 우주 전체를 볼 줄 알아야 우주 전체를 품을 수 있기 때문입니다. 손안에 작은 보물을 가지고 있는 사람은 그보다 더 큰 보물을 잡을 수 없습니다.

손을 완전히 비운 사람만이 전체를 잡을 수 있습니다. 보다 큰 것을 잡기 위해서 우리는 항상 빈손이어야 합니다. 그와 마찬가지로 우리는 마음을 완전히 비워야만이 우주 전체를 그 안에 담을 수 있습니다. 이것이 바로 삶의 진실입니다."

"그럼 우리들 각 개인은 무엇입니까?"

"각자는 각 개인이면서 바로 우주요 전체입니다."

"그 우주 속에는 무엇이 들어 있습니까?"

"모든 것이 다 들어 있습니다. 만물만생, 생로병사, 육도사생(六道四生)이 전부 다 들어 있습니다. 이 우주를 내 마음속에 품었을 때 우리는 비로소 부동심(不動心)을 가질 수 있습니다."

"무엇이 부동심입니까?"

"대자유입니다."

"무엇이 대자유입니까?"

"평상심(平常心) 속에서 유유자적(悠悠自適)하는 것을 말합니다. 부러워할 것도 시기할 것도, 더이상 갖고 싶은 것도 없는 경지입니다. 다만 한 가지 소망은 늘 마음을 떠나지 않을 것입니다."

"그게 무엇입니까?"

"남들도 나와 같은 마음이 되게 하는 겁니다."

"하화중생(下化衆生) 말입니까?"

"바로 그겁니다."

"왜 그런 마음을 갖게 되었을까요?"

"남과 나는 하나니까요."

화장(火葬)에 대하여

"선생님께서는 화장에 대해서는 어떻게 생각하십니까?"

우창석 씨가 말했다.

"인구는 자꾸만 늘어나고 농토는 계속 잠식당하는 한국과 같이 국토가 좁은 나라에서는 화장은 가장 이상적인 장례 방법이라고 생각합니다."

"그렇지만 어떤 사람은 화장을 하면 두 번 죽는 것이 된다고 하면서 반대하는데 그건 어떻게 생각하십니까?"

"사람은 어차피 죽으면 매장을 하든 화장을 하든 지수화풍(地水火風)과 같은 원소로 분해되어 사라져 버리게 되어 있습니다. 매장을 하면 그 과정이 좀 느리고 화장을 하면 그 과정이 좀 빠른 차이만 있을 뿐입니다.

사람은 한 번 숨이 넘어가면 이미 생명체가 아닙니다. 생명 활동이 정지된 시체는 그때부터 이미 부패 작용이 시작되는 것입니다. 한 번 죽으면 그만이지 두 번 죽는다는 말은 성립될 수 없습니다. 그건 무식한 사람들이나 하는 헛소리에 지나지 않습니다."

"그럼 부관참시(剖棺斬屍)는 어떻게 생각하십니까?"

"그건 아직 인지(人智)가 덜 발달했을 왕조 시대의 위정자들이 일종의 분풀이로 죄인의 시체에 가한 모욕 행위입니다. 인도주의 정신에도 어긋나는 짓입니다. 요즘은 아무리 후진국이라 해도 그런 짓은 하지 않습니다."

"어떤 사람은 매장을 하지 않으면 후손들이 효도를 하려고 해도 효도할 대상이 없어진다고 화장을 반대하는데 그건 어떻게 생각하십니까?"

"지난 추석에 텔레비전 방송 보도에서 들은 얘긴데, 한 묘지 관리인의 말에 따르면 후손들이 성묘를 하는 묘보다도 성묘를 하지 않는 묘가 훨씬 더 많다고 합니다. 다시 말해서 주인 있는 묘보다는 주인 없는 묘가 더 많다는 얘깁니다. 물론 조상의 묘를 돌보지 않는 불효자들도 있겠지만 부득이한 사정으로 성묘를 못 하는 후손들도 있을 것입니다."

"부득이한 사정이라면 어떤 경우를 들 수 있을까요?"

"성묘를 할 만한 후손이 끊어졌을 경우입니다. 가령 어떤 사람이 부모의 시신을 매장했는데 그 자신은 후손 없이 세상을 하직했다면 성묘할 후손이 없어지게 됩니다. 후손이 외국으로 이민을 떠났을 경우도 있습니다.

또 후손 중에 아들을 못 낳고 딸만 낳았을 경우입니다. 딸들이 시집을 가면 웬만한 효녀가 아닌 이상 친정 부모의 묘를 찾기는 어려울 것입니다. 혹시 당대에는 찾는다 해도 그 딸의 후손이 성묘를 한다고 기대한다는 것은 거의 불가능한 일입니다.

설사 대대로 아들을 낳아 대가 끊어지지 않는다고 해도 3대 4대 5대 6대... 이렇게 내려가다 보면 세월이 흘러 오래된 묘는 제아무리 효성이 지극한 후손을 두었다고 해도 결국은 보호를 받지 못할 때가 반드시 오게 될 것입니다. 아무리 가족묘지를 갖고 있다고 해도 그 묘지에는 백대 2백대 전 조상의 묘를 가진 경우는 없습니다. 십대 2십대 조가 고작입니다. 그럼 그 이전의 묘들은 어떻게 되었겠습니까?"

"그건 저도 잘 모르겠는데요."

"아무도 모릅니다. 과거에 아주 높은 관직에 있던 유명인사라면 문화재로서 또는 관광 가치라도 있어서 후손이 보존했을지도 모릅니다. 그러나 그것도 겨우 몇백 년 전 조상일 뿐이지 고려 시대나 그 이전의 천 년,

2천 년 된 조상의 묘를 보존하고 있는 후손은 없습니다.

그럼 그 먼 조상의 묘들은 어떻게 되었겠습니까? 족보에는 이런 경우 실전(失傳)으로 처리하고 있습니다. 실전(失傳)이란 전하지 않는다는 뜻입니다. 다시 말해서 묘를 잃어버렸다는 얘기입니다. 잃어버린 조상의 묘는 어떻게 되겠는가 한번 가만히 생각해 보십시오.

아무도 돌보는 후손이 없는 묘는 뒷날 아무렇게나 파헤쳐져서 논밭으로 바꿔거나 그 밖의 다른 목적으로 용도전환이 될 것입니다. 유해(遺骸)가 완전히 삭아서 흙이 되었다면 천만다행이겠지만 그렇지 않고 뼈의 일부가 남아 있다면 어떻게 되겠습니까?

주인 없는 조상의 뼈들은 아무렇게나 여기저기 흩어져 버리게 될 것입니다. 들개, 늑대, 승냥이가 물고 다니다가 아무 데나 팽개쳐 버릴 수도 있습니다. 그렇게 되면 짐승 뼈다귀로 오인되어 함부로 사람들의 발길에 이리저리 채이고 짓밟힐 수도 있습니다. 이렇게 되는 것을 사전에 방지하는 방법은 아예 처음부터 화장을 하는 길밖에 없습니다.

화장한 유해는 곱게 가루 내어져 고인이 사랑하던 강이나 바다나 산야에 뿌려집니다. 자연에서 태어났다가 완전히 자연으로 되돌아간 것입니다. 이 얼마나 운치 있는 일입니까? 이렇게 처음부터 화장을 해 버리면 추석이나 한식 때 성묘한다고 교통 체증을 빚는 일도 없어질 것입니다.”

“아무리 그렇다고 해도 부모의 유해를 그렇게 뼛가루로 만들어 날려 버리면 너무나 허무하지 않습니까?”

“생자필멸(生者必滅)의 이치를 아는 사람이라면 허무해할 것도 없습니다. 자연에서 태어났으니 자연으로 깨끗이 돌아가는 것이 당연하지 않

겠습니까? 묘라는 흔적을 남기면 후손들에게 폐만 되고 농토를 잠식만
할 뿐입니다. 묘지 문화의 전통을 일시에 단절하기 어렵다면 납골당에다
조상의 유해를 모셔도 될 것입니다. 그러나 이것 역시 세월이 흐르고 흐
르다 보면 후손이 끊어져 아무도 돌보는 이 없게 될 것입니다."

"그래도 번창한 가문은 후손이 끊어지는 일은 없을 거 아닙니까?"

"그렇지 않습니다. 번창한 가문이라고 해서 영원히 번창하는 가문은
있을 수 없습니다. 언젠가는 반드시 후손이 끊어지는 날이 있게 되어 있
습니다. 이 세상에 끊어지지 않는 가문은 있을 수 없습니다. 한 번 생겨
난 것은 반드시 없어지게 되어 있으니까요. 이것이 자연의 변함없는 이
치입니다.

제아무리 별별 수를 다 써서 아들을 낳는다고 해도 영원히 계속되는
가문은 있을 수 없습니다. 가문의 대를 잇는다는 것도 한 시대가 필요에
의해 만들어 놓은 제도일 뿐입니다. 지금은 조상의 신분이 상속되는 왕
조 시대가 아니므로 그러한 제도가 필요하지도 않습니다. 조상의 위세를
업기 위해서 화려한 묘지를 꾸밀 필요도 없습니다. 지금은 조상의 위세
보다는 개인의 능력이 존중되는 시대입니다.

그러니까 묘지나 유해에 집착하기보다는 고인의 사진이나 어록(語錄),
녹음, 녹화 테이프, 좌우명, 저서, 그림, 음악 같은 고인의 예술 작품을
묘나 유해 대신 이용하는 것이 훨씬 더 고상하고 멋과 운치가 있고 실제
적입니다. 물론 이런 것들도 세월이 많이 흐르면 다 사라질 것이지만 유
해보다는 훨씬 보관하기가 간편하고 오래갑니다."

"인생은 짧고 예술은 길다고 했으니까 예술 작품이 사라지는 일은 없
을 것 아닙니까?"

"그러나 한 번 만들어진 것은 언젠가는 다 사라지게 되어 있습니다."

"지구 문명이 존재하는 한 사라지는 일은 없을 것 아닙니까?"

"그렇지 않습니다."

"왜요?"

"지구 문명 또한 영원한 것은 아니기 때문입니다."

"지구가 존재하는 한 지구 문명은 지속될 거 아닙니까?"

"지구 역시 영원한 것은 아닙니다."

"그럼 영원한 것은 무엇입니까?"

"존재의 근원입니다."

"존재의 근원이 무엇인데요?"

"만물을 존재케 한 우주의 핵심 에너지입니다."

"그 에너지는 어디에 있습니까?"

"우주 도처에 없는 데가 없습니다. 우창석 씨 자신도 나 자신도 알고 보면 우주 에너지 그 자체입니다."

"허지만 저는 그러한 실감이 나지 않거든요. 왜 그런지 모르겠습니다."

"충전(充電)이 덜 되었기 때문입니다."

"충전이라뇨?"

"인간은 어찌 보면 충전 과정에 있는 배터리와도 같습니다. 완전히 충전되지 않은 배터리는 제 기능을 발휘하지 못합니다. 그와 마찬가지로 구도자도 수련 정도가 일정한 궤도에 오르면 자동 충전이 가능하므로 무한한 우주 에너지를 자기 것으로 끌어다 쓸 수가 있습니다."

"어느 정도 수련이 되어야 우주 에너지를 마음대로 끌어다 쓸 수 있습니까?"

"자동 충전이 가능한 배터리처럼 남의 도움을 받지 않고도 우주 에너지를 마음대로 끌어다 충전하여 쓸 수 있을 정도가 되어야 합니다."

"그렇게 되려면 우주 에너지와 항상 연결이 되어 있어야 하는 거 아닙니까?"

"물론입니다. 자기 자신은 중심을 잡고 있는 소우주이면서도 대우주 전체의 한 부분을 차지하게 됩니다. 개체이면서도 전체인 그러한 존재입니다. 힘든 일을 열심히 하다가 잠시 앉아서 쉬고 있노라면 금방 우주 에너지가 자동으로 충전이 되는 그러한 대우주와의 상생(相生) 시스템을 갖춘 사람이 되는 겁니다."

"어떻게 하면 그런 사람이 될 수 있습니까?"

"온갖 착심(着心)에서 떠나야 합니다."

"착심이 뭔데요?"

"욕심입니다."

〈57권〉

품위 있는 노사(老死)를 위하여

미국 엘에이에 사시던 장모님이 12월 3일 노환으로 양로원 병원에서 향년 86세로 운명했다. 처제로부터 위급하다는 전화를 받은 아내가 부랴부랴 비행기를 타고 엘에이에 도착한 지 사흘 만이었다. 친정어머니의 임종을 마치고 돌아온 아내가 말했다.

"어머니가 돌아가시기 전에 산소호흡기를 위시한 각종 생명보조 장치를 달고 의식을 잃고 고통스러워하시는 것이 무엇보다도 보기 딱했어요. 어머니는 평소에 늘 '내가 숨넘어갈 때는 절대로 산소호흡기 같은 생명보조 장치를 하지 못하게 해 달라'고 유언까지 써 놓으셨는데 그 유언이 지켜지지 않아 고통스럽게 운명하신 것이 무엇보다도 안타까웠어요."

"그렇다면 왜 어머니 뜻이 유언대로 실천되지 않았소?"

"그날따라 수현이(처제 이름)가 잠시 외출하는 사이에 그 일이 벌어졌다지 뭐예요."

장인 장모에게는 위로 네 딸과 두 아들이 있다. 미국에 세 딸과 한 아들이 각각 결혼해서 살고 있지만 장모님의 양로원 근처에 사는 자녀는 막내딸 내외와 그 자녀들뿐이었다. 장인은 벌써 8년 전에 돌아가셨다. 그 막내딸이 시청 공무원으로 근무하면서 틈틈이 어머니 시중을 들고 있었다. 6남매가 마땅히 해야 할 일을 막내딸 내외가 도맡아 하다가 막판에 가서 잠시 병상을 비운 것이 문제가 되었다.

장모님의 병세가 갑자기 위급해지자 병원에서는 보호자를 찾았지만 마침 처제는 외출 중이었으므로 찾을 수 없었던 것이다. 그 흔한 휴대전화기도 없었던 것이다. 의사들은 나중에야 어찌되었든 우선 환자의 생명을 위해 최선을 다해야 할 책임이 있으므로 산소호흡기를 끼우고 그 밖의 각종 생명보조 장치들을 가동시켰던 것이다.

외출에서 돌아온 처제가 그 생명보조 장치들을 제거해 달라고 간청했지만 어림도 없는 일이었다. 위급 시에 생명보조 장치를 달지 않게 해 달라는 환자 자신이 쓰고 서명하고 공증한 유언서가 있어야 하는데 그런 것이 있을 리가 없었다.

"유언서를 써 놓으셨다고 하지 않았소?"

"분명히 써 놓으시긴 했는데 갑자기 어디 있는지 생각이 나지 않았고 공증이 되어 있지 않았으므로 효력이 없다는 거예요. 그 생명보조 장치들만 없었어도 어머니는 9일 동안이나 그렇게 고생하지 않으실 수도 있었을 텐데."

장모님은 평소에 동료들이 운명할 때 바로 그 생명보조 장치들 때문에 부질없는 고생을 사서 하는 것을 보고 자기는 절대로 그러지 않겠다고 수없이 다짐했었고 유언까지 써 놓았건만 그 소망은 결국 지켜지지 않았던 것이다. 아내는 못내 그 일을 안타까워했다.

"의사들은 무엇 때문에 유족들의 요청대로 그 생명보조 장치들을 제거해 주지 않는 거요?"

"일단 그것을 장치해 놓은 뒤에는 환자 자신의 뜻이 아닌 이상, 아무도 제거할 수 없다는 거예요."

"그럼 뇌사 상태에 빠진 식물인간이 되었을 때는 어떻게 되죠?"

"법원의 판결을 받지 않고는 의사라도 함부로 제거하면 안락사가 되어 살인 행위가 된다는 거예요."

이때 옆에 앉아 있던 우창석 씨가 끼어들었다.

"결국은 현대 의학이 사람들의 자연스런 노사(老死)까지도 방해하는 역작용을 하는 거 아닙니까? 현대 의학은 무조건 생명을 존중한다고 해서 노환으로 죽게 된 사람까지도 일률적으로 청장년과 똑같은 기준을 적용하는 거 아닌가요?"

"그렇습니다."

"선생님께서는 어떠한 노사(老死)가 가장 바람직하다고 보십니까?"

"건강하게 살아 있을 때 열심히 수련하여 모든 업장(業障)을 녹이는 겁니다."

"그렇다면 죽음 전에 고생하는 것은 업장 때문이라고 생각하십니까?"

"물론입니다."

"그럼 업장을 해소하려면 어떻게 해야 합니까?"

"한 점 티 없이 마음을 비워야 합니다. 누구를 원망할 것도 없고 누구를 미워할 것도 없고 이 세상에 더이상 유감도 원한도 없고 금전상으로나 마음으로나 이 세상에 더이상 한 점의 빚도 없는 상태라면, 마음은 항상 편안하고 즐거울 것이며 비록 당장 죽음이 찾아온다고 해도 그저 아침에 해가 떴다가 저녁에 지는 일상사처럼 담담하게 받아들일 수 있을 것입니다."

"마음을 비웠느냐 안 비웠느냐 하는 것은 임종(臨終) 때 나타납니까?"

"물론입니다."

"마음을 비웠다는 것은 어떻게 각자에게 구체적으로 나타납니까?"

"마음을 말끔히 비워 빚진 것도 빚 받을 것도 없이 청산이 완전히 끝난 사람, 누진통(漏盡通)을 성취하고 견성 해탈(見性解脫)하고 성통공완(性通功完)한 사람은 임종 때도 자는 듯이 지극히 평화롭게 떠납니다."

"그렇다면 임종 시에 고통스러워하는 사람은 미해결의 업장 때문이라고 보면 틀림없겠습니까?"

"그렇습니다."

"그럼 그 미해결의 업장에서 오는 미련 때문에 이 세상에 다시 찾아올 확률도 많겠군요."

"그렇습니다."

"어떤 사람은 임종 시에 무서워서 벌벌 떠는 사람도 있는데 그건 무엇 때문입니까?"

"남에게 죄를 많이 지은 사람이 자기를 잡으러 온 저승사자가 무서워서 공포심에 사로잡혀 있기 때문입니다."

"그럼 임종 장면이 험악한 사람일수록 청산해야 할 빚이 많다고 보면 틀림없겠습니까?"

"그렇습니다. 우리는 수많은 전생의 자기 업장을 해소하고 자기 존재의 실상을 깨달으라는 사명을 갖고 이 세상에 태어났는데, 업장을 해소하기는커녕 더 많은 업장을 쌓았다면 그 죄책감의 중압이 그를 그대로 놓아두지 않을 것입니다.

고1에 편입한 학생이 1년 공부 후에 고2로 승진하지는 못했을망정 도리어 중3으로 낙제를 하게 되었다면 그 마음이 얼마나 참담하겠습니까?

고1에서 중3은커녕 초1로 낙제당했다면 그 심정이 또 어떠했겠습니까?
임종 시의 고통은 바로 이러한 낙제의 정도에 따라 그 아픔의 크기가 가
중되는 겁니다. 이 세상은 결코 이럭저럭 적당히 한평생 즐기면서 살다
가 가라는 데가 아닙니다."

"그럼 어떻게 해야 합니까?"

"열심히 공부하여 자기 존재의 실상을 깨달으라는 것이 각자에게 맡
겨진 사명입니다."

"자기 존재의 실상이 무엇인데요?"

"인간은 생로병사의 윤회를 끊임없이 되풀이해야 하는 그러한 덧없는
존재가 아니라, 그 생사의 윤회에서 벗어나 참인간으로 다시 태어나기
위해서 공부하라고 이 세상에 나타난 지극히 존귀한 존재입니다. 그것을
깨닫고 공부하고 수행하는 사람을 우리는 구도자라고 말하고, 그렇지 못
하고 어물어물 이럭저럭 되는대로 어영부영 자기의 잇속을 찾아 살아가
는 사람을 보고 우리는 중생(衆生)이니 민초(民草)니 무리니 하고 말합
니다."

"구도자라면 비구(比丘)나 비구니(比丘尼), 수사(修士)나 신부(神父)나
수녀(修女)가 되어야 하는 것이 아닙니까?"

"비구, 비구니, 수사, 수녀는 제도화된 종교의 틀 속에 들어가서 구도생
활을 하는 사람들입니다. 그러나 이 세상에는 그러한 틀 속에 자기 자신
을 구속하지 않고도 진리를 추구하는 구도자들이 얼마든지 있었습니다."

"어떤 사람들이죠?"

"단군 시대의 천지화랑(天指花郞)들, 소크라테스, 노자, 장자, 공자, 맹
자, 예수, 석가, 톨스토이, 마하트마 간디, 최치원, 서화담, 다석과 그 제

자들이 그러한 사람들입니다. 그들은 어떤 기성 종교의 틀 속에 갇히지 않았으면서도 자유롭게 진리를 추구하여 일가를 이룬 인류의 큰 스승들입니다. 이러한 구도자들의 특징은 항상 죽음 앞에 의연했고 당당했다는 겁니다.

그들은 항상 죽음을 적극적으로 그리고 능동적으로 받아들였다는 겁니다. 그들은 죽음 앞에 위축되어 떨거나 겁먹지 않았습니다. 오히려 죽음을 일상사로 수용하여 새로운 생으로 재탄생시켰습니다. 그들에게는 생사가 따로 없었던 것입니다."

"그러나 세상 사람들이야 어디 그렇습니까? 어디에 신통력(神通力)이 있는 도사가 나타났다 하면 병 고치고 점치려고 구름처럼 모여들지 않습니까?"

"그게 바로 함정입니다. 그 함정에 한 번 빠지면 헤어나지 못합니다."

〈58권〉

억울한 일을 당했을 때

30대 중반의 홍진영이라는 여자 수련생이 물었다.

"선생님, 우리 인생에서 우연이란 것은 정녕 있을 수 없습니까?"

"물론입니다."

"그렇다면 우연히 사람을 만나고 자기도 모르게 어떤 사건이 일어나고 하는 일도 전부가 필연의 소치란 말씀입니까?"

"그렇습니다."

"그럼 제가 이 세상에 태어난 것도 우연이 아니라는 말씀입니까?"

"그렇고말고요."

"저의 의사와는 전연 관계도 없이 저의 부모에 의해 제가 이 세상에 태어났는데도 그렇다는 말씀입니까?"

"그건 홍진영 씨가 이 세상에 태어난 원인을 아직 모르고 그런 말을 하실 뿐이지, 홍진영 씨의 출생이 홍진영 씨의 의사와는 전연 관계가 없는 것은 결코 아닙니다."

"그러니까 제가 이 세상에 태어난 것도 확실한 인과관계가 있는데, 아직 지혜가 덜 깨어나서 제가 그걸 모르고 있을 뿐이라는 말씀인가요?"

"그렇습니다."

"결혼이라는 것을 해 보니까 우리 사회는 확실히 모든 것이 여자에게는 불리하게만 되어 있다는 것을 알게 되었습니다. 여자는 특히 며느리는 하고 싶은 말도 다 못 하고 언제나 억울하게 당해야만 하게 되어 있는데 이것도 다 인과응보라는 말씀입니까?"

"그렇습니다."

"그럼 이 세상에 여자로 태어난 것도 다 인과응보라는 말씀입니까?"

"당연한 일입니다."

"그럼 제가 전생에 무슨 일을 했기에 하필이면 여자로 태어났을까요?"

"홍진영 씨가 전생에 한 여자의 남편으로서 자기 아내를 못살게 굴었던 것입니다. 그 업장(業障)에서 벗어나기 위해서 인내심을 길러야 할 사명을 띠고 이 세상에 한 여자로 태어난 겁니다."

"『선도체험기』를 56권까지 읽은 덕분에 거기까진 어느 정도 이해할 수 있을 것 같은데요. 시어머니로부터 부당한 대우를 받았을 때나 시누이로부터 억울한 소리를 들었을 때도 꼭 참기만 해야 하는지 알고 싶습니다."

"맞상대해 봤자 누구에게도 득 될 것이 없고, 참는 것이 집안의 평화를 위해서 유익하다면 참는 것이 좋습니다. 참을 인(忍) 자 셋이면 살인도 면한다는 말이 있지 않습니까?"

"저 혼자 참으면 온 가족이 평화로우니까 응당 저 혼자 참는 것이 좋다는 것은 알고 있지만, 그렇게 함으로써 제 속은 푹푹 썩어서 말이 아닙니다. 그 억울함을 해소할 길은 없고 분출해야만 하는 용암처럼 계속 쌓여만 가다가 어느 순간에 한번 크게 폭발을 해 버리든가 그렇지 않으면 암과 같은 중병이라도 걸리게 되면 그때는 저만 손해가 아닙니까?"

"그러니까 억울함과 분노를 안에다 쌓아 두지 말고 그때그때 비워 버려야죠."

"어떻게 하면 매일같이 쌓이기만 하는 억울함과 분노를 속에 쌓아 두지 않고 그때그때 비워 버릴 수 있습니까?"

"방하착(放下着)해 버리면 됩니다."

"방하착하라면 그냥 놓아 버리라는 말씀입니까?"

"그렇습니다. 들고 있지 말고 밑으로 놓아 버리라는 말입니다. 상대가 나에게 공을 던졌으면 그것을 되받아 던지지 말고 땅에 떨어지게 그대로 내버려두면 된다는 얘기입니다. 되받아 던지지 않으면 상대는 다시 공을 던질 흥미를 잃어버릴 것입니다. 비록 상대가 나에게 억울한 욕을 해도 응대하지 않으면 다시 욕할 흥미가 나지 않을 것입니다.

어떤 사람이 나에게 느닷없이 따귀를 때렸을 때도 응수하지 않으면 싸움이 되지 않습니다. 그러나 대부분의 경우 이유 없이 따귀를 맞으면 반사적으로 내 손도 상대의 뺨으로 날아가게 되어 있습니다. 윗사람한테 억울하게 따귀를 맞았을 경우는 맞상대를 할 처지가 아니니까 그 자리에서는 비록 참지만, 속으로는 앙심을 품게 됩니다.

물리적인 반격을 당장 가하지 않았다 해도 마음속에 복수심을 품는다는 것은 반격의 포기가 아니라 일종의 반격의 유보일 뿐입니다. 기회만 닿으면 언제든지 복수를 하게 될 것입니다. 이것 역시 고통입니다. 왜 그럴까요?"

"…..???"

"방하착이 안되었기 때문입니다."

"그런 때는 어떻게 하는 것이 방하착하는 것입니까?"

"그 복수심까지도 내려놓는 겁니다. 그래서 예수는 누가 너희 오른쪽 뺨을 때리면 왼쪽 뺨까지도 내놓으라고 했습니다. 누가 겉옷을 달라고 하면 속옷까지도 벗어 주라고 했고, 누가 5리를 가자고 하면 10리까지라도 같이 가라고 했습니다."

"그거야 예수 같은 성인이나 할 수 있는 말이 아닐까요?"

"성인이 따로 있는 것이 아닙니다. 누구든지 성인이 할 수 있는 일을 하면 성인이 되는 겁니다."

"어떻게 하면 우리 민초들도 예수와 같은 행동을 할 수 있겠습니까?"

"그건 아주 간단합니다."

"간단하다뇨?"

"그렇습니다."

"어떻게 하는 건데요?"

"내가 누구한테서 억울한 일을 당했을 때 그것을 상대의 탓으로 돌리지 말고 어디까지나 그것을 내 탓으로 돌리면 됩니다."

"그건 좀 말이 안 된다고 봅니다."

"왜요?"

"어디까지나 저에게 억울한 누명을 씌운 원인 제공자는 시어머니인데도 그것을 어떻게 제 탓으로 돌릴 수 있겠습니까?"

"물론 내 탓으로 돌리기가 말처럼 쉽지는 않을 것입니다. 그러나 그렇게 하지 않고 어디까지나 시어머니 탓으로 돌려 버리면 우선은 마음이 가볍겠지만 그 순간부터 마음속에 원한의 앙금은 언제까지나 남아 있게 될 것입니다. 마음속에 앙심이 남아 있는 한 복수의 악순환은 언제까지나 끊임이 없을 것입니다.

147

금생의 악연(惡緣)은 내세(來世)에까지도 연장됩니다. 이래 가지고는 아무것도 해결되지 않을 뿐 아니라 악업(惡業)은 갈수록 쌓여만 갈 것입니다. 마침내 우리는 쌓이기만 하는 악업의 홍수 속에 파묻혀 버리고, 이로 인하여 야기되는 생로병사의 윤회는 끝 간데없이 지속될 것입니다. 이것을 일찍 깨닫고 그 악연의 고리에서 과감하게 벗어나려고 시도하는 사람이 바로 구도자입니다. 그럼, 어떻게 하면 그 악연의 고리에서 벗어날 수 있을까요?"

".....???"

"상대에게서 억울한 일을 당했을 때 그것을 그에게 돌려주지 말고 내 탓으로 돌려 버리는 겁니다. 방하착(放下着)이란 바로 이것을 말하는 겁니다. 아무리 억울한 일을 당했어도 그것을 내 탓으로 돌려 버리는 순간 복수의 끝없는 악순환의 고리는 그 자리에서 끊어져 버리게 될 것입니다.

이것은 무수한 선배 구도자들이 실천해 온 지혜의 산물입니다. 이 복수의 악순환의 고리를 끊을 수 있는 자가 인생의 승리자입니다. 여기서 말하는 인생의 승리자는 바로 생사윤회(生死輪廻)의 고리를 끊는 결정적인 계기를 마련하게 될 것입니다."

"그게 어떻게 생사의 고리를 끊는 결정적인 계기가 될 수 있겠습니까?"

"그것이 대인관계(對人關係)에서의 온갖 악연을 끊어 버릴 수 있는 단서(端緒)가 될 수 있으니까요. 그와 동시에 그것은 모든 업장(業障), 기독교에서 말하는 죄악(罪惡)에서 벗어날 수 있는 실마리가 될 수 있기 때문입니다.

어떤 사람은 수련의 목적이 양신(養神)을 하여 출신(出神)을 하는 것이라고 했는데, 이것은 방향을 잘못 잡은 것입니다. 수행의 성패는 출신

(出神)에 있는 것이 아니라 방하착을 제대로 하여 생사윤회의 고리에서 벗어날 수 있느냐의 여부에 달려 있습니다.

다시 말해서 자기 마음을 스스로 다스릴 수 있느냐의 여부에 달려 있다는 얘기입니다. 닫힌 마음을 가지고는 제아무리 출신을 하고 배꼽 아래 양옆에 쌍도태 아니라 삼도태가 돋아도 말짱 다 헛일이라는 것을 알아야 합니다. 역지사지(易地思之), 방하착(放下着), 여인방편자기방편(與人方便自己方便), 애인여기(愛人如己)의 마음이 밑바탕을 이루지 않는 한 어떠한 수련법도 사상누각(砂上樓閣)이 되고 말 것입니다."

"여인방편자기방편(與人方便自己方便)은 남을 위해 주는 것이 곧 나를 위하는 것이라는 뜻인데, 과연 그럴까요?"

"물론입니다. 진리 추구의 종착점은 만법귀일(萬法歸一)입니다. 이기심만을 추구하다 보면 상대도 나도 다 같이 멸망하고 맙니다. 그러나 이타심을 추구하다 보면 상대도 나도 다 같이 살게 됩니다. 실생활에서 이러한 체험을 하는 동안에 우리는 너와 나는 결국 하나라는 것을 터득하게 됩니다. 이것이 진리입니다.

우리 마음이 진리에 바탕을 둘 때 우리는 진리에서 오는 무한한 힘과 지혜와 덕을 구사할 수 있습니다. 진리에 바탕을 둔 마음이야말로 바로 우주의식 즉 하느님 그 자체이기 때문입니다. 이것을 깨닫는 것이 견성 해탈이고, 그렇게 한 사람이 바로 신불(神佛)입니다. 이 견성 해탈은 우리들 각자의 내부에서 하는 것이지 밖에서 하는 것이 아닙니다. 사람 속에 바로 우주가 들어 있다는 『천부경』의 인중천지일(人中天地一) 구절은 바로 이것을 말하는 것입니다. 사람이 곧 하늘입니다.

인내천(人乃天) 즉 사람이 곧 하늘이라는 것을 깨달은 사람은 누구를 상대하든지 무한히 겸손합니다. 하늘은 원래 남 앞에 자기를 내세우지 않기 때문입니다. 그래서 깨달은 사람은 원래 오른손이 하는 일을 왼손이 모르게 하면서도 무한한 행복을 느낍니다. 배고파하는 자식에게 먹을 것을 사 주고, 이 일을 스스로 다행스럽게 생각할지언정 남에게 자랑하는 팔푼이 같은 부모가 어디 있겠습니까. 우리는 남에 대해서도 그러한 마음이 우러날 수 있도록 마음이 열려야 합니다."

수련을 시키고 나면 기운이 빠진다

나에게 규칙적으로 찾아온 지 6년째 되는 오석재라는 40대 초반의 수련생이 말했다.

"선생님, 저는 집에 찾아오는 수련생들에게 단전호흡에 대한 기초 수련을 시켜 주고 돌려보내고 나면 어쩐지 힘이 쏘옥 빠지고 몸이 천근만근처럼 나른해집니다."

"수련생이 몇 사람이나 됩니까?"

"남자 셋, 여자 둘입니다."

"매일 가르칩니까?"

"아뇨. 등산 후, 일요일 오후만 가르칩니다."

"수련생들은 기를 느낍니까?"

"네."

"그건 오석재 씨가 수련생들에게서 기운을 너무 많이 빼앗기기 때문입니다."

"그럴 때는 어떻게 해야 합니까?"

"손기(損氣)가 되지 않도록 조심해야 합니다."

"그럼 수련을 중단해야 할까요?"

"손기감(損氣感) 때문에 일상생활에 지장이 생길 정도라면 당연히 중단해야 합니다. 선도 수행자가 남을 가르친다는 것은 스님이 법문을 하고 목사가 설교를 하는 것과는 차원이 다릅니다. 법문이나 설교는 진리를 지식을 통해서 전달해 주는 것으로 끝나지만, 기공부하는 구도자가 제자를 가르친다는 것은 젖어미가 젖으로 아이를 키우듯 자기 기운을 제자들에게 나누어주어야 합니다."

"저는 일상생활에 지장이 있을 정도는 아니지만 수련을 시킨 날 밤에는 심한 피로로 누가 업어 가도 모를 정도로 깊은 잠에 빠지곤 합니다."

"그 수련생들은 어떻게 알게 됐습니까?"

"등산을 하다가 알게 된 사람들입니다. 일요일마다 등산을 같이하게 되니까 제가 선도에 대한 얘기를 자주 해 주었습니다. 저는 수련 때문에 등산을 하지만, 그들은 순전히 건강 때문에 등산을 시작한 사람들입니다. 암, 당뇨, B형 간염, 고혈압 같은 것을 앓던 사람들인데 어디서 등산이 좋다는 얘기를 듣고 산을 오르기 시작했다고 합니다.

그들은 제 얘기를 듣고는 그렇지 않아도 단전호흡이 건강에 좋다는 소문을 듣고 있었는데 마침 잘됐다면서 좀 가르쳐 달라고 하도 졸라서 어쩔 수 없이 수련 지도를 하게 되었습니다."

"얘기를 듣고 보니 오석재 씨에게도 제자가 생겼군요."

"저는 누구한테 가르친다는 말을 하지도 않았는데 자연히 그렇게 되었습니다."

"향(香)이 짙으면 일부러 말하지 않아도 그 내음을 맡고 벌과 나비들이 모여들게 되어 있습니다. 유능한 스승이 나타나면 제자들이 제일 먼저 알고 모여들게 되어 있습니다."

"그런데, 선생님, 전 아무래도 때가 아닌 것 같습니다. 아까도 말씀드렸지만, 수련생을 보내고 나면 손기(損氣) 때문에 아직은 녹초가 됩니다."

"그러니까 조심해야 합니다. 어떤 수련 단체에서는 겨우 기를 느끼는 정도의 수련생에게 사범을 시키는 바람에 손기가 심해져서 건강을 해치는 경우가 왕왕 있습니다. 오석재 씨도 손기가 건강에 이상을 일으킬 정도로 심해지면 수련생을 가르치는 일을 중단해야 합니다."

"그래도 소문을 듣고 수련생이 자꾸만 모여들면 어떻게 하죠?"

"당연히 그들을 설득하여 돌려보내든가 그래도 안 되면 몸을 피해야 합니다. 수련이 어느 정도 본궤도에 오른 구도자나 고승들 중에서 사람 만나기를 극력 피하려는 경향이 있는 것은 바로 이 때문입니다."

"언제까지 그렇게 몸을 피해야 합니까?"

"자신감이 설 때까지는 함부로 여러 사람 앞에 나서지 말아야 합니다. 수련생을 교육시키고도 손기로 인해 괴로움을 느끼지 않을 정도가 되기까지는 은인자중(隱忍自重)해야 합니다. 적어도 수련생들에게서 나오는 탁기(濁氣)와 사기(邪氣)를 어렵지 않게 정화시킬 수 있는 경지가 아니면 제자를 가르칠 자격이 있다고 말할 수 없다고 보아야 합니다.

선도의 스승이 제자들을 가르치기가 얼마나 어려운가 하는 것은 오석재 씨처럼 실제로 경험해 보지 않고는 모릅니다. 딸자식은 아이를 낳고 키워 보아야 자기 어머니의 고충을 이해할 수 있는 것과 마찬가지입니다."

"어떤 때는 수련생들과 같이 앉아서 호흡만 한 시간씩 했을 뿐인데도 저한테서 기운만은 계속 빠져나갑니다."

"사실입니다."

"왜 그렇죠?"

"기문(氣門)이 일단 열린 사람들끼리 앉아 있으면 그들 사이에 기류(氣流)가 형성되어 대류(對流) 현상이 일어납니다. 물이 높은 데서 낮은 데로 흐르는 것과 같이 기(氣)는 강한 데서 약한 데로 순환하게 되어 있습니다.

　기공부하는 사람들이 훌륭한 스승들을 찾아다니는 이유가 바로 여기에 있습니다. 스승 앞에 앉아 있기만 해도 수련이 저절로 되기 때문입니다. 그들 사이에 아무런 대화가 없어도 단지 기운의 순환만으로 수행이 이루어집니다."

　"손기(損氣)를 느끼지 않으면서도 수련생들을 가르칠 수 있는 비법이 없을까요?"

　"가르치는 자리에 있는 사람이 스스로 열심히 수련을 하여 자신의 도력(道力)을 꾸준히 향상시키는 길밖에는 없습니다."

　"도력이 높아지면 매일 같이 제자들을 가르치고도 손기(損氣)를 거의 느끼지 않을 수 있습니까?"

　"대체로 그렇습니다. 그러나 상황에 따라서 손기를 느낄 때도 있습니다."

　"선생님의 경우는 어떻습니까?"

　"나도 마찬가지입니다."

　"어떤 경우에 손기를 느끼십니까?"

　"정기적으로 출입하는 수련생들은 대체적으로 괜찮은데 가끔가다가 처음 오는 수련생들 중에 손기를 일으키게 하는 경우가 있습니다."

　"어떤 사람들인데요?"

　"아주 영력(靈力)이 강한 빙의령(憑依靈)이나 접신령(接神靈)을 달고 올 때 그렇습니다. 보통은 한 시간 안에 천도(薦度)가 되는데 심한 경우에서 두 시간, 세 시간씩 걸리는 수가 있습니다."

　"그런 경우에는 선생님께서도 고생되시겠습니다."

　"물론입니다. 나도 살고 봐야 하니까, 그래서 함부로 사람을 만나기가 어려울 때가 많습니다."

"제가 직접 겪어보니까 매일 같이 수련생들을 대하시는 선생님의 고충을 이해할 것 같습니다."

"오석재 씨도 열심히 수련해서 손기를 느끼지 않을 정도가 되도록 하시기 바랍니다."

"고맙습니다."

〈59권〉

죽음의 문제

우창석 씨가 말했다.

"선생님, 죽음은 존재합니까?"

"나라고 하는 개성이 있는 한 죽음은 누구에게나 항상 그림자처럼 따라다니게 되어 있습니다."

"나가 무엇입니까?"

"나 즉 거짓 나 말입니다. 가아(假我)가 있는 한 죽음은 반드시 따라다니게 되어 있습니다. 따라서 죽는 것은 가아(假我)지 진아(眞我)눈 아닙니다."

"그럼 진아는 죽음을 모릅니까?"

"그렇습니다. 죽음을 초월한 것이 진아인데 어떻게 진아에게 죽음이 있을 수 있겠습니까?"

"그렇다면 죽음을 없애는 지름길은 가아를 없애는 것이 되겠군요."

"물론입니다."

"그럼 가아는 무엇입니다."

"가아는 인위(人爲)입니다."

"그럼 가아를 진아로 바꾸려면 어떻게 하면 될까요?"

"유위(有爲)를 버리고 무위(無爲)로 돌아가면 됩니다."

"무위가 무엇인데요?"

"무위란 인간의 욕심이나 꾸밈이나 가식(假飾)이 가해지지 않는 자연 그대로의 상태를 말합니다."

"노자가 말하는 무위자연(無爲自然) 말입니까?"

"그렇습니다."

"그럼 세속적인 인간이 살지 않는 순전한 자연 속에서의 영고성쇠(榮枯盛衰), 성주괴공(成住壞空), 기흥쇠망(起興衰亡) 속에는 죽음이 없다는 말씀입니까?"

"무위자연 속에서의 모든 존재의 성주괴공, 기흥쇠망 속에는 그 존재의 변화 과정이 있을 뿐입니다. 따라서 가아(假我) 속에 사는 인간의 공포를 수반한 죽음 같은 것은 있을 수 없습니다."

"왜 그렇죠?"

"무위자연 속에 사는 모든 존재는 인간이 느끼는 죽음을 하나의 자연 현상으로 받아들일 뿐 죽음을 피하거나 거부하는 일이 없기 때문입니다. 죽음이란 그것을 혐오하거나 공포의 대상으로 보는 자에게만 있는 것이기 때문입니다. 따라서 죽음을 평범한 자연의 변화 과정으로 여기는 사람에게는 그것은 지극히 당연한 일상사에 지나지 않습니다."

"그렇다면 죽음 역시 마음먹기에 따라 있기도 하고 없기도 한 그러한 것입니까?"

"그렇고말고요."

"죽음 역시 일체유심조(一切唯心造)의 범주에 든다는 말씀이군요."

"맞습니다."

"그런데도 불구하고 죽음을 무서워하거나 싫어하지 않는 사람을 저는 일찍이 만나 본 일이 없습니다. 그건 왜 그렇습니까?"

"그것은 지금까지 우창석 씨가 만나 본 사람들이 아직 '나'를 청산하지 못했기 때문입니다."

"어떻게 하는 것이 나를 청산하는 것입니까?"

"가아(假我)에서 벗어나는 일입니다."

"어떻게 하면 가아에서 벗어날 수 있습니까?"

"마음을 깨끗이 비우면 됩니다."

"마음을 깨끗이 비우라고 말씀하셨는데 어떻게 하는 것이 마음을 깨끗이 비우는 것입니까?"

"마음속에서 탐욕과 집착을 완전히 비워내는 것을 말합니다. 가아를 형성하는 것은 바로 이 탐욕과 집착이기 때문입니다. 완전히 비우면 전체를 수용할 수 있습니다. 우주 전체를 수용할 수 있으면 이미 죽음을 초월한 도(道)를 얻은 것입니다. 도 자체에는 생사가 없습니다. 따라서 우주 전체가 내 것이 될 때까지 죽음에서 벗어날 길은 없습니다."

"우주란 무엇입니까?"

"무위자연입니다."

"무위자연은 무엇입니까?"

"도(道)요 진리입니다."

"삶은 무엇입니까?"

"삶은 죽음의 반대입니다. 따라서 죽음이 없는 곳에는 삶도 있을 수 없습니다."

"그럼 생사가 없는 경지를 무엇이라고 합니까?"

"그것을 일컬어 도(道)라고 말합니다. 진리라고 말할 수도 있지만 반드시 진리라고만 부를 수 있는 것은 아닙니다. 하나니 하늘이니 하느님이니, 공(空)이니 무(無)니 무극(無極), 열반(涅槃), 무위계(無爲界)니 절대계(絕對界)니 그리고 그 밖의 어떠한 명칭으로도 부를 수도 있다 그겁니다."

"그 모든 명칭을 통틀어 도(道)라고 했을 때 도를 얻은 사람은 도를 얻지 못한 사람하고 어떻게 다릅니까?"

"도를 얻은 사람은 무슨 일이 있어도 마음이 흔들리는 일이 없습니다."

"마음이 흔들리지 않는다는 것은 구체적으로 무엇을 말합니까?"

"희로애락애오욕(喜怒哀樂愛惡慾), 희구애노탐염(喜懼哀怒貪厭), 탐진치(貪瞋癡), 생로병사(生老病死), 흥망성쇠(興亡盛衰), 역경, 비극, 충격, 걱정근심, 스트레스 따위에 흔들리지 않는 것을 말합니다. 이러한 경지에 도달한 사람을 보고 부동심(不動心)을 얻었다고 흔히들 말합니다."

"부동심을 얻을 수 있는 지름길을 가르쳐 주시겠습니까?"

"관(觀)을 일상생활화 하면 됩니다."

"관이란 무엇입니까?"

"항상 정신을 똑바로 차리고 자기 자신과 그 주변을 살피면서 바른길을 찾아 살아가는 것을 말합니다."

"구도자가 바른길을 찾아가는 요령을 말씀해 주십시오."

"관을 주 무기로 삼고, 세 가지 공부를 숨넘어가는 그 순간까지 쉬지 않고 실천해 나가는 것입니다."

"세 가지 공부란 어떤 것입니까?"

"마음공부, 기공부, 몸공부입니다."

강간을 모면하는 방법

30대 후반의 독신녀 수련생인 한미숙 씨가 오래간만에 찾아와서 말했다.

"선생님, 저는 한 달쯤 전에 하마터면 큰 변을 당할 뻔했습니다."

"무슨 일인데요?"

"이웃 아파트에 사는 25세 된 대학생으로부터 강간을 당할 뻔했습니다."

"강간이라니? 어쩌다가 그랬습니까?"

"바로 제 아파트와 문을 마주 바라보는 이웃 아파트 학생이라 제가 너무 믿은 것이 잘못이었습니다."

"어떻게 된 사연인지 자초지종을 좀 자세히 말씀해 보세요."

"바로 문을 마주 바라보는 아파트니까 서로 음식도 나누어 먹고 그릇 같은 것도 급할 때는 나누어 쓰는 사이였죠. 그 집엔 50대 후반의 부부와 두 아들 네 식구만 사는데, 아들은 둘 다 대학생이었습니다.

사건이 일어난 날 밤 11시 경이었습니다. 초인종이 울리기에 초인종 스크린을 보니 바로 앞집 큰아들이었습니다. 무심코 열어 주면서 '무슨 일이예요, 학생?' 하고 말하자, '어머니가 냄비 좀 빌려 오라고 해서...' 하고 말하기에 무심코 문을 열어 주면서 저는 주방 쪽으로 냄비를 가지러 갔습니다.

그런데 제 뒤에서 갑자기 문이 닫히면서 자물쇠 잠기는 소리가 들렸습니다. 그 순간 저는 아차 내가 실수했구나 하는 생각을 하면서 뒤돌아보자 그 학생은 갑자기 두 얼굴의 사나이로 변했습니다. 양순했던 얼굴이 갑자기 성난 승냥이처럼 일그러지면서 저에게 달려들어 제 두 팔을 꼼짝 못 하게 꽉 잡고는 저를 침대 쪽으로 밀고 가서 자빠뜨리고 옷을 벗기려 했습니다.

너무나 갑작스런 상황 변화에 저는 어떻게 해야 할지 갈피를 잡을 수 없었습니다. 그리고 평소에 그렇게 착하게만 보이던 학생이 이렇게 돌변할 수도 있다는 사실에 치가 떨렸습니다. 그러나 그 순간 사람은 위기에 처할수록 정신을 잃지 말아야 한다는 생각이 번개처럼 스쳐갔습니다. 호랑이한테 물려 가도 정신만 차리고 있으면 살길이 열린다는 『선도체험기』에서 읽은 말도 생각났고요.

그리고 강도나 강간범을 만났을 때는 공포에 질려서 소리를 지르거나 악을 쓰는 것은 오히려 타는 불에 기름을 치는 격이라는 말도 생각났습니다. 그래서 저는 떨리는 마음을 가다듬고 끝까지 당황하지 않고 침착하기로 작정했습니다. 그러자 제 입에서는 다음과 같은 말이 나왔습니다.

'학생, 잠깐만!'

그러나 그는 내 말이 귀에 들리지 않았는지 계속 내 옷을 벗기려고 달려들었습니다.

'아무리 급하더라도 내 말 한마디만 들어 보라고.'

끝까지 침착하게 내가 말하자 그는 동작을 잠시 멈추고 '뭐요?' 하고 퉁명스럽게 말했습니다.

'학생, 학생 내가 비록 학생한테 무슨 일을 당한다 해도 이 말 한마디는 꼭 해야 되겠어.'

제가 침착하게 같은 말을 되뇌자, '뭐요?' 하기에, '나는 이미 40이 다 된 아줌마지만 학생은 앞길이 구만리 같은 25세의 청년이에요. 나한테

161

이런 짓을 하고도 앞으로 결혼해서 자기 아내와 아이들에게 떳떳한 남편, 존경받는 아버지가 될 수 있다고 생각해요? 틀림없이 오늘 있었던 일 때문에 평생 양심의 가책을 느끼면서 살아갈걸. 단 한 번의 실수로 그런 부담을 안고 평생을 살아갈 자신이 있어?'

제가 그의 흥분된 두 눈을 똑바로 주시하면서 이렇게 말하자 그는 내 눈을 피하면서 갑자기 고개를 떨구고는 '아줌마, 아무래도 제가 지금 무엇에 씌었던 것 같아요. 잘못했습니다' 하고 말했습니다. 여기서 힘을 얻은 저는 자신감을 갖게 되었습니다. 보험 회사에 10년 동안 다니면서 늘어난 말솜씨가 이런 때 한몫하게 될 줄은 미처 몰랐습니다. 드디어 저는 그 학생을 제 정신력으로 제압할 수 있었습니다.

'도대체 왜 이런 엉뚱한 생각을 하게 됐지?'

'전자 게임으로 빚진 돈 2백만 원 때문에 그랬습니다.'

'그럼 학생이 그 짓을 하고 나면 나한테서 돈 2백만 원을 갈취할 수 있다고 생각했나?'

'……'

그는 아무 말도 못했습니다.

'겨우 돈 2백 때문에 이웃 아줌마에게 그런 치욕을 안겨 주고도 무사하리라고 생각했단 말야?'

'죄송합니다. 제가 잠시 이성을 잃었습니다.'

'됐어. 이젠 돌아가.'

'신고하지 않으시는 거죠?'

'그런 게 무서우면 왜 그런 짓을 했어?'

'신고 안 하시는 거죠?'

'알았어.'

이렇게 해서 일단 돌려보냈습니다.

"생각보다 순진한 청년이군요."

옆에 있던 다른 수련생이 말했다.

"그래도 한미숙 씨는 위기를 슬기롭게 넘겼군요."

"아무래도 그런 때 제가 공포심에 사로잡혀서 악을 쓴다든가 벌벌 떨기만 한다면 상대의 잔인성만 키워 주어 사태를 더욱 악화시킬 것 같은 생각이 들더라고요."

"좌우간 위급한 사태를 잘 수습했습니다."

"아무래도 제가 수련을 했기 때문인 것 같습니다. 선생님께서 쓰신『선도체험기』를 읽은 덕분입니다."

위기 모면의 열쇠

"한미숙 씨가 끝까지 침착을 잃지 않은 탓에 상대의 흥분을 가라앉힌 것이 위기 모면의 결정적인 열쇠였습니다. 그리고 내가 이 자리에서 꼭 상기시키고 싶은 것이 있습니다."

"무슨 말씀이신데요?"

"사춘기를 지난 모든 남성들은 기회가 허락하고 마음의 고삐가 풀리기만 한다면 모든 가임(可姙) 여성을 성욕의 대상으로 볼 수 있다는 것입니다. 여기에는 가까운 친척 간에도 거의 예외가 없습니다. 인간의 마음은 순식간에 변하게 마련이니까요.

더구나 불법 포르노가 난무하고 여자의 성이 상품 선전의 가장 강력한 수단으로 이용되고 있는 우리 사회에서는 성폭력의 위험은 도처에

도사리고 있다고 보아야 합니다. 그래서 무슨 일이 있든지 부부나 애인이 아닌 이상 남녀가 단둘이 격리된 공간에 갇히는 것을 허용해서는 절대로 안 됩니다. 이것은 이 우주 안에 남녀가 존재하는 한 변함없는 철칙입니다."

"그러고 보니 남녀칠세부동석(男女七歲不同席)이란 옛말이 틀리지 않은 것 같네요."

"다소 과장이 있기는 하지만 조금도 틀린 말이 아닙니다. 부부나 애인이 아닌 이상 건강한 두 남녀가 같은 공간을 공유한다는 것은 시한폭탄을 안고 있는 것처럼 위험한 일입니다. 둘 사이에 무슨 일이 벌어질지 아무도 모르는 일이니까요. 모든 남자는 모든 여자에 대하여 다 도둑놈이요 늑대가 될 수 있다고 생각하면 틀림없습니다. 한미숙 씨는 그런 철칙을 지키는 데 잠시라도 빈틈을 준 실수를 범한 것입니다."

"그 점은 저도 많이 반성을 했습니다."

"그럼 그런 경우 어떻게 해야 하죠?"

다른 여자 수련생이 물었다.

"일단 열한 시나 된 밤늦은 시간에 건장한 청년이 혼자 사는 여자의 집에 찾아왔다면 여하한 일이 있어도 내일 오라고 하든가 어머니를 보내라고 해서 돌려보냈어야죠. 여자 혼자 있으면서 한밤중에 문을 열어준다는 것은 강도에게 도둑질할 기회를 허용한 것과 같이 위험천만한 일입니다."

"그래 그 뒤에 어떻게 됐습니까?"

"그날 그 청년을 보내 놓고 나서부터 저는 옹근 사흘 동안 꼼짝도 못하고 식음을 전폐하다시피 하고 아주 된통 심하게 앓았습니다."

"왜 안 그렇겠어요. 위기는 아슬아슬하게 넘겼다고 해도 그때 받은 충격과 엄청난 스트레스가 오죽했겠어요."

같은 자리에 있던 여자 수련생이 말했다.

"사흘 동안은 직장에도 못 나가고 끙끙 앓으면서 가만히 생각해 보니 내가 이대로 가만히 있다가는 언제 어느 때 그 청년으로부터 또 무슨 봉변을 또 당할지 알 수 없는 일이라는 생각이 들었습니다."

"그래서 어떻게 했습니까?"

"생각다 못해서 그 청년의 어머니에게 사실 얘기를 했습니다. 그랬더니 그 여자는 펄쩍 뛰면서 자기 아들은 절대로 그럴 애가 아니라면서 통 믿으려고 하지를 않는 거예요."

"그래서 어떻게 했죠?"

"그렇게 믿지 못하겠으면 아들에게 직접 물어보라고 했습니다. 아들한테 물어보고 나서야 사정을 알고는 부부가 찾아와서 정중히 사과를 했습니다. 그리고는 괘씸하더라도 앞길이 창창한 그 애를 불쌍히 생각해서 당국에 신고만 하지 말아 달라고 신신당부를 했습니다.

그래서 저는 신고를 하지 않는 대신 한 가지 조건이 있다고 말했습니다. 그게 뭐냐고 묻길래 더이상 불안해서 못 살겠으니 당장 이사를 해 달라고 말했습니다. 그 청년이 앞집에 사는 한 저는 밤에 제대로 잠을 이룰 수 없었습니다."

"그래 이사를 했나요?"

"아파트를 복덕방에 내놓기는 했는데 아직 작자가 나타나지 않아서 이사는 하지 않고 있습니다."

"선생님, 그건 그렇고요. 그 문제의 학생은 제가 보기에는 비교적 순진한 편이라고 봅니다. 그때 정말 진짜 지독한 악질과 마주쳤다면 어떻게 하죠?" 다른 여자 수련생이 말했다.

"아무리 강간하는 데 이골이 난 악질을 만났더라도 정신만 잃지 않으면 반드시 모면할 길은 있습니다. 일대일로 만났을 때 여자가 제정신만 차리고 있고 강간을 당하지 않겠다는 확고한 결심만 서 있다면 피할 길은 얼마든지 있다는 얘기입니다."

"우선 여자는 남자보다 완력이 약한데 어떻게 피할 수 있겠습니까?"

"거듭 말하지만, 정신만 차리고 있으면 어떻게 하든지 피할 길이 열리게 마련입니다. 정 위급할 때는 상대의 급소를 가격하거나 역부족이면 물어 버릴 수도 있습니다."

급소를 노려라

"급소라면 어디를 말합니까?"

"가장 가격하기 쉬운 급소는 상대의 두 눈입니다."

"눈을 어떻게요?"

"손가락을 빳빳이 세워서 불의에 상대의 두 눈을 콱 찌르면 우선 부상을 당한 눈이 안 보이니까 당황하게 될 것입니다. 그 틈을 이용하여 얼마든지 다음 행동을 취할 수 있습니다."

"그러나 그것도 웬만한 경험자가 아니면 실제로 그렇게 행동에 옮기기는 쉽지 않을 텐데요."

"그것이 어려우면 상대의 불두덩을 발로 힘껏 걷어찰 수도 있습니다. 그것이 여의치 않으면 남근과 정낭(精囊)을 콱 움켜쥐기만 해도 남자는 꼼짝을 못하고 숨도 제대로 못 쉬게 됩니다. 위급할 때 가장 실효성이

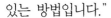

있는 방법입니다."

"그것도 어려우면 어떻게 하죠?"

"입에 닿는 상대의 신체 부위를 아무데나 물어 버립니다. 가령 팔 같은 데를 피가 흐를 정도로 살점을 물어뜯으면 상대는 심한 통증 때문에 당장 성욕을 잃어버리고 통증으로 당황하게 될 것입니다. 그러나 반드시 상대를 가격하거나 물어 버릴 때는 이쪽이 침착하게 행동하여 자기 의도를 상대가 눈치채지 못하게 하여 일단 안심을 시켜 놓고 나서 그 허점을 십분 이용해야 합니다. 해방 직후 북한에서는 소련군의 강간이 하도 심해서 설렁줄이라는 것을 이용한 일이 있었습니다."

"설렁줄이 무엇인데요?"

"추수철에 논에 가면 줄에다 깡통을 매달아 놓고 참새들이 날아들 때, 줄을 당겨 주면 깡통 울리는 소리에 놀라서 새들이 날아가게 하는 장치입니다. 강간범이 들이닥치면 이 설렁줄을 당겨서 이웃에 알리면 장정들이 몽둥이를 들고 달려오게 되어 있었습니다.

그 밖에 좀 성격이 모진 여자들은 장도(粧刀)로 상대의 발기된 남근을 싹둑 자르기도 했습니다. 어떤 여자는 상대의 코를 물어뜯기도 했습니다. 여자가 정신만 잃지 않고 어떻게 하든지 강간만은 모면하려고 작심한다면 방법은 얼마든지 있습니다. 그런데도 불구하고 많은 여자들이 어이없이 겁탈을 당하는 것은 당황하거나 겁에 질려서 엉겁결에 제정신을 잃어버리고 허둥대기 때문입니다. 이것은 오히려 강간범의 성욕과 잔인성만 더욱더 도발해 줄 것입니다.

그러나 일대일일 경우 여자가 제정신만 차리고 있으면서 뻔히 눈뜨고 남자에게 강간을 당한다는 것은 물리적으로 불가능하다는 법정 판결이

나온 일도 있습니다. 여자가 끝까지 궁둥이를 빼면 천하장사도 별수없습니다. 그래서 여자가 정신을 잃지 않는 한 엄격한 의미에서의 강간은 성립될 수 없는 것입니다."

"그것보다는 강간을 모면할 수 있는 좀더 체계적이고 안전한 방법은 없겠습니까?"

"여자는 유치원 초등학교 때부터 안전 교육을 철저히 시켜서 남자를 경계하는 생활이 습관화되도록 해야 합니다."

"유치원, 초등학교 때부터 꼭 그렇게 교육을 할 필요가 있을까요?"

"있고말고요. 요즘은 변태 성욕자들이 많아서 여자는 서너 살 때부터 철저히 교육을 시켜야 합니다. 60세의 치한(癡漢)이 다섯 살 난 여자 어린이를 강간한 일이 언론에 보도된 일도 있지 않습니까.

성 교육자로 유명한 구성애 씨는 아홉 살 때인 초등학교 3학년 때, 혼자 집을 지키다가 동네 고교생에게 느닷없이 강간을 당했다고 합니다. 출혈과 통증으로 신음을 하면서도 그때 구성애 씨는 그 고교생이 자기에게 무슨 짓을 했는지 몰랐다고 합니다.

잔칫집에 갔다가 돌아온 어머니에게 이 사실을 얘기한 뒤에야 비로소 사태의 심각성을 알았다고 합니다. 그러나 그때 다행히도 어머니는 딸에게 야단을 치지 않고 치욕이나 열등감에 빠지지 않도록 잘 타일러 주고 격려해 준 덕분에 구김살 없이 자라날 수 있었다고 합니다.

그때 만약 그 소녀가 부모나 선생님으로부터 충분한 성교육을 받거나 남자를 경계할 줄 알았더라면 그렇게 어이없는 봉변을 당하지 않았을 것입니다. 도리어 어떻게 하든지 그러한 불행한 사태가 일어나지 않도록 예방 조치를 취할 수도 있었을 것입니다."

한미숙 씨가 말했다.

"제 조카애는 초등학교 5학년 때 열세 살이나 되어서도 낯선 사내가 학용품을 준다는 꾐에 빠져서 그의 뒤를 따라갔다가 강간을 당했다고 합니다. 그런데 그 일을 나이가 40이 다 될 때까지 아무한테도 발설하지 않았다고 합니다."

"아니 그럼 어머니까지도 그걸 눈치채지 못했단 말입니까?"

"그렇지 않아도 팬티에 피가 묻은 것을 보고 어머니가 추궁하자 산에서 놀다가 가시에 찔렸다고 둘러댔다고 합니다."

"아니 열세 살이면 사춘기가 아닌가요?"

"아직 달거리가 시작되지는 않았을 때라고 합니다."

"그럼 조카는 그런 일을 당하고도 아무렇지도 않았습니까? 도대체 어떻게 하다가 그런 일을 당했습니까?"

"그때만 해도 80년대 초니까 지금처럼 성교육이 보편화되지 않았을 때였습니다. 학용품을 준다는 바람에 혹해서 빈집 지하실까지 따라 들어 갔다가 말 안 들으면 죽인다는 바람에 겁에 질려서 남자가 하라는 대로 한 모양입니다. 일이 끝낸 뒤에는 누구한테 발설하면 죽여 버리고 말겠다는 협박에 아무한테도 말을 못하다가 25년이나 지나서야 알려지게 된 것이죠."

"결혼은 했습니까?"

"아직 못했습니다. 대학원까지 나온 재색을 겸비한 지식인이고 구애자들이 그렇게 많이 접근했었는데도 도대체 결혼할 생각을 하지 않는 겁니다. 오빠가 아무래도 이상하다고 친구인 정신신경과 의사에게 그 얘길 했더니 한번 데려오라고 하더랍니다.

조카는 그 의사의 유도에 따라 이런 얘기 저런 얘기를 나누다가 그 의
사의 최면에 걸렸던지 자기도 모르게 새까맣게 잊고 있던 25년 전 그 일
을 말했다고 합니다. 조카는 그 일을 당한 뒤에는 그때 일을 깨끗이 잊
어버렸었는데도 어쩐지 남자가 접근해 오기만 하면 이상하게도 혐오감
(嫌惡感)이 치밀어 자기도 모르게 멀리하게 되곤 했다고 합니다."

"결국은 자기도 모르는 사이에 남자 혐오증에 빠져 버린 셈이군요. 차
라리 구성애 씨처럼 처음부터 어머니한테 발설을 하고 그때 일을 마음
속에 가두어 두지 않고 툭툭 털어 버렸더라면 낫지 않았을까요?"

"그랬으면 차라리 나을 뻔했죠. 그런 걸 생각하면 미성년자 강간 행위
야말로 성인 여자에 대한 강간 행위보다 몇 배 더 엄한 중벌로 다스려야
합니다."

"미성년자 성폭행을 근절할 수 있는 근본 대책은 없을까요?"

"딸 가진 부모는 서너 살 때부터 교육을 단단히 시키고 철저하고 세심
한 감시를 게을리하지 말아야 합니다."

"그것만 가지고 되겠습니까?"

"그다음에는 치한(癡漢)과 마주쳤을 때를 위하여 기본적인 호신술(護
身術)을 몸에 익히게 해야 합니다."

"그래도 남자와 여자는 워낙 체력 차이가 현저해서 역부족일 텐데요."

"그럴 때는 상대의 급소를 가격(加擊)하든가 아니면 살점이 떨어져 나
갈 정도로 물어뜯든가 할 수 있게 해야 합니다. 우리가 진돗개나 도사견
이나 불독 같은 맹견(猛犬)을 무서워하는 것은 무엇 때문입니까? 사람보
다 힘이 세어서는 결코 아닙니다. 한 번 물리면 큰 상처를 입기 때문입
니다. 그래서 강도와 절도범도 맹견을 무서워하고 접근하려고 하지 않습

니다.

　치한과 강간범에 대해서는 어린이를 포함한 모든 여자가 맹수처럼 사나워지도록 충분한 교육을 시켜야 합니다. 여자로서 까딱하면 평생 불행해질 수도 있는 일을 방지하기 위해서인데 무슨 일인들 못 하겠습니까? 그러니까 이런 불행한 사태를 예방하기 위해서는 딸 가진 부모는 말할 것도 없고 온 사회가 발 벗고 나서야 합니다."

　"강간을 당해도 임신을 하는 수가 있지 않습니까?"

　"강간을 당한 뒤에 신속하게 산부인과 병원에 찾아가면 주사나 약물만으로도 임신을 피할 수 있습니다."

　"그런데도 성폭행범과 강간범은 나날이 증가하고 있습니다. 예방 조치도 중요하지만 이미 성폭행을 당한 피해자들은 어떻게 해야 합니까?"

　"강간범으로부터 죽인다는 협박을 받거나 가족에게 알린다는 공갈에 넘어가, 말도 못 하거나 계속 금품을 갈취당하는 일이 언제나 크게 사회 문제화되고 있습니다. 강간범이 가장 무서워하는 것은 현행범으로 체포 구금되어 전과자가 되고 징역살이하는 겁니다.

　이를 모면하기 위해서 그들은 가히 필사적입니다. 그러니까 피해자들은 그들의 농간에 더이상 농락당하지 말고 당국에 신고하여 더이상의 피해자가 생기지 않도록 해야 합니다. 알고 보면 강간범은 자기 마음도 다스릴 줄 모르는 약자들입니다.

　자제력이 없으니까 성욕 하나 다스리지 못하고 범죄를 저지르는 겁니다. 모든 여자들은 이러한 무능력자들에게 기가 죽을 필요가 없습니다. 한미숙 씨처럼 차분하게 나오면 별수없이 수그러지고 맙니다. 그러니까 처음부터 그들에게 겁을 먹어서는 안 됩니다."

171

마음을 다스려야

"지금까지 강간을 모면하는 방법에 대해서는 여러 측면으로 다양하게 말씀하셨는데 그 모든 방어법에 실패하고 일단 강간을 당하고 난 경우엔 어떻게 처신을 해야 할지 말씀해 주시겠습니까?"

"어려운 질문이군요."

"특히 강간을 당했을 때 여자가 느끼는 그 참담한 심정은 뭐라고 설명하기 어려울 것입니다. 특히 자의식(自意識)에 눈뜨고 자존심이 강한 여자가 느끼는 치욕과 수모는 실로 평생 극복하기 어려운 난제(難題)입니다. 지금까지 한 사람의 인격자로 행세해 온 사람이 갑자기 겨우 하잘것 없는 성 노리개로 전락되었다는 비참한 심정에서 헤어 나오기는 어려운 일입니다. 이러한 피해 여성들을 구원할 수 있는 해결책은 없겠습니까?"

"인격과 자존심이 무참하게 짓밟힌 상처에서 벗어나지 못하고 평생을 불행하게 독신으로 살아가는 여성들이나 남자 혐오증으로 일종의 자폐증 환자가 된 경우도 있을 것입니다. 그러나 이것은 내가 보기에는 지나친 자기 학대입니다. 똑같은 경우를 당하고도 구성애 씨처럼 전문 직업인으로서 당당하게 연애도 하고 결혼도 하여 아이를 낳고 잘사는 사람도 얼마든지 있습니다.

이것을 볼 때 문제는 외부에서 받은 충격 자체에 있는 것이 아니고 그 것을 극복하고 다스리는 자기 마음에 달려 있습니다. 우리의 마음은 무한을 수용할 수 있을 뿐만 아니라 어떠한 난제도 해결하지 못하는 것이 없습니다. 강간을 당했다고 해서 평생을 불행하게 사는 것도 행복하게 사는 것도 순전히 마음을 어떻게 먹느냐에 달려 있습니다."

"구체적으로 마음을 어떻게 먹는 것이 좋겠습니까?"

"불가항력으로 강간을 당했다면 어두운 밤길을 가다가 미친개에게 물렸다고 간주해 버리면 됩니다."

"그렇지만 사회에서는 그런 일을 당한 여자를 무조건 좋지 않게 볼 것이 아니겠습니까?"

"아니 누가 그런 일을 당했다고 광고를 하고 다닙니까? 혼자서 당한 수치스러운 일을 이 사람 저 사람에게 선전할 필요는 없습니다. 설사 본의 아니게 세상에 알려졌다고 해도 크게 문제삼지 않으면 됩니다. 남의 말 좋아하는 사람도 다 세월이 흐르면 잊어버리게 되어 있습니다."

"혹시 결혼할 때 배우자가 그것을 문제삼지 않을까요?"

"결혼 전에 미친개에게 물렸던 일을 문제삼을 정도의 저질(底質)이라면 그런 사람을 구차하게 배우자로 선택할 필요가 있겠습니까. 그리고 그런 과거를 구태여 상대에게 꼭 밝힐 필요도 없는 일입니다. 제대로 된 인격자라면 오히려 그런 상처를 딛고 일어나 떳떳하게 구김살 없이 당당하게 살아 나가는 여성에게 오히려 깊은 존경과 매력을 느껴야 할 것입니다.

결혼은 어디까지나 인격 대 인격의 대결과 조화에서 찾아야지 과거의 상처 따위나 문제삼는 속물은 이쪽에서 먼저 피하는 것이 낫습니다. 인연은 억지로 만들어지는 것이 아니고 이미 예정되어 있는 경우가 대부분입니다. 특히 결혼은 더욱더 그렇습니다. 그러므로 결혼 때문에 초조할 필요는 없습니다. 느긋하게 기다리노라면 반드시 인연 있는 사람이 나타나게 되어 있습니다."

"선생님께서는 미친개에게 물린 셈 치면 된다고 하셨는데, 마음이라는 것이 그렇게 뜻대로 안 될 때가 많습니다. 왜 하필이면 수많은 여자들

중에서 나만이 그런 피해를 당해야 하느냐는 자탄(自嘆)에서 헤어나지 못하는 경우도 있거든요. 그런 경우엔 어떻게 해야 하겠습니까?"

"모든 것을 내 탓으로 돌리면 됩니다. 자탄을 하는 것은 모든 것을 남의 탓으로 돌리기 때문에 일어나는 현상입니다. 내 탓으로 돌려 버리면 자탄할 필요가 없습니다."

"자업자득(自業自得)이란 말씀입니까?"

"그렇습니다."

"그렇지만 아무리 생각해 보아도 그런 일을 당할 만큼 남에게 모진 일을 한 기억이 없을 때는 어떻게 합니까?"

"우리의 삶은 금생(今生)만 있는 것은 아니지 않습니까?"

"그럼 전생의 업보라는 말씀입니까?"

"그렇고말고요. 남에게 겁탈을 당하는 사람은 금생이 아니면 반드시 전생에 겁탈을 당할 만한 일을 남에게 저지른 것입니다. 그러니까 전생에 진 빚을 금생에 갚는 것이라고 생각하면 틀림없습니다."

"그럼 선생님, 제가 그런 일을 당한 것도 다 전생에 그 원인이 있었을까요?"

한미숙 씨가 물었다.

"당연한 일입니다."

"그런데도 한미숙 씨는 그 위기를 모면하지 않았습니까?"

다른 수련생이 물었다.

"만약에 한미숙 씨도 수련을 하지 않았더라면 별수 없이 당했을지도 모릅니다. 그러나 다행히도 한미숙 씨는 수행을 했기 때문에 그러한 위기에도 침착하게 대응할 수 있었던 것입니다. 그런 때 침착할 수 있었던 것은 수련에서 얻어진 지혜의 산물입니다. 한미숙 씨의 경우 만약에 수행을 하지 않았더라면 겁에 질리고 그 청년의 힘에 눌려 꼼짝없이 일을 당했을지도 모릅니다. 그래서 수행은 인과의 사슬에서도 벗어나게 할 수 있는 지혜를 갖게 해 줍니다."

"그렇지만 엉겁결에 그런 일을 당하고 나서야 수련을 알게 되었다면 어떻게 됩니까?"

"그렇다 해도 크게 문제될 것은 없습니다."

"왜 그렇죠?"

"수행을 쌓아 그 결과 일체유심조(一切唯心造)의 이치를 깨달았다면 그런 일로 마음을 괴롭히는 어리석음은 범하지 않게 될 것이기 때문입니다. 그것 역시 마음먹기에 달려 있으니까요. 삶의 지혜를 깨달은 사람에게는 인연의 사슬까지도 아무 소용이 없게 될 것입니다. 지혜의 눈을 뜬 사람에게는 어떠한 역경도 장애가 될 수 없습니다. 그런 사람에게는 죽음까지도 전연 두려움의 대상이 될 수 없습니다."

"그것은 무엇 때문입니까?"

"죽음은 없다는 것을 알기 때문입니다. 금강불괴신(金剛不壞身)이란 이런 사람을 두고 말하는 것입니다. 오뚝이 같은 인생을 말합니다. 오뚝이는 아무리 쓰러뜨리려 해도 쓰러지는 것 같아도 결국은 다시 일어서게 됩니다. 그런 사람은 또 부표(浮標)와도 같습니다. 아무리 물속에 가라앉히려고 해도 가라앉힐 수 없습니다.

지혜인(知慧人)에게 불행은 없다

지혜의 눈을 뜬 사람은 현재의 삶만 보는 근시안이 아니라 과거 생과 현생과 미래 생을 한눈에 꿰뚫어볼 수 있으므로 결코 어리석을 수가 없습니다. 그런 사람은 넘어져도 또 넘어져도 자기가 방금 넘어진 그 땅을 딛고 얼마든지 다시 일어설 수 있습니다. 그러니까 힘에 눌려서, 엉겁결에 혹은 흉기를 들이대고 죽인다는 위협에 겁을 먹고 강간을 당하는 것이 불행한 것이 아니라 지혜의 눈을 뜨지 못한 것을 불행하다고 생각해야 할 것입니다."

"어떻게 하면 그 지혜의 눈을 뜰 수가 있겠습니까?"

"마음을 비우면 누구나 그렇게 될 수 있습니다."

"마음만 비울 수 있다면 당장 지혜의 눈을 뜰 수 있습니까?"

"그렇습니다."

"그럼 어떻게 하면 마음을 비울 수 있습니까?"

"일체의 세속적인 집착에서 벗어나면 마음은 자연히 비워지게 되어 있습니다."

"일체의 세속적인 집착이라면 어떤 것을 말합니까?"

"부귀영화니 자의식이니 자존심이니, 명예니 권세니 인격이니 하는 일체의 속물적인 것을 말합니다. 이러한 것들이야말로 사람을 지상(地上)에 붙들어 매놓은 것들입니다. 물보다 가벼운 것이 물위로 떠오르고 공기보다 가벼운 것이 하늘로 떠오르듯, 세속적인 욕망보다 가벼워진 사람은 자연히 그 위로 떠오르게 되어 있습니다. 지혜를 붙잡아 맬 수 있는 장사는 없습니다. 지혜는 바람과 같아서 아무리 촘촘한 그물로도 가두어 놓을 수 없습니다."

"지혜의 눈을 뜬 사람과 그렇지 못한 사람은 어떻게 다릅니까?"

"지혜의 눈을 뜬 사람은 자기 욕심을 채우는 일이 없습니다. 여인방편자기방편(與人方便自己方便)의 이치를 일상생활에서 실천하는 사람입니다."

"여인방편자기방편(與人方便自己方便)이 무슨 뜻입니까?"

"남을 위해 주는 것이 자기 자신을 위하는 길이라는 뜻입니다. 그래서 이타행(利他行)이 아주 몸에 배어 있는 것을 말합니다. 이타행이 일상생활화 된 사람은 인천(人天)의 도움을 받게 되어 있습니다."

"인천(人天)의 도움을 받게 되어 있다는 말은 무슨 뜻입니까?"

"이타행을 하는 사람은 사람과 하늘을 동시에 감응시켜 그들의 도움을 받게 된다는 뜻입니다. 그런 사람에게 재앙 같은 것은 닥치지 않습니다."

"무슨 뜻입니까?"

"적덕지가필무재앙(積德之家必無災殃)이란 말 아십니까? 이타행이란 이웃에 덕을 쌓는 것을 말합니다. 그런 사람에겐 재앙 같은 것은 닥치지 않는다는 뜻입니다. 이것이 자연의 이치입니다. 또 세속인의 눈으로 볼 때 분명히 재앙이라고 할 수 있어도 지혜의 눈을 뜬 사람에게는 재앙이 아닙니다."

"죽음도 재앙이 아니란 말씀입니까?"

"지혜인(知慧人)에게는 죽음이 없는데 무슨 재앙 따위가 있을 수 있겠습니까? 지혜인에게 세속적인 죽음은 오히려 새로운 생명의 도약이 될 뿐입니다."

소극적 안락사

정지현 씨가 말했다.

"요즘 네덜란드에서 안락사(安樂死)를 합법화하는 법률이 통과됨으로써 안락사에 대한 논란이 일고 있습니다. 그런데 안락사에는 적극적인 안락사와 소극적인 안락사라는 것이 있는 모양인데 양자 사이에는 어떤 차이가 있습니까?"

"적극적인 안락사란 환자가 아직도 음식을 소화하여 생명을 이어갈수 있는 자활력은 남아 있지만 완치될 가망은 없고 고통만 가중될 때 환자나 보호자의 동의 아래 약물이나 주사로 편안한 죽음을 선택할 수 있게 도와주는 것을 말합니다."

"그렇다면 소극적 안락사란 무엇을 말합니까?"

"소극적 안락사란 환자가 의식을 잃고 식물인간이 되어 인공호흡 장치의 도움이나 튜브로 음식을 공급받지 않고는 생명을 유지할 수 없을 경우 이들 인공 생명보조 장치를 제거함으로써 자연사를 유도하는 것을 말합니다."

"그런데 왜 그것이 문제가 되고 있습니까?"

"인간의 생명은 그것 자체가 목적이고 신(神) 이외는 아무도 간섭할수 없는데, 인간이 자의적으로 죽음의 문제에 간여하는 것은 범죄 행위라는 것이 가톨릭을 비롯한 안락사 반대론자 측의 주장입니다. 그러나 안락사를 찬성하는 측은 치유의 가능성이 없이 고통만 나날이 심해 가는 질병을 앓고 있는 특히 고령의 환자의 경우 아직 의식이 살아 있을 때 자의에 의해 품위 있는 죽음을 선택할 수 있게 도와주는 것이 인간의 도리라는 것입니다.

우리나라에서는 아직 적극적인 안락사에 대한 논의보다는 소극적 안락사에 대한 현실적인 문제가 대두되고 있습니다. 제가 보기에는 인공호흡기나 급식 튜브만 아니었더라면 얼마든지 품위 있게 죽을 수 있는 환자들이 부질없는 고통을 강요당하고 있는가 하면 환자의 유가족 역시 과중한 의료비로 크나큰 고통을 강요당하고 있다고 생각됩니다."

"사람에게 가장 품위 있는 죽음이란 어떤 것입니까?"

"자연스런 죽음입니다."

"자연스런 죽음이란 무엇을 말합니까?"

"사람이 살아가다가 질병이나 사고로 기초 생명력을 상실한 것을 말합니다."

"기초 생명력이란 무엇인데요?"

"음식을 소화하여 스스로 살아갈 수 있는 능력을 말합니다. 이 능력을 상실한 사람으로서 영원히 자기 힘으로는 회복할 수 없다고 판단되는 환자는 가장 품위 있는 자연사를 할 수 있는 권리가 있다고 보아야 할 것입니다.

그러한 자연사를 할 수 있는 권리를 인공 생명보조 장치들이 억지로 방해하는 것이야말로 자연사의 존엄성을 망치는 일이라고 해야 할 것입니다. 게다가 그러한 자연사의 존엄성을 망치는 대가로 병원 당국이 엄청난 의료비를 환자 가족들에게 요구하는 것이야말로 어찌 보면 현대의 과학 기술이 생명의 존엄성이라는 명분으로 많은 사람들의 생존을 위협

하는 횡포라고 보아야 할 것입니다.

어떤 사람은 소극적인 안락사를 허용하는 것은 인명 경시 경향을 조장할 것이라고 합니다. 그리고 생명은 신(神)만이 관할 수 있는 분야로서 그 어떤 명분으로도 사람이 간섭해서는 안 된다고 주장합니다. 그러나 이것은 특정 종교의 주장일 뿐 생명에 대한 보편타당(普遍妥當)한 진리는 아닙니다.

내가 보기에는 인명을 관할하는 신 같은 것은 존재하지 않습니다. 인간의 생명은 오직 자연의 이치와 인과응보가 관장할 뿐입니다. 특정 종교가 말하는 신은 자연과 인과응보로 마땅히 대치해야 합니다. 인명재천(人命在天)이라고 할 때의 천(天) 즉 하늘은 자연의 이치와 인과응보를 말하는 것이지 인간의 생사길흉화복(生死吉凶禍福)을 주관하는 신(神)을 말하는 것은 아닙니다.

생사길흉화복은 각 개인의 자업자득의 결과일 뿐입니다. 사람은 죽을 때 죽는 것이 가장 자연스럽고 하늘의 뜻에 합치되는 것입니다. 생명의 존엄성을 내세워 인공적으로 무조건 생명 연장만을 꾀하는 것 자체가 자연의 이치 즉 하늘의 뜻을 거역하는 것이며 이로 인해 반드시 큰 재앙을 불러오게 되어 있습니다.

그래서 우리 조상들은 순천자흥(順天者興)이요 역천자망(逆天者亡)이라고 했습니다. 하늘의 뜻 즉 자연의 이치를 따르는 사람은 흥하고 자연의 이치에 역행하는 자는 망한다는 뜻입니다. 그리고 불경은 생자필멸(生者必滅)의 이치를 가르치고 있습니다. 한번 태어난 사람은 반드시 죽을 때에 죽게 되어 있습니다."

"그 죽을 때가 문제입니다. 사람이 죽을 때를 언제로 보아야 할까요?"

"자체의 기초 생명력 즉 스스로 음식을 소화하여 살아갈 수 있는 능력을 상실했을 때를 말합니다. 따라서 현대 의학의 생명보조 장치로 연장하는 삶은 인공적인 억지 삶이지 자연스런 삶은 아닙니다."

"죽어야 할 때 죽는 것을 방해하는 것은 해가 지면 어둠이 오는 것을 막으려는 것과 같이 무모한 짓입니다. 자연의 이치를 어김으로써 스스로 재앙을 불러들이는 어리석음을 범하지 말아야 합니다. 인공 보조장치를 잘못 사용하면 역천(逆天) 행위가 될 수 있다는 것을 알아야 합니다. 한 사람의 죽어 가는 생명을 억지로 살리려다가 많은 유가족의 생존을 위협하는 재앙이 초래되고 있는 것이 현실입니다.

인간이 만든 생명 유지 장치가 일시적으로 기절한 사람의 생명을 연장해 주는 공로가 없는 것은 아니지만 이것이 무리하게 확대되어, 잘못 응용될 경우 자연을 역행하는 엉뚱한 재난을 불러오고 있지 않습니까. 소극적 안락사에 대한 다수의 여론을 제때에 읽고 잘못된 현행법을 현실에 맞게 고치는 것은 현실을 바로 볼 줄 아는 국회의원들의 몫입니다."

"그건 국회의원들이 할 몫이고 일반 국민들은 어떻게 하는 것이 좋을까요?"

"한 번 태어난 사람은 어차피 때가 되면 죽게 되어 있습니다. 생로병사의 자연의 흐름을 막을 수 있는 장사는 없습니다. 우리나라에서는 예부터 생명이 다하는 것을 '숨을 거둔다'든가 '밥숟갈 놓는다'고 말했습니다.

청장년도 아니고 노환(老患)으로 언제 숨을 거두어도 아쉬울 것 없는 사람들은 죽음이 임박했을 때 구태여 119를 동원하여 부산을 피우면서 병원에 실려 갈 것 없이 옛날처럼 집에서 조용히 숨을 거두게 하는 것이 좋습니다.

그런데 요즘은 장례식 치르기 불편하다는 이유로 노환자라도 위급하면 무조건 병원으로 이송하여 생명보조 장치부터 해 놓고 봅니다. 그리하여 노환자가 완전히 의식을 잃고 식물인간이 되어 숨만 겨우 붙어 있는데도 몇 개월 또는 몇 년씩 생명보조 장치를 그대로 장치하여 둠으로써 과중한 의료비 부담 때문에 의사와 유가족 사이에 난투극이 매일 같이 벌어지고 있습니다.

이러한 사태를 미연에 방지하기 위해서라도 회복할 가망이 없는 노환자나 장기환자는 비록 위급하다고 해도 꼭 병원에 옮기지 말고 집에서 조용히 품위 있게 숨을 거둘 수 있게 해 주어야 할 것입니다. 사람은 제 힘으로 숟가락을 들고 밥을 먹을 힘을 잃어버리면 이미 기초 생명력도 자활력도 상실하여 사실상 생명이 다한 것과 같다고 보아야 합니다.

그래서 우리 조상들은 죽는 것을 '밥숟갈 놓는다'고 적절히 표현했던 것입니다. 이미 밥숟갈 놓았는데도 억지로 살리려고 하는 가족이나, 어떻게 하든지 살려고만 몸부림치는 환자 자신이나 다 같이 생명에 대한 지나친 집착에 사로잡혀 있다고 보아야 합니다.

집착은 어떠한 것이든 상관없이 인위적인 것이고 자연의 흐름에 역행하는 어리석은 짓입니다. 죽음을 자연스럽게 받아들이는 것이야말로 모든 구도자들이 소망하는 소중한 덕목들 중의 하나입니다."

〈60권〉

스트레스 받는 교감선생님

60대 초반의 훤칠한 키에 근육질의 남자가 오행생식을 구입하려고 필자를 찾아왔다. 인사를 나누고 보니 그는 우리집 인근에 있는 모 고등학교 교감으로 있는 임동한 선생님이었다.

"어떻게 저를 알고 찾아오셨습니까?"

"단골로 다니는 한의원이 있는데 그곳 원장인 한의사가 선생님을 소개해 주었습니다."

그러니까 그는 수련과는 관계없이 순전히 오행생식을 구입하기 위해서 필자를 찾아온 것이다.

"왜 오행생식을 하려고 하십니까?"

"당뇨 때문에 그럽니다. 병원에는 한 5년간 다녀 봤는데 현대의 첨단의학으로도 별 뾰족한 치료법이 없다고 합니다."

"무슨 자각 증상이라도 있습니까?"

"아뇨. 특별한 자각 증상이 있는 것도 아닙니다. 단지 무력감과 피로감이 자주 오고 당뇨치가 늘었다 줄었다 할 뿐입니다. 병원에서도 몸에 특별히 병적인 이상이 있는 것은 아니고 아무래도 스트레스 때문인 것 같다고 하더군요. 그래서 할 수 없이 한의원을 찾았습니다. 한의원에서 한약을 몇 첩 먹어 보았는데도 별 효험이 없습니다. 한의사 역시 스트레스가 원인인 것 같다고 하면서 이곳 선생님의 오행생식원을 찾아가 보라고 해서 이렇게 왔습니다."

"학교에서 스트레스를 많이 받으시는 모양이죠?"

"원래 어디서나 부(副) 자 붙은 자리는 권한도 없으면서 골치 아픈 직책이 아닙니까? 교직원들과 장(長) 자 사이에서 끼어서 양쪽에서 다 같이 압박을 받으니까요. 학교에서 교감이란 직책 역시 그렇습니다. 교직원들은 온갖 불평을 저한테만 쏟아 놓고 교장은 교장대로 교직원 통솔도 제대로 못 한다고 타박이니 저는 중간에 끼어서 늘 샌드위치가 되어 버립니다."

"어려운 직책을 맡고 계시는군요. 어쨌든지 이왕에 오셨으니 어디 체질점검이나 한번 해 볼까요?"

이렇게 말하면서 나는 그의 양쪽 촌구와 인영을 짚어보았다. 뚜렷한 병적인 증상은 잡히지 않았다.

"맥을 보아서는 아무런 이상도 없습니다. 아주 건강하신 편이십니다. 제가 보기에도 역시 스트레스가 문제인 것 같습니다."

"오행생식으로 스트레스도 치료가 가능할까요?"

"오행생식은 사람이 가지고 있는 자연치유력을 최대한으로 발휘케 하는 역할을 하니까 꾸준히 잡숫기만 해도 기력을 향상시키는 데는 분명히 효과는 있습니다. 음식을 소화 흡수하는 데는 별 이상은 없습니까?"

"네, 음식은 별로 가리지 않고 잘 먹는 편입니다. 과연 생식으로 스트레스가 치료될 수 있을까요?"

"생식은 장기 복용하면 자연치유력을 극대화시켜서 체질을 바꾸어 주니까 자연히 스트레스 해소에 도움을 주는 것은 틀림없습니다. 그러나 스트레스에서 완전히 벗어나시려면 역시 자신의 마음을 다스려야 합니다. 사람은 자기 마음만 스스로 다스릴 수 있으면 어떠한 스트레스도 안 받고 살 수 있습니다."

"그거야 어디까지나 이상(理想)이지 현실(現實)은 아니지 않습니까?"

"이상은 마음먹기에 따라서 누구든지 현실로 바꿀 수 있습니다."

"그것 역시 성현(聖賢)들이나 할 수 있는 일이겠죠?"

"그렇지 않습니다. 성현은 특별한 사람들이 아닙니다. 누구든지 마음 먹기에 따라 수련만 하면 성현이 될 수 있습니다."

"선생님께서는 그렇게 단정적으로 말씀하시지만 현실은 그렇지 않습니다. 그렇게 모든 일을 마음먹은 대로 할 수만 있다면 스트레스 따위로 고생할 사람이 이 세상 천지에 어디에 있겠습니까?"

"그거야 스트레스를 늘 받는 사람들이 하시는 말씀이지, 스트레스를 받지 않는 사람의 견지에서는 그렇지도 않습니다."

"아니 그럼 스트레스를 받지 않고 사는 사람도 있습니까?"

"있고말고요."

"그게 정말입니까?"

"정말이고말고요."

"곧이들리지 않는데요. 도대체 어떻게 이 험한 세상을 살아 나가면서 스트레스를 안 받고 살아나갈 수 있다는 말씀입니까?"

"마음먹기에 따라서는 분명히 안 받을 수 있습니다."

"어떻게 그럴 수 있습니까?"

"우리가 사회생활을 하면서 흔히 받는 스트레스는 대부분이 사람과 사람 사이의 관계에서 일어납니다. 회사나 군대의 상급자와 하급자, 가정에서는 아내와 남편, 부모와 자식, 시어머니와 며느리 사이에서 일어나는 갈등에서 우리는 흔히 스트레스를 받습니다. 내가 큰 잘못을 저지른 것도 아닌데 정도 이상으로 상대가 화를 내고 심한 소리를 할 때 우리는 흔히 스트레스를 받는다고 합니다.

비록 상급자라고 해도 자존심이 상할 정도로 심한 욕설을 퍼붓는 수가 간혹 있습니다. 교감선생님께서도 지금 받고 계시는 대부분의 스트레스가 상급자인 교장한테서 오는 잔소리나 질책 같은 것일 겁니다."

"옳게 보셨습니다."

"상급자가 심한 소리를 하면 대부분의 하급자는 스트레스를 받게 되어 있습니다. 바로 이러한 스트레스 때문에 한국의 40대는 세계에서 사망률 1위라고 합니다. 그러나 우리가 조금만 신경을 써서 마음을 훈련하면 얼마든지 스트레스를 받지 않고도 살 수 있습니다."

"말이 쉽지, 그게 실제로 가능한 일일까요?"

"충분히 가능한 일입니다."

"그러나 현실적으로는 힘들 겁니다."

"제가 그렇지 않다는 것을 실례를 들어 입증해 보이겠습니다."

"어떻게요?"

"지금 임 선생님께서 교장 선생님과의 사이에 실제로 있었던 스트레스 받으신 얘기 중에서 대표적인 것을 실례로 말씀해 주시겠습니까?"

교과서 채택 문제

"그럼 교과서와 참고서 채택에 관한 현실을 한 실례로 들겠습니다. 학교에서 교과서를 채택할 때는 제일 먼저 최일선 교직원들의 여론을 수렴하게 되어 있습니다. 이때를 기해서 관계 출판사들에서는 치열한 로비가 전개됩니다.

어쨌든 교직원들의 여론을 수집해서 교장에게 올리는 것은 교감이 할 일입니다. 여기서 교감은 중간 역할을 하는 데 지나지 않습니다. 교직원들의 여론을 수집해서 출판사별로 순위를 정해서 올리는데, 가령 5번까지 출판사 순위를 적어 올리면 교감인 저는 그중에서 순위 2번까지만 교장에게 결재를 올립니다.

이것은 무엇을 말하는가 하면 채택될 출판사는 하나밖에 없으니까 교직원들의 여론은 1번 출판사를 선호한다는 뜻입니다. 교장은 이 두 출판사 중에서 하나를 고르면 됩니다. 이때 교장은 자기의 입장도 있고 권위도 있으니까 자기 뜻대로 낙점을 하게 됩니다. 그런데 교장이 다행히도 교직원들이 선호하는 1번 출판사를 택하면 아무 일도 없겠지만 그렇지 않고 2번 출판사를 택했을 경우 중간에 서 있는 교감은 양쪽으로부터 동시에 원망을 듣게 됩니다."

"어떻게 원망을 듣게 된다는 말씀입니까?"

"교직원들은 자기네의 의사를 대변해 주어야 할 교감이 교장에게 아첨하느라고 일을 그르쳤다고 불평을 합니다. 그런가 하면 교장은 교직원을 다스리고 거느려야 할 교감이 일을 잘못해서 쓸데없는 불평이 생겨나게 했다고 타박을 합니다. 이때 교감은 중간에서 애매하게 샌드백처럼 얻어맞기만 하는 존재가 되어 버립니다."

"그래서 양쪽에서 동시에 스트레스를 받을 수밖에 없다는 말씀입니까?"

"그럴 수밖에 더 있겠습니까?"

187

"그때 스트레스를 받지 않으면 되지 않겠습니까?"

"아니 양쪽에서 동시에 화살이 날아오는데 무슨 철갑 장사라고 그것을 막을 재간이 있겠습니까?"

"바로 그겁니다. 임 선생님 자신이 그런 때는 철갑 장사가 되면 됩니다."

"어떻게 제가 철갑 장사가 될 수 있다는 말씀입니까?"

"교감선생님 마음에 철갑을 두르든가 돌부처가 되면 어느 쪽에서 날아오는 화살도 받지 않고 간단히 넘길 수 있습니다."

"어떻게 그런 일이 가능합니까?"

"얼마든지 가능합니다."

"어떻게 그런 일이 가능한지 구체적으로 좀 알아듣기 쉽게 말씀 좀 해 주실 수 있겠습니까?"

"그렇게 하죠. 양쪽에서 날아오는 화살이라고 말씀하셨는데 그것이 눈에 보이는 화살입니까?"

"아니죠."

"그럼 무슨 화살입니까?"

"눈에 보이지 않는 비난의 화살입니다."

"그때의 비난의 화살은 눈에 보이지 않는 마음에서 내쏘는 비난이 언어화된, 보이지 않는 화살입니다."

"옳습니다."

"형체도 없는 비난의 화살은 무엇으로 막아야 하겠습니까?"

"글쎄요."

"마음의 화살은 마음으로 막으면 됩니다. 쇠로 된 화살촉은 방패나 철갑으로 막으면 되지만 마음의 화살은 마음으로 능히 막아낼 수 있습니다."

"과연 그럴까요?"

"그럼요."

"그러나 그게 어떻게 현실적으로 가능한 일입니까?"

"자기성찰(自己省察)을 하면 누구나 그렇게 할 수 있는 일입니다."

"자기성찰이라고 하셨습니까?"

"그렇습니다."

"자기성찰이 어떻게 그런 일을 할 수 있다는 말씀입니까?"

"마음만 먹으면 능히 할 수 있습니다."

"자기성찰을 어떻게 하면 비난의 화살을 막을 수 있는지 말씀해 주시겠습니까?"

"그렇게 하죠. 임 선생님께서는 양쪽에서 날아오는 비난의 화살을 받으시니까 그게 바로 스트레스가 되어 마음을 괴롭히고, 그로 인해서 당뇨치에도 이상이 오고 무력감과 피로감이 자주 온다고 말씀하셨습니다. 그런데 임 선생님께서는 처음에는 엉겁결에 그런 일로 충격을 받으셨다고 할 수 있겠지만, 비슷한 일이 자꾸만 반복되고 있기 때문에 그것이 누적되어 병적인 현상까지 일으키고 계십니다. 그렇다면 여기서 처음에는 무심히 충격을 받았다고 하시지만 두 번째 세 번째 비슷한 일이 되풀이되었을 때 어떤 조치를 취하셨습니까?"

"그럴 때 무슨 조치를 취할 수 있겠습니까?"

"아무런 조치도 취하지 않으셨다는 말씀입니까?"

"그 비난의 화살이 만약에 눈에 보이는 화살이라면 방패라든가 철갑 같은 것이라도 준비할 수 있겠지만, 도대체 보이지 않는 비난의 화살을 무슨 수로 막을 수 있겠습니까?"

189

"아니, 그럼 아무런 방어책도 세우지 않고 고스란히 당하기만 하셨다는 말씀입니까?"

"그럴 수밖에 더 있겠습니까?"

"그럼 그 문제에 대하여 진지하게 생각해 보신 일은 없습니까?"

"생각해 보았자 별 뾰족한 수가 없는데 생각은 해서 뭘 하겠습니까?"

"그렇지 않습니다. 모든 난관에는 반드시 뚫고 나갈 수 있는 돌파구가 있게 마련이고, 질병에는 치료법이 있고 난제에는 반드시 해결책이 있게 마련입니다."

"하긴 한의사도 친구나 가족들도 모든 것을 낙관적으로 긍정적으로 생각하라고 충고들은 합디다만, 그건 제삼자의 입장에서 그런 경우 으레 하는 소리지 무슨 깊은 뜻이 있겠습니까? 저도 그런 충고를 듣고는 모든 것을 낙관적으로 생각해 보려고 애써 보았지만 그런 사고방식이 제 성격에는 맞지 않는지 잘되지 않았습니다."

자기성찰(自己省察)

"낙관적이고 긍정적인 사고방식 역시 진지한 자기성찰(自己省察) 끝에 나온 결론이나 깨달음이 뒷받침되어야지, 막연하게 낙관적으로 생각하라고 했다고 해서 그렇게 되는 것은 아닙니다."

"그렇다면 제 경우 어떻게 자기성찰을 해야 할까요?"

"양쪽에서 동시에 비난의 화살이 날아올 때, 그것이 과연 정당한 것이냐 잘못된 것이냐를 진지하게 고찰해 보셨어야 합니다. 제가 보기에는 치열한 경쟁이 붙은 출판사들 쪽에서는 교과서 채택의 일차적인 권한을 갖고 있는 일선 교직원들과 최후 결정권을 갖고 있는 교장에게 경쟁적으로 많은 로비를 했을 겁니다. 아마도 중간 역할을 하시는 교감인 임 선생님한테도 로비가 들어왔을 겁니다."

"물론입니다. 그러나 저는 맹세코 단 한 푼도 받지 않았습니다. 저는 양심적으로 중간 역할을 충실히 했을 뿐입니다. 그런데도 불구하고 제가 무슨 돈이나 먹고 교장 쪽에 붙은 것처럼 교사들은 저를 비난하고, 교장은 교장대로 제가 교직원들 편이나 드는 것처럼 못살게 구니 중간에 끼어서 억울한 울분을 토할 데는 없고, 그러니 스트레스를 안 받을 수 있겠습니까?"

"제가 만약 임 선생님이라면 그런 때 아무 스트레스도 안 받겠는데요."

"그런 일이 어떻게 있을 수 있겠습니까?"

"임 선생님이 돈 한 푼 안 받으셨고 양쪽에게 다 같이 떳떳할 수 있다면 잘못은 상대에게 있지 임 선생님 쪽에 있지 않은데 무엇 때문에 스트레스를 받겠습니까?"

"그런데도 교장은 저를 의심하고 교직원들은 자기네를 배신한 것처럼 저를 오해하고 있으니, 버선이라 뒤집어 보일 수도 없고 애매한 화살은 자꾸만 날아오니 어떻게 무사태평할 수 있겠습니까?"

"그건 오해입니다. 오해와 착각은 시간이 흐르면 조만간 사필귀정(事必歸正)으로 그 본색이 드러나게 되어 있습니다. 임 선생님께서는 친구 집에 찾아갔을 때 그 집 개가 도둑으로 알고 맹렬히 짖어댈 때 스트레스를 받으십니까?"

"다소 기분이 좋지는 않지만 그만 일로 스트레스까지는 받지 않습니다."

"왜요?"

"이제 곧 주인이 나타나면 나를 알아보고 짖지 못하게 개를 꾸짖을 테니까요."

"그렇습니다. 개는 임 선생님을 잘못 알고 짖은 겁니다. 학교의 교직원들과 교장도 임 선생님의 진의를 못 알아보고 비난을 한 겁니다. 귀결이 뻔한데 그런 일로 스트레스를 받을 필요가 어디에 있겠습니까? 그럴 때는 양쪽에서 다소 듣기 거북한 말이 들려오더라도 전부 다 오해와 착각에서 온 것이니까 한쪽 귀로 듣고 다른 쪽 귀로 흘려버리면 됩니다."

"선생님의 말씀을 듣고 보니 과연 옳은 말씀이긴 한데 그게 실제로는 그렇게 안 되니 문제입니다."

"왜 그렇다고 생각하십니까?"

"그걸 제가 알면 무슨 걱정이겠습니까?"

"그건 자기성찰이 부족하기 때문입니다."

"제 깐에는 생각을 많이 해 보았는데도 그게 그렇게 마음먹은 대로 안 됩니다."

"그건 주관적으로 머리로만 생각을 하셨기 때문입니다."

"그럼 어떻게 해야 합니까?"

"마음으로 자기 자신을 객관화시켜 놓고 냉정하게 관찰을 하셔야 합니다. 이렇게 하는 것을 진정한 의미의 자기성찰이라고 합니다. 이것을 또한 관(觀)이라고도 하고 통찰(洞察) 또는 관찰(觀察)이라고도 합니다. 이렇게 깊은 통찰을 통해서 자기 자신의 본래 모습을 보게 되면 더이상 스트레스 같은 것은 누구한테서도 평생 받지 않고 살 수 있습니다."

"깊은 통찰을 통해서 자기 자신의 본래 모습을 보게 되면 더이상 스트레스 같은 것은 누구한테서도 평생 받지 않고도 살 수 있다고 하셨는데 여기서 말씀하시는 '자기 자신의 본래 모습'이란 무엇을 말씀하시는 겁니까?"

"모든 세속적인 집착에서 떠난 본래의 자기 모습입니다. 일체의 집착에서 떠나면 무슨 일을 당해도 스트레스를 받지 않게 되어 있습니다."

"스트레스란 무엇입니까?"

"마음이 상하는 것을 말합니다. 이 마음 상하지 않는 자기 자신을 흔히들 도계(道界)에서는 자성(自性)이니 진아(眞我)니 하고 말합니다."

"어떻게 하면 그 자성을 가질 수 있겠습니까?"

"그것 역시 자기성찰을 통한 수행으로 누구나 자신의 내부에서 자성을 발견할 수 있습니다. 임 선생님께서는 수영을 할 줄 아십니까?"

"한 20미터 정도는 헤엄칠 수 있습니다."

"아직은 초보시군요. 그래도 그 정도라도 수영을 하시려면 물에 뜨는 요령은 익혀야 합니다. 물에 뜰 수만 있으면 어떻게 해서든지 헤엄은 칠 수 있습니다. 우선 물에 뜰 정도가 되려고 해도 많은 연습을 해야 합니다. 물속에 빠져서 허위적거려 보기도 하고 물도 들이켜 보기도 해야 합니다.

좌우간 적지 않는 시련 끝에 헤엄치기에 익숙해집니다. 이와 마찬가지로 자기성찰도 많은 시행착오 끝에 일단 몸에 배어야 합니다. 이처럼 자기성찰이 몸에 배는 것을 '관(觀)이 잡힌다'고 합니다. 구도자에게 관(觀)이 잡히는 것은 수영 희망자가 물에 뜨는 기술을 익히는 것과 같습니다.

헤엄치기에 익숙해지면 자다가 물에 빠져도 살아남을 수 있습니다. 물에 익숙해져서 수달처럼 물속을 자유롭게 누비고 다닐 수 있으면 물고기가 물을 의식하지 못하고 헤엄쳐 다니듯 마침내 물과 하나가 되어 버립니다.

구도자도 관이 잡혀서 처음엔 자기 자신을 객관화시켜 보다가 그 단계에서 자꾸만 진척을 이루다 보면 마침내 자신의 참모습을 찾게 되고 거기서 더 진전하다 보면 결국은 자기 자신과 우주가 하나라는 것을 깨닫게 됩니다. 자성(自性)을 본다는 것은 바로 이러한 경지에 도달한 것을 말합니다."

"그 경지는 너무 어려워서 이해를 할 수 없고, 문제는 어떻게 하면 스트레스를 덜 받고 이 세상을 살아갈 수 있을까 하는 것이 제가 풀어야 숙제인 것 같습니다."

"스트레스를 물이라고 생각하시면 됩니다. 물속에 들어가 물에 뜰 줄 모르면 어쩔 수 없이 물을 먹게 됩니다. 스트레스 받는 것은 물속에 들어가 뜰 줄 몰라서 물 먹는 것과 같습니다. 물에 뜨는 연습을 하는 것이 바로 자기성찰입니다. 이 자기성찰 끝에 얻어지는 결론이 몇 가지 있습니다. 이것만 몸에 익혀 가지고 물속에 들어가도 물을 먹지 않을 수 있는 것처럼 어떤 스트레스도 극복해 낼 수 있습니다."

모든 것은 내 탓이다

"그것이 무엇입니까?"

"아무리 심한 스트레스를 받아도 그것이 남의 탓이 아니고 내 탓이라고 생각하면 처음엔 좀 억울할 것 같지만 곧 마음이 편안해지고 새 힘을 얻을 수 있습니다. 임 선생님의 경우 교과서 채택 문제로 교장이 못살게 굴고 교직원들이 불평들을 해도 그것이 그들 탓이 아니고 무조건 내 탓이라고 생각해야 합니다. 그러다 보면 마음이 무한히 넓어지면서 억울

194

함, 원망, 불평, 불만이 말끔히 사라지게 될 것입니다."

"따지고 보면 오해와 착각을 한 쪽은 엄연히 교장과 교직원들인데 어떻게 모든 것을 제 탓으로 돌릴 수 있겠습니까?"

"자기성찰을 통하여 궁극적인 깨달음 즉 구경각(究竟覺)을 얻고 나면 나 자신이 곧 우주 그 자체라는 것을 알게 됩니다. 그러나 비록 지금은 그 경지에 도달하지 못했다 해도 모든 것을 내 탓으로 돌리면 마음이 편안해지게 되어 있습니다."

"그 이유를 알고 싶습니다."

"우리가 스트레스를 받는 이유는 나와 남을 구분하기 때문입니다. 마음이 상하는 일이 발생했을 때 그 일이 자기 탓이라면 속이 상하는 일이 없습니다. 그러나 그 원인이 내가 아니고 남이라고 여겨질 때 억울하기도 하고 분한 생각도 들고 속도 상하게 됩니다.

그러나 그 일이 내 탓일 때는 화날 일도 분해할 일도 속상해할 일도 생겨나지 않을 것입니다. 그래서 모든 것을 내 탓이라고 생각하는 사람은 어떤 경우에도 마음 상할 일이 생겨나지 않습니다. 무슨 일에도 스트레스를 받을 이유가 없으므로 언제나 마음은 평온합니다. 너와 나의 구별이 없어질 때 어떤 어려움이 닥쳐와도 원망할 대상을 찾을 수 없게 됩니다.

실례를 들어 우리가 비행기를 타고 여행을 할 때 어른들은 행선지를 알고 있어서 비행기가 열대 지방의 공항에 기착하면 기후가 덥다는 것을 압니다. 그러나 부모를 따라가는 말 못하는 어린애들은 어떻습니까? 비행기가 어디로 가는지 알 리가 없습니다. 그러나 비행기가 열대 지방의 공항에 도착하면 덥다는 것을 피부로 느끼게 됩니다.

서울에 사는 사람이 무조건 방콕에 가면 더워지는 것이 진실인 것과 같이, 모든 것을 내 탓으로 돌리는 사람의 마음은 이미 진리의 경지에 도달해 있는 것 역시 진실입니다. 그러니까 모든 것을 내 탓으로 돌리는 사람은 마음이 편안해지고 그 마음은 이미 우주와 하나가 되어 있으므로 우주로부터 큰 힘을 받게 되어 있습니다. 이것은 이미 스트레스에서는 벗어난 경지입니다."

"결국 모든 것은 마음먹기에 달려 있다는 말씀이군요."

"그렇습니다. 구경각을 얻었든지 못 얻었든지 간에 원래 '모든 것은 내 탓이다'라는 말은 구경각을 얻은 사람의 입에서 저절로 터져 나오는 환호성이기도 합니다. 그러나 아직 의식이 그 경지에 도달하지 못한 사람이라도 단지 마음으로라도, '모든 것은 내 탓이다' 하고 생각하면 그의 마음은 이미 진리의 경지에 도달해 있는 겁니다. 이것이 바로 어김없는 마음의 법칙입니다.

우아일체(宇我一體)를 깨달은 사람은 이미 우주의 주인이 된 자기 자신을 보았으므로 모든 것이 내 탓이다 하는 말이 지극히 자연스럽게 나오게 되어 있습니다. 우주의 주인이 우주 안에서 벌어진 일에 대하여 남의 탓을 할 수는 없습니다.

그러나 이러한 각자(覺者)의 마음의 경지를 모방하는 사람도 사심(私心)이 없는 한 이미 그의 마음만은 각자와 동일한 경지에 가 있게 되어 있습니다. 철모르는 아이가 부모 따라 비행기 타고 부모가 가는 길을 같이 가는 것과 같은 효과를 얻을 수 있다는 뜻입니다."

"모든 것을 내 탓으로 돌리는 것 외에 스트레스를 해소하는 다른 방법은 또 없습니까?"

"왜 없겠습니까? 또 있습니다."

"그럼 그것도 또 좀 말씀해 주시겠습니까?"

심는 대로 거둔다

"아무리 어려운 난관에 처하게 되어도 '심는 대로 거둔다'는 이치만 터득하면 스트레스를 받지 않을 수 있습니다."

"심는 대로 거둔다는 것은 자업자득(自業自得)을 말하는 것이 아닙니까?"

"그렇습니다. 우리가 사는 우주라는 대자연계 안에서 벌어지는 일체의 사건들은 예외 없이 인과응보(因果應報)의 원리에 의해 움직이고 있다는 이치만 터득하고 나면 어떤 어려움이 닥쳐도 화나거나 속이 상하는 일 즉 스트레스를 받지 않을 수 있습니다.

사람이 한평생을 살아가면서 겪는 숱한 고난 즉 생로병사, 길흉화복, 희로애락, 오욕칠정(五慾七情) 일체가 다 인과응보에 그 원인이 있다는 것을 안 사람은 그가 비록 길을 가다가 강도를 만나, 가진 것을 몽땅 다 털렸다고 해도 강도를 원망하지 않을 것입니다."

"왜 그렇습니까?"

"그가 노상강도를 만난 것은 금생 아니면 전생에 그럴 만한 원인을 이미 만들었었기 때문에 지금 그 보복을 받는 것이라고 보기 때문입니다. 그러나 그렇게 생각하지 않고 그가 강도를 당한 원인 제공자는 바로 그 강도 자신이라고 생각한다면 어떻게 될까요?

그것은 중앙선을 침범한 운전자가 경찰의 단속을 받고는 재수가 없어서 경찰에게 걸렸다고 책임을 경찰에게 뒤집어씌우는 것과 같습니다. 어떤 사람이 남의 건물에 침입하여 도둑질을 하다가 경비원에 들켜 경찰에 넘겨진 후에, 자기 잘못을 뉘우칠 생각은 하지 않고 그 경비원만을 원망하는 것과 같습니다. 그러한 마음가짐으로는 해결은커녕 도리어 일이 점점 더 꼬이기만 합니다.

강도당한 사람이 강도의 인상착의와 강도당한 경위를 경찰에 신고한 결과 그가 체포되어 재판을 받고 징역형을 살았다고 해도 피해자는 마음이 편해지지는 않을 것입니다. 왜냐하면 그 강도가 징역형을 살고 나와서 그가 경찰에 신고를 했기 때문에 형을 살게 되었다면서 언제 어떻게 또 보복을 할지 몰라서 불안하기 때문입니다."

"그럼 강도를 당하고도 사법 당국에 신고를 하지 않으면 범죄를 근절할 방법은 없을 것이 아니겠습니까?"

"강도 피해자가 제때에 신고를 하는 것이 범죄 예방에 도움은 되겠지만 이 세상 사람들의 마음속에 탐욕이 존재하는 한 범죄는 근절되지 않을 것입니다."

"그럼 그런 경우 어떻게 해야 하겠습니까?"

"피해자 자신이 인과응보라고 생각하고 그 사실을 깨끗이 잊어버리는 쪽이 차라리 낫습니다. 그렇게 되면 과거 생에 그가 졌던 빚을 청산한 것이 되어 그 일에 관한 한 모든 일은 끝나게 됩니다. 더이상의 가해(加害)와 피해(被害)의 악순환의 고리는 이어지지 않을 것입니다."

"그러면 이 세상에 인과응보 아닌 우연한 사건은 일어날 수 없습니까?"

"이 우주 안에 우연이라는 것은 존재하지 않습니다. 비록 불가사의한 일이 발생한다고 해도 그것은 우리가 아직 그 원인을 밝혀내지 못했을 뿐이지 원인이 없는 것은 아닙니다. 다시 말해서 이 세상에는 원인 없는 결과란 있을 수 없습니다. 따라서 우리가 이 세상을 살아가면서 당하는 일체의 생사길흉화복은 예외 없이 자기가 뿌린 씨를 거두는 것이라고 생각하면 아무런 착오도 원망도 의혹도 사라지게 될 것입니다."

"그럼 길을 가다가 아무 이유도 없이 깡패에게 늘씬하게 얻어맞아 기신(起身)을 못할 정도가 되어도 그것을 내가 뿌린 씨를 거둔다고 생각하라는 말씀입니까?"

"그렇습니다. 정말 그렇게 할 수 있다면 그 사람이야말로 과연 성자(聖者)의 반열에 들 수 있다고 할 수 있을 것입니다."

"일어나지 못할 정도로 매를 맞았다면 회복이라도 할 수 있겠지만 아무런 잘못도 없는데 갑자기 백주에 테러를 당하여 목숨을 잃게 되었다고 해도 자기가 뿌린 씨를 거두는 것이라고 능히 생각할 수 있을까요?"

"그럴 수 있으면 마땅히 그래야 하고말고요. 당연히 그래야 합니다."

"목숨을 잃었는데두요?"

"그렇습니다."

"목숨을 잃었는데 그런 생각은 해서 무엇 합니까?"

"목숨이 다하는 순간 남을 원망하지 않고 모든 원인을 자기 탓으로 돌린다면 그의 죽음으로 그의 빚은 청산된 겁니다. 자기가 과거 생에 죽임을 당할 만한 업장(業障)이 있었는데 이제 그 일을 당함으로써 그 죽음의 업장에서 벗어난 것을 다행으로 생각해야 할 것입니다."

"그거야 생사를 초월한 구도자가 아니면 할 수 없는 일이 아닙니까?"

"반드시 그렇지도 않습니다. 생사의 극복은 반드시 구도자라는 꼬리표를 단 사람만이 할 수 있는 전매특허 같은 것은 아닙니다. 자기성찰을 진지하게 해 본 사람은 누구나 생사는 원래부터 존재하지 않는다는 것을 터득하게 되어 있습니다.

　그러므로 모든 스트레스의 원인이 남에게 있는 것이 아니라 자기 자신 속에 있다는 것을 일찍이 깨달은 사람은 어떠한 경우에도 마음에 상처를 입는 일이 없습니다. 원인이 자기에게 있는 것을 안 이상 잘못을 고치면 끝나는 것이므로 자기 자신을 원망해 보았자 얻을 것은 아무것도 없다는 것을 잘 알기 때문입니다.”

　“태어나면서부터 부모의 버림을 받고 고아원에서 부모의 사랑을 모르고 자라난 사람은 누구나 점점 자라나면서 열등감을 갖게 되어 있습니다. 열등감 역시 일종의 스트레스라고 할 수 있습니다. 어떻게 하면 그 고아 출신자가 그 누적된 스트레스에서 해방될 수 있을까요?”

　“그것 역시 그가 고아가 된 것은 그가 뿌린 씨를 거두게 된 것임을 깨달으면 고아라는 열등감에서 쉽게 벗어날 수 있습니다. 그가 만약 전생에 착한 일을 많이 했더라면 절대로 고아로 태어나는 설움은 겪지 않았을 것입니다. 태어나자 고아가 되었다는 것은 그의 인생에는 하나의 재앙입니다. 그러나 이것은 마음먹기에 따라서는 동시에 전화위복(轉禍爲福)의 도약의 계기로 삼을 수도 있습니다.

　그가 전생에 남에게 착한 일을 많이 했더라면 고아가 되었을 리가 없습니다. 덕을 쌓은 사람에게 재앙은 있을 수 없는 것이 인과의 법칙입니다. 적덕지가필무재앙(積德之家必無災殃)은 하나의 진리입니다. 고아로 태어난 설움을 부모가 자기를 버린 탓으로만 돌리고 평생 그 원한만을 키운다면 그의 인생은 더욱더 비참해지고 말 것이지만 그것을 자기의 업보라고 생각한다면 새로운 영적 진화의 계기가 될 수 있습니다.

　어디 고아뿐이겠습니까? 『오체불만족(五體不滿足)』을 쓴 중증 장애인이나 스티븐 호킹 같은 장애인도 마찬가지입니다. 그들 중에는 정상인도 성취하기 어려운 위대한 업적을 성취한 경우가 많은 것은 사람은 아무리 비참한 경지에 처하더라도 마음먹기에 따라 얼마든지 그것을 전화위복의 계기로 삼을 수 있음을 말해 주고 있습니다."

긍정적으로 생각하라

"모든 것을 내 탓으로 돌리고, 내가 심은 대로 거둔다고 생각하면 어떠한 스트레스에서도 벗어날 수 있다는 말씀은 잘 들었는데 그 밖에도 좋은 방법이 없을까요?"

"어떤 난관을 당해도 무조건 긍정적으로 생각하면 스트레스에서 벗어날 수 있습니다. 사흘 동안 굶은 두 사람에게 밥 한 사발씩이 배당되었다고 칩시다. 그들이 수저를 들자마자 밥은 순식간에 반으로 줄어들었습니다.

이때 둘 중의 한 사람은 밥이 겨우 반 사발밖에 안 남았다고 아쉬워했고 다른 사람은 아직도 반 사발이나 남았다고 느긋해했습니다. 똑같은 밥 한 사발을 놓고도 이처럼 마음먹기에 따라 태도가 달라집니다. 한 사람은 부족감을 느꼈고 다른 한 사람은 만족감을 느꼈습니다. 물론 부족감은 스트레스를 가져오지만 만족감은 스트레스를 받지 않습니다.

옛날에 두 할머니가 슬하에 두 아들을 두고 살았습니다. 이들 두 할머니의 아들들은 공교롭게도 각각 우산 장수와 소금 장수를 하고 있었습니다. 한 할머니는 비가 오면 소금 장사하는 아들이 비를 맞을까 봐서 걱정이었고 해가 나면 우산이 팔리지 않을까 봐 늘 근심이었습니다.

그러나 다른 한 할머니는 그렇지 않았습니다. 비가 오는 날이면 우산 장수 아들이 장사가 잘될 테니까 좋아했고 해가 나는 날이면 소금 장사

아들이 장사가 잘될 테니까 기뻐했습니다. 똑같은 상황 속에서도 생각하는 방법의 차이에 따라 희비가 교차하는 것을 알 수 있습니다.

한 팀에서 뛰는 두 축구 선수가 어느 날 같은 차를 타고 가다가 충돌 사고를 일으켜 다 같이 양다리를 절단해야만 하는 중상을 입었습니다. 축구 선수가 두 다리를 잃었으니 그 충격이 오죽했겠습니까? 한 사람은 마취에서 깨어나자 그 사실을 알고는 더이상 살고 싶은 의욕을 잃고는 어떻게 하든지 자살만을 하려고 기회를 노렸으나 주위의 철저한 감시로 그것이 안 되자 완전히 실의에 빠져 거의 폐인이 되었습니다.

그러나 다른 한 사람은 달랐습니다. 전신마취에 깨어나 양다리가 없어진 것을 알고는 처음에는 크게 놀랐고 실망도 컸지만 곧 다시 중심을 잡고는 평소에 약간 소질이 있던 그림 그리기에 열중하기 시작했습니다. 그는 부상을 전화위복의 계기로 삼았습니다. 축구 때문에 빛을 못 보고 잠재되어 있던 능력을 발휘하여 그림 그리기에 집중할 수 있는 것을 호기로 삼아 미구에 큰 화가로 두각을 나타내게 되었습니다.

두 사람이 똑같은 역경을 당했으면서도 마음을 어떻게 먹느냐에 따라 인생을 사는 방법에는 하늘과 땅의 차이가 있었던 것입니다. 사물에는 언제나 긍정적인 면과 부정적인 면이 동시에 공존하고 있습니다. 이때 긍정적인 면을 포착하느냐 부정적인 면을 포착하느냐에 따라 그 사람의 인생의 방향은 정반대가 될 수 있습니다.

여기에서 모든 것을 긍정적으로, 낙관적으로 생각하는 사람은 어떠한 역경 속에서도 사물을 늘 부정적으로 그리고 비관적으로만 생각하는 사람보다는 스트레스를 훨씬 덜 받을 뿐만 아니라 이것을 도리어 새로운 도약과 성공의 계기로 삼을 수 있습니다."

마음을 비워라

"그다음에 스트레스를 해소하는 방법이 또 있습니까?"

"있고말고요."

"어떤 것이 있습니까?"

"마음을 비움으로써 모든 집착에서 떠나면 됩니다."

"집착에서 떠난다는 말은 무슨 뜻입니까?"

"현실을 있는 그대로 수용하라는 뜻입니다."

"어떻게 하면 현실을 있는 그대로 수용할 수 있습니까?"

"사물을 있는 그대로 정확하게 인정할 것이지, 거기에 자기 나름의 어떤 의미나 기대나 가치 같은 것을 부여하지 않으면 됩니다."

"아직도 무슨 뜻인지 감이 잡히지 않습니다. 실례를 들어 말씀해 주시겠습니까?"

"실례로 우리나라 교육 현실에 대하여 얘기해 봅시다. 과도한 과외비 부담과 하향평준화 교육의 부조리를 견디다 못해 요즘은 교육 이민을 떠나는 사람들이 나날이 늘고 있습니다. 선진국에는 없는 이런 부조리가 우리나라에서는 왜 벌어지고 있을까요?

나는 자녀에 대한 학부모의 과도한 집착 때문이라고 봅니다. 하긴 고슴도치도 제 자식은 귀여워한다고 하지만 우리나라 학부모들의 교육열은 병적인 과욕에 사로잡혀 있다고 봅니다. 자식의 능력과 재능을 있는 그대로 인정하려고 하지 않고 무조건 수재 아니면 천재로 과대평가하려는 경향이 있습니다. 이처럼 사물을 있는 그대로 보려고 하지 않고 과도하게 부풀려서 보려고 하는 것을 집착이라고 합니다.

제삼자가 객관적으로 보면 겨우 60점 정도밖에 안 되는 학생을 보고 학부모만은 95점짜리로 착각을 합니다. 그러니까 무슨 수를 써서라도 95점짜리로 만들려고 기를 쓰고 과외 공부에 매달리게 됩니다. 요즘은 사람들이 학교 공부보다는 과외 공부에 더 큰 비중을 두게 되었습니다. 모두가 자녀에 대한 지나친 집착이 빚어낸 비극입니다.

그러나 냉정하게 살펴보면 공부하기 싫어하는 학생에게 과외 공부를 시킨다고 해서 반드시 성적이 오르는 것은 아닙니다. 교감선생님 앞에서 이런 말씀드리는 것이 꼭 공자 앞에서 문자 쓰는 것 같아서 죄송한 일이지만 학생의 성적이 오르는 것은 그 학생의 소질과 향학열에 달린 것이지 과외 공부에 달린 것은 아닙니다. 과외라고는 한 번도 해 본 일도 없는 가난한 달동네 학생이 일류 대학에 수석 합격한 것을 보면 과외 공부보다는 공부하겠다는 의욕과 재능이 성적을 좌우하는 것이 틀림없습니다.

말 주인이 말을 물가에까지 데려다 놓을 수는 있지만 물을 먹느냐 먹지 않느냐 하는 것은 순전히 말의 의사에 달려 있습니다. 공부 역시 아무나 하는 것이 아닙니다. 공부할 의지와 자질과 정성이 있는 학생이 하는 것입니다. 공부에 소질이 없고 열의도 의지도 없는 학생은 제아무리 값비싼 과외를 시켜 보았자 별로 성적이 오르지 않게 되어 있습니다. 물론 과외 지도 교사는 돈을 벌어들이기 위해서 책임지고 성적을 올려놓겠다고 장담을 합니다. 그러나 자식에 대한 과도한 집착에 빠져 있는 학부모만이 그런 말을 믿습니다.

60점짜리밖에 안 되는 아들을 95점짜리로 만들려고 혈안이 되어 있는 한 그 학부모는 자녀의 성적 부진 때문에 만성 스트레스에서 벗어날 길이 없을 것입니다. 자녀에 대한 집착이 바로 그 스트레스의 원인입니다. 따라서 이 학부모가 그러한 스트레스에서 벗어나는 유일한 길은 자기 자녀의 실상을 조금도 가감 없이 있는 그대로 파악하는 겁니다. 자녀의 특성과 소질과 의지를 제대로 살려 주려고 한다면 구태여 과외를 시키지 않아도 그 자녀는 저 혼자 알아서 얼마든지 공부할 수 있습니다.

과외 공부 역시 부모가 강요할 것이 아니라 자녀가 스스로 알아서 하겠다면 학비만 대 주면 됩니다. 학부모들이 자녀에 대한 과도한 집착에서 벗어나지 못하는 한 이 나라 교육의 난맥상은 조금도 나아지지 않을 것입니다. 교육 이민의 주원인은 바로 이러한 학부모들의 잘못된 집착입니다.

부모가 자식을 있는 그대로 파악할 수만 있다면 집착 따위에 빠지지 않아도 됩니다. 아내가 남편을 있는 그대로 관찰할 수 있는 능력을 가졌다면 70점짜리밖에 안 되는 남편을 100점짜리로 착각하는 일은 없을 것입니다. 착각은 엉뚱한 기대를 낳고 기대는 환상을 낳고 환상은 부당한 집착을 낳습니다.

국민이 자기네가 뽑은 대통령을 과대평가하면 지나친 기대를 갖게 되고 그 기대에 집착하다 보면 대통령의 무능이 드러날 때 크나큰 실망을 느끼게 될 것입니다. 그러나 처음부터 그의 지도자로서의 자질과 능력을 있는 그대로 파악하고 있어서 대선 때도 그를 찍지 않고 다른 후보에게 투표했던 유권자라면 그 대통령에게서 아무리 형편없는 국정 능력이 드러났다고 해도 놀라지도 않을 것이며 더구나 실망하는 일은 없을 것입니다. 자기가 뽑은 대통령에 대한 기대와 집착이 경악과 실망을 가져왔고 그것이 바로 스트레스가 됩니다."

"선생님께서는 자녀들을 있는 그대로 인정하고 그것을 토대로 공부를 시키라고 하시는데 그렇게 되면 그 자녀가 공부에 별로 취미도 열의도 없으면 어떻게 합니까?"

"그 자녀의 자질과 수준에 맞는 분야를 찾아가도록 해 주면 됩니다. 굼벵이도 구르는 재주가 있다고, 사람은 누구나 자기에게 알맞은 소질이 있어서 그것을 생계로 살아가게 마련입니다. 공부하기 싫으면 일찍부터 기능공이나 상인이나 단순 노동자로도 얼마든지 살아갈 수 있는 길이 있습니다.

생긴 대로 자기 눈높이에 알맞은 길을 찾아가도록 도와주면 됩니다. 사람은 자기 소질과 능력대로 살아갈 수 있어야 비로소 행복을 느끼게 되어 있습니다. 공부에는 애당초 소질이 없는 자녀에게 판검사나 의사나 고위 관리나 정치인이나 학자나 예술가가 되기 위한 공부를 부모가 강요한다면 자녀에게는 그것처럼 불행한 일도 없습니다.

부모가 대학교수라고 해서 그 자녀도 반드시 대학교수가 되어야 한다는 법은 있을 수 없습니다. 가문(家門)의 대를 이어야 한다고 해서 자녀에게 소질도 없는 고시 공부를 강요하지 말아야 합니다. 어찌 교육뿐이겠습니까? 모든 분야가 다 그렇습니다. 무슨 직업에 종사하든지 어떤 문제에 직면하든지 간에 우리가 마음만 완전히 비우고 모든 집착에서 떠날 수만 있다면 누구든지 스트레스를 받지 않고 잘 살아갈 수 있습니다."

"마음을 비우려면 어떻게 해야 합니까?"

"욕심을 버리고 자연과 현실을 있는 그대로 받아들이기만 하면 됩니다. 노자는 일찍이 이러한 생활 태도를 일컬어 무위자연(無爲自然)이라고 했습니다. 모든 것을 있는 그대로 받아들일 것이지 거기에 인위적인 욕심이나 기대나 가치나 환상 따위를 덧붙이지 말라는 뜻입니다.

현실을 있는 그대로 받아들이지 않고 자꾸만 어떤 의미와 욕심을 덧붙이는 것을 집착이라고 합니다. 마음을 비우라는 것은 온갖 인위적인 집착에서 떠나 현실에 만족하는 생활을 하라는 뜻입니다. 마음을 비우면 허공처럼 시공을 초월하게 되므로 무한을 내 것으로 할 수 있습니다.

허공은 천망(天網)에도 걸리지 않습니다. 허공을 가로막을 수 있는 것은 이 우주 안에 아무것도 없습니다. 그러므로 허공은 늘 유유자적(悠悠自適)할 수 있고 무애자재(無碍自在)하여 대자유를 만끽할 수 있습니다. 이 허공이야말로 버릴 것도 없고 잃을 것도 없습니다. 허공은 생로병사, 희로애락, 오욕칠정은 말할 것도 없고 우주 전체를 감싸 안을 수 있습니다.

마음을 비운 사람은 바로 그 허공이 되어 노닐게 됩니다. 생사를 벗어난 허공이 스트레스 따위에 걸릴 이유가 어디에 있겠습니까? 마음을 비워 한 점의 욕심도 없는 사람에겐 스트레스가 끼어들 여지가 없습니다."

"과연 그렇겠는데요. 그런데 천망(天網)이란 무엇입니까?"

"천망회회소이불실(天網恢恢疎而不失)할 때의 천망입니다. 하늘의 그물은 아주 느슨한 것 같지만 실은 물샐틈없어서 죄지은 자는 아무도 빠져나갈 틈이 없다는 뜻입니다. 그러니까 여기서 말하는 천망은 무엇을 말하겠습니까?"

"글쎄요."

"인과응보(因果應報)의 법칙을 말합니다. 시공에 묶여 사는 존재로서 인과응보의 그물인 천망을 벗어날 수 있는 자는 아무도 없습니다. 그러나 마음을 완전히 비운 사람만은 시공의 제약에서도 벗어날 수 있으므로 어떠한 천망에도 바람처럼 걸리지 않게 되어 있습니다.

마음을 비운 사람 다시 말해서 모든 욕심과 집착에서 떠난 사람을 잡을 수 있는 천망은 존재하지 않는다는 얘기입니다. 아무리 천망이라고 해도 허공을 잡을 수는 없기 때문입니다. 바로 이 허공이 되라는 말씀입니다."

배우자를 잃었을 때

이때 옆에 앉아 있던 우창석 씨가 말했다.

"일전에 어느 신문에 보니까 통계적으로 중노년기 이후에 배우자를 잃었을 때만큼 심한 스트레스를 받는 일은 없다고 합니다. 여자보다는 남자가 배우자를 잃었을 때 더 심한 스트레스를 받는다고 합니다.

실제로 제가 잘 아는 한 직장 상사는 55세밖에 안 되었는데도 부인을 사별한 뒤에 불과 1년도 안 되어 까맣던 머리가 새하얘지고 허리가 구부정해진 것이 갑자기 노인이 된 경우도 있습니다. 그것을 보면 사람이 겪는 스트레스 중에서도 과연 배우자를 잃는 것이 가장 큰 것 같습니다.

물론 모든 사람들이 누구나 똑같이 그렇게 심한 충격을 받는 것은 아니겠지만 보통 사람이라면 누구나 상배(喪配)의 충격에서 쉽사리 벗어나기가 어려운 것 같습니다. 이런 불행에서 벗어나려면 우리 민초들은 어떻게 해야 하겠습니까?"

"방금 우창석 씨가 예를 든 그 55세 남자는 평소에 죽음에 대한 준비가 전연 없었던 것 같습니다. 더구나 지천명(知天命)의 나이가 되도록 죽음에 대하여 그렇게도 무방비 상태에 있었다는 것은 참으로 딱한 일입니다.

만약에 그가 평소에 생자필멸(生者必滅)의 이치를 늘 잊지 않고 있었다면 배우자를 잃고 불과 1년 사이에 검은 머리가 파뿌리가 되지는 않았을 것입니다. 그 나이쯤 되면 죽음을 포함한 어떠한 난관이 닥쳐와도 능히 대처할 수 있는 마음의 준비가 되어 있었어야 합니다. 죽음은 누구에게나 예고 없이 닥쳐오는 것이니까요."

"그렇습니다. 제가 방금 말씀드린 대로 갑자기 배우자를 잃고 그 충격으로 망연자실했을 때 어떻게 처신해야 그 스트레스에서 빨리 벗어날 수 있겠습니까?"

"뜻밖의 아내의 죽음으로 큰 충격을 받았으면 바로 그 순간부터 그 충격을 관(觀)해야 합니다."

"그야 평소에 관이 일상생활화 된 사람에게는 습관적으로 그렇게 할 수 있겠지만 평소에 관을 해 보지 않은 사람은 어떻게 해야 합니까?"

"관이라고 하니까 어렵게 생각하는 모양인데 그렇지 않습니다. 일상생활에서 뜻밖의 어려운 문제가 발생했을 때 그 문제에 대하여 심사숙고(深思熟考)하는 것을 관이라고 보면 됩니다. 이것을 자기성찰(自己省察)이라고도 합니다."

"거기까지는 알겠는데요. 그렇다면 실제로 관을 어떻게 해야 합니까?"

"아내의 죽음을 앞에 놓고 충격을 받고 망연자실한 자신의 모습을 계속 응시하면 됩니다."

"언제까지 그래야 합니까?"

"아내의 죽음을 앞에 놓고 앉아 있는 자기 모습을 끈질기게 관찰하고 있노라면 자기 심정에 반드시 변화가 일어나게 되어 있습니다. 어느 때인가는 틀림없이 반드시 마음이 조용히 가라앉으면서 앞으로 비탄에 빠져 망연자실해 있는 자기 자신이 한심하게 느껴지면서 그때부터 해야 할 일들이 하나하나 드러나게 될 것입니다.

이왕에 가야 할 사람은 때가 되어 갔는데 그 명복이나 빌어 주면 되었지 언제까지나 그 충격으로 비탄에 잠겨 있어 보았자 변하는 것은 아무 것도 없다는 것을 알게 될 것입니다. 비탄으로 마음을 상하고 몸까지 상해 보았자 그것으로 인해 사태가 개선되는 것은 아닙니다.

좀더 깊이 관해 보면 죽음은 새 삶의 시작이고 태어남은 또 다른 죽음의 시작이라는 엄연한 자연의 이치를 깨닫게 될 것입니다. 죽음은 삶의 끝이 아니고 새로운 삶의 시작이라면 슬픔으로 마음과 몸을 상하게 하는 것이 다 부질없는 짓이라는 것도 알게 될 것입니다.

죽음에 대한 성찰로 이 정도의 깨달음을 얻어도 그에게 있어서 아내의 죽음은 도리어 전화위복의 계기가 될 수 있을 것입니다. 역경은 언제나 그것을 당한 사람이 그것으로 인해 좌절하라는 것이 아니고 그것을 새로운 도약을 위한 발판으로 삼을 수 있다는 진리를 터득하라는 독려로 보아야 합니다.

마음이 이 정도로만 안정을 찾아도 그의 인생에서는 큰 수확입니다. 장자는 사랑하는 아내의 죽음을 앞에 하고 비파를 뜯으면서 새 생명을 축복하는 노래를 했다고 하지만 그렇게까지 할 필요는 없습니다."

"왜요?"

"보통 사람들은 그런 행동을 하는 사람을 미친 사람으로 치부할 것이기 때문입니다. 세속적인 안목으로 볼 때 너무 이상야릇한 짓을 하면 도리어 생활에 지장을 초래하는 수가 있습니다. 그래서 옛 스승들은 성인도 세속을 따르라고 했습니다."

실연을 당했을 때

"그다음으로 사람들이 큰 스트레스를 받는 것은 실연(失戀)과 배우자의 배반이라고 합니다. 더구나 정식 결혼을 하고 아이까지 낳고 살다가 아내가 변심하여 다른 남자와 합쳤을 경우의 충격은 대단한 것입니다. 그 충격에서 벗어나지 못하고 자살을 하는 사람이 있는가 하면 그로 인한 분노를 삭이지 못하고 변심한 아내나 애인을 살해하는 일도 있습니다. 그렇지 않으면 그 충격으로 정신이상을 일으키거나 폐인이 되는 수도 있습니다."

"그런 때는 어떻게 하면 그 위기를 슬기롭게 넘길 수 있겠습니까?"

"그때도 역시 실연 그 자체를 관해야 합니다. 실연으로 비틀거리는 자기 자신을 객관적으로 냉정히 관찰만 할 수 있다면 그는 미구에 그 위기에서 벗어날 수 있습니다. 기혼이든 미혼이든 간에 남녀의 사랑이라는 것은 고정 불변하는 것이라고 믿는 것 자체가 지극히 어리석은 일이라는 것을 관을 통해서 알게 될 것입니다."

"그렇지만 평생을 같이하기로 하여 결혼하고 아이까지 낳은 아내가 변심하고 옛 애인을 찾아갔다면 그게 어디 흔히 있을 수 있는 일입니까?"

"그렇다고 해서 복수극에 몰두한다면 그것은 자기 자신을 파괴하는 일이 될 것입니다. 그러므로 그런 때는 떠난 여자를 재빨리 단념하는 것이 좋습니다. 그런 여자를 잘못 보고 아내로 삼은 자기 자신이 잘못이었다는 것을 인정하고 새 길을 모색하는 수밖에 없습니다."

"그렇다면 배신한 여자를 용서하신다는 말씀입니까?"

"모든 것을 내 탓으로 돌리면 그럴 수밖에 더 있겠습니까. 가겠다는 사람은 깨끗이 보내 주는 것이 뒤탈이 없습니다. 앙갚음을 해 보았자 끝없는 복수의 악순환만 되풀이될 것입니다. 그럴 때는 전생에 내가 저 여자를 배신했었기 때문에 금생에 내가 그 보복을 당하는 것이라고 생각하면 의외로 마음이 편안해지면서 깨끗이 정리가 되어 버리고 말 것입니다.

사람들은 이러한 그를 보고 부처님 가운데 토막처럼 착하다고 말할 것입니다. 착한 사람에겐 반드시 복이 오게 되어 있습니다. 그 대신 남한테 앙갚음을 하거나 악한 짓을 한 사람에겐 반드시 화가 닥치게 되어 있습니다. 그래서 적선지가(積善之家)에 필유여경(必有餘慶)이라고 했습니다. 착한 일을 많이 쌓은 집안에는 반드시 경사가 있다는 뜻입니다. 배신한 여자를 고이 보내 주는 것 자체가 착한 일입니다. 이로 인해 그는 반드시 착한 아내를 맞이하게 될 것입니다.

내가 이런 얘기를 하면 지금이 어느 시댄데 그런 고리타분하고 케케묵은 소리를 하느냐고 할지 모르지만 아무리 세상이 바뀌었다고 해도 인과응보의 이치는 추호도 변하는 일이 없다는 것을 명심해야 할 것입니다."

"그렇게 착한 일을 했는데도 그다음에 결혼한 여자가 또 배신을 했다면 어떻게 해야 합니까?"

"그때도 역시 모든 것을 내 탓으로 돌려야 합니다. 다시 말해서 아직도 전생의 업장이 해소되지 않은 탓이라고 생각하고 지그시 참아내야 합니다. 고진감래(苦盡甘來)이고 오르막이 있으면 반드시 내리막이 있고 극즉반(極則返)입니다. 그리하여 모든 업이 다 해소되면 그다음부터는 앙화(殃禍)는 더이상 닥쳐오지 않을 것입니다."

"어떤 사람은 실연에 큰 충격을 받고 머리 깎고 승려가 되는 사람도 있는데 그건 어떻게 생각하십니까?"

"깊은 자기성찰 끝에 진정으로 제행무상(諸行無常)을 깨닫고 구도자

가 되기로 작정했다면 모르지만 실연으로 인한 일시적인 충동으로 승려
가 되는 것은 경솔한 짓입니다."

"왜 그렇습니까?"

"그 충격이 가라앉으면 승려가 된 것을 반드시 후회를 할 것이기 때문
입니다. 비구나 비구니, 수녀나 수도사들 중에 가끔 파계(破戒)를 하고
환속하는 경우가 있는 것은 그런 경솔한 행동에 그 원인이 있습니다."

실직을 당했을 때

"상배(喪配)와 실연(失戀) 다음으로는 실직을 당했을 때에 받는 스트
레스가 가장 크다고 합니다. 당장 실직을 당해도 가족의 의식주에는 별
로 영향을 받지 않을 정도로 보험을 들거나 연금이 나오거나 축재(蓄財)
를 해 놓은 사람은 그래도 충격이 덜 하겠지만, 모아 놓은 재산이 전연
없는 사람은 당장 식구들의 생계가 큰 걱정이 아닐 수 없을 것입니다.

그것도 그렇지만 지금껏 아무 탈 없이 자기는 회사의 필수 요원이라
고 자부하면서 잘 다니고 있다가 갑자기 구조조정이란 명분으로 하루아
침에 일자리를 잃게 되었을 때 받는 자존심의 상처 역시 대단할 것입니
다. 아내와 자식들 볼 면목이 없어서 노숙자로 떠돌아다니는 사람도 적
지 않습니다."

"그렇게 실직을 당한 사람은 어떻게 해야 할까요?"

"역시 자기 자신을 관해야 합니다."

"관이란 그럴 때 과연 만병통치약이군요."

"잘만 이용한다면 틀림없이 그렇습니다. 자기성찰로 해결되지 않는 난
제는 없으니까요. 관을 제대로 할 줄 아는 사람이야말로 좌절을 모르는

금강불괴신(金剛不壊身)이요, 쓰러져도 쓰러져도 다시 일어나는 오뚝이요, 물속에 가라앉는 일이 없는 부표(浮標)와 같습니다. 성실하게 노력하는 사람에게는 반드시 길은 열리게 되어 있습니다. 하늘은 스스로 돕는 자를 돕는다고 했습니다.

실직을 당했을 때 우리가 우려할 일은 실직 그 자체가 아니라 그것으로 인한 실의와 좌절로 재기할 의욕을 상실하는 겁니다. 그러나 마음먹기에 따라 우리는 역경에 좌절하지 않고 이것을 도리어 도약의 계기로 삼을 수도 있습니다. 이런 사람에겐 실패가 있을 수 없습니다. 왜냐하면 그에게 닥친 실패는 반드시 새로운 도약의 발판이 될 테니까요."

"이 밖에도 믿고 의지하던 부모, 친척, 친구, 스승의 사망, 시험 낙방, 낙오, 왕따, 승진 탈락, 상사와의 불화 등 현대인들이 받는 스트레스는 부지기수입니다. 이러한 일들을 당했을 때도 오직 자기성찰과 관을 통해서 그 어려움을 능히 극복할 수 있을까요?"

"물론입니다. 어찌 그러한 세속적인 어려움뿐이겠습니까? 자기성찰은 구도자로 하여금 능히 생사를 뛰어넘게 할 수도 있는 막강한 힘을 발휘하게 할 것입니다. 결론적으로 말해서 자기성찰로 얻을 수 있는 것은 무엇이겠습니까? 그것은 이 세상을 살아가면서 타인들과 부딪치는 온갖 어려움과 불화와 충돌과 갈등의 원인을 상대에게서 찾지 않고 자기 자신 속에서 찾는 사람은 반드시 큰 성취를 이룰 수 있다는 확신입니다.

그러나 잘못의 원인을 남의 탓으로 돌리는 사람은 반드시 원한을 품게 되고 그 결과 자신과 상대를 한꺼번에 망하게 합니다. 그러나 잘못을 오직 내 탓으로 돌리는 사람은 아무도 원망하지 않게 될 뿐만 아니라 우주의 핵심에서 오는 지혜와 사랑과 힘의 원천과 맞닿게 되고 그로부터 무한한 에너지를 공급받을 수 있습니다. 이것이 자기성찰로 얻을 수 있는 첫 번째 열매입니다.

자기성찰로 우리가 두 번째로 거둘 수 있는 성과는 무엇일까요? 원인 없는 결과는 있을 수 없다는 이치입니다. 모든 것은 심은 대로 거두게 되어 있습니다. 인과응보(因果應報)와 자업자득(自業自得)의 원리만 확실히 내 것으로 만들 수 있어도 우리가 일상생활에서 부닥치는 모든 난관들을 예외 없이 극복할 수 있습니다.

이 밖에도 자기성찰로 우리가 얻을 수 있는 것은 모든 것을 긍정적으로 생각하고 마음을 비울 수 있다는 것입니다. 결론적으로 말해서 자기성찰은 다음과 같은 네 가지 원칙을 반드시 깨닫게 해 줍니다.

모든 것은 내 탓이다.
심은 대로 거둔다.
긍정적으로 생각하게 한다.
마음을 비울 수 있다.

자기성찰의 결과를 이상과 같이 넷으로 나눌 수도 있지만 사실은 이들 넷 중에서 어느 하나만 성취해도 다른 셋은 감자 줄기처럼 자동적으로 따라 나오게 되어 있습니다. 이 중에서 하나만 확실하게 터득해도 나머지 셋을 동시에 터득할 수 있다는 얘기입니다. 이것만 내 것으로 만들 수 있는 사람은 일체의 스트레스를 이길 수 있는 막강한 힘을 갖게 될 것입니다."

믿음과 지혜의 차이

우창석 씨가 말했다.

"선생님, 믿음과 지혜에는 어떤 차이가 있습니까?"

"남을 믿는 것은 좋은 일이지만 지혜가 수반되지 않는 무조건적 믿음은 사기(詐欺)를 당하는 원인이 될 수 있습니다. 이러한 무조건적 믿음이 종교 쪽으로 확산되면 맹신(盲信)과 광신(狂信)을 초래합니다. 그래서 현명한 사람은 사람을 믿되 함부로 믿지 않습니다."

"그럼 사람을 믿을 수 있는 기준은 무엇입니까?"

"신용입니다. 신용이 있는 사람이라야 믿을 수 있습니다."

"그럼 신용이 있는지 없는지는 어떻게 알아낼 수 있습니까?"

"그런 때 지혜가 필요합니다. 지혜로운 사람은 남에게 속지 않습니다. 그러나 지혜롭지 못한 사람은 남에게 번번이 속아 넘어갑니다. 신문 잡지와 방송에 나가는 허위 광고에도 아주 잘 속아 넘어갑니다.

어떤 사람이 모 건설회사에서 낸 허위과장 광고를 믿고 아파트를 분양받았는데 막상 입주해 놓고 보니 광고의 내용과는 딴판이었습니다. 그는 광고와 다르니 물러 달라고 하자 건설회사는 듣지 않았습니다. 그러자 그 건설회사를 상대로 손해배상 청구소송을 냈습니다. 그런데 법원에서는 원고 패소 판결을 내렸습니다."

"그 이유가 무엇입니까?"

"건설회사가 허위과장 광고를 내는 것은 하나의 관례인데 자기 눈으로 직접 가서 확인도 조사도 해 보지도 않고 곧이곧대로 광고만을 믿은 것은 원고의 잘못이라는 겁니다."

"그럼 이런 때 그런 허위과장 광고에 속지 않으려면 어떻게 해야 합니까?"

"용의주도한 사람이라면 그따위 허위과장 광고 따위는 완전히 무시해 버리고 직접 아파트에 찾아가서 과연 광고 내용과 같은지의 여부를 자기 눈으로 확인도 하고 관찰도 하고 면밀한 조사를 했어야 합니다. 그리고 등기부 등본도 진위 여부를 조사했어야 합니다. 하자(瑕疵)가 있는 아파트라면 이때 벌써 그 진상이 드러났을 것입니다."

"아파트 같은 것은 확인해 볼 수 있는 현물이라도 있지만 인터넷 광고 같은 데에 다른 상품보다 훨씬 싼 파격적인 염가로 내놓은 상품을 사려고 돈부터 입금해 놓고는 물건이 도착하지 않아 뒤에 사무실에 찾아가 보면 이미 광고주는 날아가 버리고 없습니다. 흔히 있는 인터넷 판매 사기입니다. 이처럼 눈으로 확인해 볼 수 없는 경우엔 어떻게 하면 사기를 당하지 않을 수 있겠습니까?"

"그런 때 조금이라도 지혜의 눈이 뜬 사람이라면 속지 않습니다."

"속지 않는 비결을 좀 말씀해 주십시오."

"이 세상에 공짜는 없다든가 싼 떡이 비지떡이라는 옛날부터 전해 오는 격언이 있습니다. 이것을 믿어야 합니다. 이 격언들은 아득한 옛날부터 우리 조상들이 뼈저린 체험 끝에 축적해 낸 지혜의 산물입니다. 남에게 사기를 치는 사람이 상대에게 노리는 것이 무엇인지 아십니까?"

"상대의 금품이겠죠."

"물론입니다. 그러면 상대의 금품을 내 것으로 만들려면 어떻게 해야 되겠습니까?"

"사기꾼이 제시하는 조건에 응해 오도록 그럴듯한 미끼를 내걸어 유도하는 것이 아닐까요?"

"물론입니다. 그럼 어떻게 하면 사기꾼이 자기가 제시하는 조건에 상대가 응해 오게 할 수 있겠습니까?"

"남보다 유리한 조건을 제시하는 것이 아닐까요?"

"그렇습니다. 그렇게 하지 않으면 아무도 거들떠보지 않을 테니까요. 그 유리한 조건이라는 것이 바로 미끼입니다. 거의 공짜에 가까운 아주 싼값으로 내놓는 겁니다. 대부분의 구매자들이 여기에 놀아납니다. 사기꾼은 반드시 상대의 이기심을 노립니다."

"이때 남에게 사기를 당하지 않을 수 있는 비결이 있습니까?"

"사기꾼이 노리는 자신의 이기심을 자제할 줄 알면 사기는 당하지 않습니다. 이 이기심에 눈먼 사람은 확인도 안 해 보고 돈부터 덜컥 보내지만 신중한 사람은 돌다리도 두드려 봅니다. 다시 말해서 제 눈으로 확인해 보지 않으면 안 삽니다. 이처럼 지혜의 눈이 뜨인 사람은 사기 같은 것은 당하지 않습니다."

"그렇다고 해서 이 세상 상인들을 전부 다 의심할 수는 없는 일이 아닐까요?"

"옳은 질문입니다. 왜냐하면 이 세상에는 사기꾼보다는 성실한 상인들이 압도적으로 많기 때문입니다."

"남에게 사기를 당하지 않고도 유쾌하게 이 세상을 살아갈 수 있는 방법은 없을까요?"

"왜 없겠습니까? 얼마든지 있습니다."

"그걸 좀 알려 주셨으면 합니다."

"남을 믿되 지혜롭게 믿으면 됩니다. 지혜의 눈으로 보면 상대의 진심이 보이기 때문입니다."

"궁예의 관심법(觀心法) 같은 것 말입니까?"

"궁예는 가짜 미륵이니까 그의 관심법 역시 가짜지만 지혜의 눈을 뜬 사람은 직감적으로 상대의 진의를 감지할 수 있습니다."

"문제의 핵심은 지혜의 눈을 뜨는 것이군요."

"그렇습니다."

지혜의 눈을 뜨려면

"어떻게 해야 지혜의 눈을 뜰 수 있습니까?"

"마음을 비우면 지혜의 눈은 누구나 자연히 떠지게 되어 있습니다."

"어떻게 하는 것이 마음을 완전히 비우는 겁니까?"

"희구애노탐염(喜懼哀怒貪厭), 오욕칠정(五慾七情)에서 완전히 벗어나면 그것이 바로 마음을 완전히 비우는 겁니다. 마음이 어느 쪽 감정이나 욕망에도 기울어지지 않은 완전한 중립을 지키는 것을 말합니다. 이때 지혜의 눈은 떠지게 되어 있습니다. 이러한 눈으로 사물을 관찰하고 판단하는 것이 관(觀)입니다.

관을 터득한 사람은 칠흑 같은 어둠 속에서도 광부처럼 머리에 지혜의 전조등을 켜고 혼자서 자기 앞길을 헤쳐 나갈 수 있습니다. 이 세상에서 가장 불쌍한 사람이 누군지 아십니까?"

"돈 없는 가난한 사람이 아닙니까?"

"그렇지 않습니다."

"왜요."

"부지런히 일하면 누구나 가난에서는 벗어날 수 있으니까요."

"그럼 스티븐 호킹이나 오체불만족(五體不滿足) 같은 중증 장애인이 아닙니까?"

"아닙니다."

"그런 사람도 부단히 노력하면 위대한 학자도 되고 예술가도 될 수 있기 때문입니다."

"그럼 난치병 환자가 아닐까요?"

"그것도 아닙니다."

"왜요?"

"본인이 현명하면 그 난관에서도 벗어날 수 있기 때문입니다."

"그럼 누굽니까?"

"평생 동안 자기 눈으로 사물을 보지 못하고 남의 눈을 제 눈인 줄 알고 살아가는 맹신자(盲信者)와 광신자(狂信者)들입니다."

"종교적인 맹신자와 광신자를 말씀하시는 겁니까?"

"종교적인 맹신자와 광신자는 물론이고 독재 체제에 세뇌되어 굶어 죽어가면서도 자기네가 천국에 살고 있다고 착각하는 사람들도 포함해서 하는 말입니다. 이들은 평생 동안 눈을 뻔히 뜨고도 앞을 못 보고 남의 눈으로 살아가는 청맹안(靑盲眼)과 같은 사람들입니다. 믿고 기도만 하면 천국에 가는 줄 아는 맹신자들은 불교도 중에도 기독교도 중에도 얼마든지 있습니다.

믿음이 지나치면 어리석어진다는 것을 그들은 모르고 있습니다. 믿을 줄만 알았지 터럭 끝만큼의 지혜도 없는 사람들입니다. 그들은 자기 자신의 눈을 뜰 줄은 모르고 오로지 교조(敎祖)에 대한 믿음과 기도, 아니면 그들의 은혜와 기적(奇蹟)과 가피력(加被力)과 천백억화신(千百億化身)에만 의존하고 있습니다.

그러니까 자기 자신 속에 천국도 극락도 우주도 다 들어 있다는 것을 새까맣게 모르고 있습니다. 그들은 평생을 믿고 기도해도 자기 자신의 눈으로 사물을 볼 줄 모르므로 틀림없는 눈뜬장님입니다. 이 세상에서 눈뜬장님처럼 불쌍한 사람은 없습니다. 그들은 평생 종교를 믿어도 자기 자신의 눈으로는 아무것도 볼 수 없습니다."

"그럼 어떻게 해야 자기 눈으로 사물을 볼 수 있겠습니까?"

"마음을 비우고 지혜의 눈을 떠야 합니다."

"왜 꼭 마음을 비워야만 합니까?"

"개 눈에는 똥만 보인다는 속담이 있습니다. 만약에 황금에 대한 욕심을 가진 채 사물을 보면 온 세상이 황금으로만 보일 것입니다. 도둑을 잡겠다는 욕심으로만 마음이 꽉 찬 경찰관의 눈으로 사람을 보면 이 세상에 도둑 아닌 사람은 없을 것입니다. 성욕으로 마음이 가득찬 사람의 눈에는 이 세상 여자가 전부 다 섹스의 대상으로밖에는 보이지 않을 것입니다.

특정 종교의 편견에만 사로잡힌 사람은 그 종교의 시각으로만 세상을 보려고 하니 이 세상의 실상을 보지 못합니다. 그런 사람들은 자신의 욕심과 편견의 색안경을 벗지 못하는 한 지혜의 눈은 결코 뜰 수는 없습니다. 거울이 맑지 않으면 사물을 정확하게 반사할 수 없는 것과 같이 마음속에 편견과 욕망이 가득차 있는 사람은 그 편견과 욕망에 가려서 사물의 진상을 볼 수 없습니다. 그래서 마음을 비우라는 겁니다."

행복은 어디서 찾아야 합니까?

장미숙이란 40대 중년 부인이 말했다.

"선생님, 행복이라는 것이 있기는 있습니까?"

"있으니까 행복이란 단어가 있는 것 아니겠습니까?"

"무엇을 가지고 행복이라고 합니까?"

"거창한 질문 같지만 그것도 알고 보면 별게 아닙니다."

"그게 뭡니까?"

"욕심내지 않는 것이 행복입니다. 욕심이 죄를 낳고 죄가 파멸을 불러오고 사망을 낳습니다. 죄와 파멸이야말로 불행의 근본입니다. 죄와 파멸뿐만 아니라 부귀영화 역시 불행의 씨앗이기는 마찬가지입니다. 부귀영화를 추구하려는 욕구가 죄를 잉태하기 때문입니다."

"그럼 그 행복을 어디서 찾아야 합니까?"

"행복은 현재의 자기 처지에 만족하는 마음에서 찾아야 합니다. 다시 말해서 자기 마음 내부에서 찾아야지 외부에서 찾으면 반드시 실패할 것입니다. 그러나 행복을 자기 내부에서 찾아낸 사람은 자기 외부에서도 틀림없이 행복을 찾아낼 수 있습니다. 그러나 자기 내부에서 행복을 찾아내지 못한 사람은 외부에서도 행복을 찾아내지는 못할 것입니다."

"그게 무슨 뜻입니까?"

"자기 내부에서 행복의 씨앗을 발견한 사람은 그것을 싹 틔우고 꽃피우게 할 수 있으므로 외부까지 환하게 밝힐 수 있습니다. 그렇게 되면

223

그의 외부도 내부처럼 밝아지게 할 수 있습니다. 따라서 자기 내부에서 행복을 발견한 사람은 자기 외부에서도 행복을 얼마든지 찾아낼 수 있다는 얘기입니다.

자기 내부에서 행복을 찾은 사람은 자기중심에 영원히 꺼지지 않는 원자로를 안고 있는 것과 같습니다. 그는 그 원자로를 가동하여 자기 자신뿐만 아니라 자기 주변 사람들에게도 환한 빛을 전달해 줄 수 있습니다. 이 빛이 바로 행복의 전달자입니다."

"그럼 자기 내부에서 행복을 찾아내는 방법을 좀 알려 주실 수 있겠습니까?"

"그러죠. 한마디로 마음을 비우면 됩니다."

"마음을 비운다는 것이 구체적으로 무슨 뜻입니까?"

"욕심을 부리지 않는 겁니다."

"아니, 그럼 욕심만 부리지 않으면 행복이 저절로 굴러들어 온다는 말씀입니까?"

"그렇고말고요. 행복은 무욕(無慾)에서 싹트게 되어 있습니다."

"행복은 무욕에서 싹튼다는 말이 너무나 철학적인 것 같아서 이해가 되지 않습니다. 좀더 쉬운 표현이 없습니까?"

"현재 자기가 처해 있는 상황에 만족하는 생활을 하라는 얘기입니다. 다시 말해서 쓸데없는 욕심을 부리지 않으면 사람은 누구나 행복할 수 있다는 말입니다. 예부터 지족자부(知足者富)라는 말이 있습니다. 현실에 만족할 줄 아는 사람은 부유하다는 말인데, 여기서 부유하다는 것은 반드시 돈이 많은 것만을 말하는 것이 아니고 마음이 편안해야 행복하다는 뜻입니다. 이런 말 아무리 해 보았자 무엇 하겠습니까? 구체적인 사례를 들어 말을 해야 확실한 이해를 할 수 있을 것입니다. 어떻습니까? 장미숙 씨는 결혼생활에 불만이 없습니까?"

"이 세상에 불만이 없는 사람이 어디 있겠습니까?"

"하긴 장미숙 씨도 무슨 불만이 있으니까 나 같은 사람을 찾아오셨겠죠."

"잘 보셨습니다."

"그래 무엇이 문젭니까?"

"남매를 두었는데 그 애들이 둘 다 공부에 별로 소질이 없는 것 같아서 자나깨나 항상 그게 문젭니다."

"자녀는 자녀고, 장미숙 씨는 장미숙 씨입니다. 장미숙 씨의 수준에다 놓고 자녀의 성적을 견주어 보니까 항상 불만을 갖게 됩니다. 이 불만이 바로 불행의 씨앗입니다. 장미숙 씨의 눈으로 자녀를 보지 말고 자녀들의 눈으로 자녀들을 보십시오. 그러면 문제될 것이 없게 될 것입니다. 자녀들의 평균 성적은 몇 점쯤 됩니까?"

"60점 미달입니다. 그 점수 가지고는 대학은 고사하고 고등학교에도 못 갈 것 같으니까 문젭니다. 적어도 90점 수준은 되어야 하는데 아무리 과외공부를 시켜 보아도 그 이상은 성적이 오르지 않아서 걱정입니다."

"그것 때문에 장미숙 씨는 늘 불행하다고 생각하시는군요."

"그것뿐이 아닙니다. 남편이 모 기업체의 부장인데 불황으로 회사의 매출이 대폭 줄어들어 언제 퇴출당할지 모르는 살얼음판 같은 나날을 보내고 있습니다."

"허심탄회하게 마음을 비우도록 하십시오."

"어떻게 하면 마음을 비울 수 있겠습니까?"

"지금 장미숙 씨가 불행을 느끼는 이유는 장미숙 씨보다 잘사는 사람들과 자신을 늘 비교 평가하기 때문입니다. 그럴 때는 위를 보지 말고 밑을 보아야 합니다. 장미숙 씨는 남편이 퇴출당할까 걱정을 하고 있지만 이미 퇴출당한 사람들도 얼마든지 있습니다. 그들도 어찌어찌하여 살아가고 있습니다. 그래도 장미숙 씨의 남편은 아직도 퇴출당하지 않았습니다. 퇴출당한 사람들과 그 가족들에 비하면 얼마나 다행한 일입니까?"

"그래도 언제 퇴출당할지 모르는 아슬아슬한 나날을 보내야 하는 심정은 어떻게 표현할 길이 없습니다."

"사람은 항상 지금 자기에게 주어진 현실에 충실하게 최선을 다하는 생활을 해야 행복을 느끼게 되어 있습니다. 장미숙 씨의 남편의 경우에도 매출이 급감했다면 그럴 만한 이유가 있을 것입니다. 그로 인해 퇴출당할까 보아 전전긍긍하기보다는 매출이 급감한 이유를 분석하여 그것을 극복하는 데 전력을 기울여야 합니다. 왜 회사 사정이 그렇게 되었습니까?"

"중국이 남편 회사와 유사한 상품을 개발하여 저가 공세를 편다고 합니다."

"그렇다면 그에 맞서서 상품을 고급화하여 부가가치를 높이는 연구를 하든가 하여 난관을 타개하는 데 전력을 기울여야지 아직 닥쳐오지도 않은 퇴출을 놓고 지금부터 걱정 근심만 할 필요는 없습니다. 그렇게 한다고 해서 상황이 바뀌는 것은 아무것도 없으니까요. 내일 일은 내일 걱정해도 늦지 않습니다. 그것을 미리 앞당겨 걱정할 이유까지는 없다 그 겁니다.

불행한 사람은 항상 스스로 불행의 요인을 스스로 만들어 내고 있습니다. 장미숙 씨는 아직 오지도 않은 퇴출을 걱정하지만 어떤 사람은 과거

226

의 불행을 되씹으면서 스스로 불행을 만들어 내는 수도 있습니다. 내가 그때 지금의 남편과 결혼하지 말고 다른 사람을 택했더라면 지금보다는 더 행복했을 것을 하고 자꾸만 지나간 자기 실수를 곱씹으면서 불행을 생산하는 수가 있습니다. 그러나 이것도 지극히 어리석은 짓입니다."

"후회라도 해야 앞으로는 같은 실수를 범하지 않을 거 아닙니까?"

"그러나 한 번 흘러간 강물은 되돌이킬 수 없습니다. 지나가 버린 과거사를 아무리 후회해 보았자 나아질 것은 아무것도 없습니다. 과거는 이미 지나가 버린 것이고 미래는 아직 오지 않은 가상(假想)에 지나지 않습니다. 이 가상의 미래의 환상을 쫓아가느라고 현실을 망각하는 사람도 있습니다.

그러나 과거와 미래는 현실적으로 존재하는 것이 아닙니다. 존재하는 것은 오직 현재가 있을 뿐입니다. 그러므로 우리는 언제나 주어진 현재를 충실하고 후회 없이 살도록 최선을 다하면 그 속에서 행복을 찾을 수 있습니다. 왜냐하면 행복은 과거나 미래에 있는 것이 아니라 지금 여기에 늘 있기 때문입니다. 있지도 않은 과거와 미래에 매달려 걱정 근심하는 사람들은 고생을 일부러 사서 하는 데 지나지 않습니다."

"아이들 공부 문제는 어떻게 하죠?"

"자녀들은 그들의 인생이 있고 살아갈 앞날이 이미 예정되어 있습니다. 굼벵이도 구르는 재주가 있습니다. 사람은 어떻게 하든지 생존할 수 있는 자기 고유의 재주를 갖고 이 세상에 태어나게 되어 있습니다. 다시 말해서 사람은 누구나 살아야 할 인과(因果)를 갖고 태어난 것이지 무작정 태어난 것이 아닙니다.

그러니까 부모가 나서서 자녀의 일거일동을 일일이 간섭할 필요가 없다는 얘기입니다. 자녀는 단지 인연 따라 자신에게 태어난 것이므로 독립할 때까지 부모를 임시 거처로 삼은 것에 지나지 않습니다. 따라서 부모는 자녀를 위탁 맡아 그가 타고난 자기 소질을 충분히 발휘할 수 있도록 양육하고 공부시켜서 스스로 제 갈 길을 찾아갈 때까지 도와주기만 하면 됩니다.

자녀를 통해서 그 이상의 대리만족을 하려고 하든가 무슨 기대를 갖는 것은 전부 다 부질없는 일이고 어리석은 집착이며 환상에 지나지 않습니다. 공부 잘하면 잘하는 대로 못하면 못하는 대로 자기 능력의 한도 안에서 최선을 다하면 그것으로 충분합니다.

자녀의 소질과 능력이 60점 미만밖에 안 되는데 부모가 거액을 들여 과외 선생을 붙여준다고 해서 갑자기 수재가 되고 천재가 되는 일은 있을 수 없습니다. 그런데도 불구하고 대부분의 학부모들은 자녀들에 대하여 타고난 자질 이상의 욕심을 갖고 누구나 다 수재나 천재를 만들지 못해서 안달복달합니다.

이 때문에 기능공 자질밖에 없는 자녀를 법관을 만들려고 억지로 일류 대학에 넣으려고 거액 과외를 마다하지 않습니다. 이로 인해 사교육비는 천정부지로 뛰어오르고 대학 입시 지옥이 연출되고 있는 겁니다.

과욕(過慾)이 불행의 원인

공부할 소질이 없는 자녀에게 억지로 대학 공부를 시킨다고 해서 그 아이가 행복해지는 것이 아닙니다. 행복해지기는커녕 오히려 불행해질 수 있습니다. 훌륭한 학부모는 일찍부터 자녀의 자질을 파악하여 그것에 따라 공부를 시킵니다. 그렇게 하면 부모도 자녀도 하등 갈등을 겪는 일 없이 다 같이 마음이 편해질 것입니다. 마음이 편한 것이 바로 행복입니다."

"결국은 인간의 행불행은 환경과 자연에 순응하는 데 달려 있다는 말씀이군요."

"그렇습니다. 자기 분수를 지킬 줄 알고 욕심을 자제할 줄 아는 사람은 행복할 것이고, 자기 분수를 모르고 욕심을 자제할 줄 모르는 사람은 언제나 불행해질 수밖에 없습니다."

"그러나 너무 욕심이 없으면 지금도 석기 시대를 살아가는 어느 아프리카 미개지의 원시족처럼 될 수밖에 없지 않겠습니까? 그들이 과연 행복하다고 할 수 있을까요?"

"그들이 아무 불만도 없다면 그들이야말로 행복한 사람들이라고 할 수 있을 것입니다. 비록 석기 시대 생활을 할망정 각자가 자기 개인의 이익보다는 전체의 이익을 먼저 생각하고 아무런 불평 없이 서로 상부상조할 수 있다면 그들이야말로 지상천국에 산다고 할 수 있습니다.

얼마 전에 실시된 각국의 행복지수(幸福指數)를 조사한 결과에 따르면 국민소득이 최고인 스위스나 덴마크나 미국이나 일본인이 아니고 세계에서 가장 가난한 나라로 알려진 방글라데시의 행복지수가 최고였다고 합니다. 이것을 보아도 부귀영화는 행복지수와는 하등의 관계가 없다는 것을 알 수 있습니다."

"과연 가난을 행복이라고 할 수 있을까요?"

"그거야말로 마음먹기에 달려 있는 일입니다. 남 보기에 찢어지게 가난해도 마음이 편하면 행복한 것이고, 고대광실(高臺廣室) 호화 주택에 살아도 마음이 불편하면 불행한 것입니다."

"그럼 현대의 물질문명의 발달은 인간의 행복과는 아무런 관련도 없을까요?"

"물질문명의 발달로 소득이 높아지는 대신에 이산화탄소의 과다 방출과 자연 생태계 파괴로 동식물이 점차적으로 멸종되고 지구의 사막화가 촉진되어 푸르고 아름다운 지구가 사막화된 화성(火星)처럼 생물이 살 수 없는 별이 된다면 지구촌에서 물질문명만을 구가하던 사람들은 과연 행복하겠습니까? 지구의 사막화 현상은 두말할 것도 없이 인간의 과욕이 빚어낸 결과입니다. 과욕의 결과로 지구 전체가 사막화되기보다는 비록 원시생활을 할망정 서로 사랑하고 공생공영(共生共榮)하는 인류가 더 행복한 존재가 아닐까요?"

기여입학제(寄與入學制)

한상수라는 수련생이 물었다.

"선생님, 요즘 한창 논란이 일고 있는 기여입학제에 대하여 어떻게 생각하십니까?"

"나는 찬성하는 쪽입니다."

"왜요?"

"우리나라 대학생들의 실력을 키우고 대학의 질을 향상시키기 위해서입니다."

"기여입학제가 대학의 질과 무슨 관계가 있습니까?"

"관계가 있고말고요. 우리나라 대학의 질이 세계에서 최하위에 머물고 있는 이유가 무엇인지 아십니까?"

"잘 모르겠는데요."

"한국 대학생들은 세계에서 제일 공부 안 하는 것으로 유명하기 때문입니다. 어느 여론 조사에 따르면 자습을 하루에 한 시간도 안 하는 학생이 17프로 이상이라고 합니다. 41프로는 하루에 겨우 한 시간씩 공부를 하고 있다고 합니다. 이것은 외국 대학생들이 입학하자마자 밤잠을 못 자고 코피가 터지게 공부하는 것과는 지극히 대조적입니다."

"왜 그런 현상이 벌어졌을까요?"

"대학교수들이 학생들이 공부를 하지 않아도 4년 동안에 여덟 번의 등록금만 꼬박꼬박 내면 전부 다 졸업을 시켜 주기 때문입니다. 왜냐하면 우리나라 대학의 80프로를 차지하고 있는 사립대학들이 거의가 다 학생들의 등록금만으로 대학 재정을 겨우겨우 꾸려 가고 있기 때문입니다.

학생들이 공부를 안 한다고 해서 외국에서처럼 낙제를 시키든가 퇴학을 시켜 버리면 대학이 재정난으로 당장 문을 닫을 수밖에 없습니다. 게다가 요즘은 학교에서 등록금을 인상하면 학생들이 총장실과 학장실을 점령하고 과격한 등록금 인상 반대 데모를 하는 통에 등록금 인상은 엄두도 낼 수 없습니다."

"외국에서는 이런 때 어떻게 합니까?"

"정부에서 사립대학들에게 학교 재정의 80프로나 지원을 해 주고 있습니다. 그것이 모자라면 학교 당국은 기여입학제로 학교 재정난을 해결하고 있습니다. 그렇기 때문에 공부 안 하는 학생이 대학을 졸업한다는 것은 꿈도 꿀 수 없습니다.

교수들이 공부 못하거나 안 하는 학생들을 소신껏 낙제를 시키고 퇴학을 시켜도 학교 재정이 어려워지는 일은 결코 없습니다. 그러니까 대학에서 공부 안 하는 대학생은 발을 붙일 수 없습니다. 따라서 모든 대학들이 학생들이 공부 열심히 하는 대학이 되지 않을 수 없습니다. 학생들이 공부 열심히 하는 한 대학의 질은 자연히 높아질 수밖에 없습니다."

"그런데 우리나라에서는 왜 그렇게 하지 못합니까?"

"대학에 대한 정부의 재정 지원율이 겨우 10프로 미만이고 더구나 교육부에서 기여입학제를 못 하게 규제하기 때문입니다."

"교육부에서는 사립대학들에게 재정지원도 못 해 주면서 무엇 때문에 기여입학제를 규제합니까?"

"교육부 자체의 소신도 있겠지만 기여입학제에 대한 일부 국민들의 반대 여론 때문인 것 같습니다."

"반대 여론의 논지는 무엇이죠?"

"우리 사회의 온갖 분야가 전부 다 부패했지만 그래도 지금까지 대학 입학만큼은 투명하고 공정하게 실시되어 왔는데 그것까지 금전만능주의에 오염되어 버리면 지금까지 입시지옥을 감수하면서 열심히 공부하여 온 입시생들의 유일한 의지처가 무너진다는 것입니다.

물론 일리 있는 견해입니다. 그러나 연세대학이 계획하고 있는 것처럼 20억 원 이상을 학교에 기부한 경우 기여입학생을 받아들인다면 그것을 재정으로 하여, 대학에서 공부 안 하는 학생들을 소신껏 추방해 버림으로써 대학의 질을 획기적으로 향상시킬 수 있습니다.

그리고 자질이 있어도 돈이 없어서 공부 못하는 우수학생들에게 장학금을 지급하여 인재를 양성할 수도 있습니다. 그리고 금전만능주의에 오염된다고 우려하는 사람이 있는데 우리나라에서 20억 이상을 내고 자녀를 대학에 넣을 만한 재산가가 얼마나 되겠습니까."

"결국은 약간의 부정을 용납함으로써 더 큰 사회 정의를 실현시킬 수 있다는 말씀이군요."

"그렇습니다. 호랑이에게 쫓기는 사슴들은 뿔을 외부로 연결하여 둥근 원을 형성함으로써 이들 맹수의 피해로부터 자신들을 보호합니다. 그러나 어쩔 수 없을 때는 무리 중 한둘을 호랑이에게 희생으로 내어 줌으로써 전체가 살아남는 지혜를 발휘하기도 합니다.

정부로부터 겨우 10프로 정도의 턱없이 부족한 재정 지원밖에 못 받는 사립대학들이 지금과 같은 재정난을 타개하면서도 대학의 질을 높일 수 있는 유일한 선택은 기여입학제밖에는 없다고 봅니다. 약간의 부정을

용납함으로써 대학 전체가 살아남고 학생들의 실력을 향상시키고 수재
들에게 장학금을 지급할 수 있다면 선진국들에서 다 같이 실시되고 있
는 기여입학제는 한번 실시해 볼 만한 제도임에 틀림없습니다."

"그렇기는 해도 실력도 없는 학생을 단지 그 부모가 돈이 많다는 이유
하나만으로 입학을 허용한다는 것은 형평성과 사회정의에도 어긋날 뿐
만 아니라 여타 학생들에게 심한 좌절감만 안겨 주는 역효과가 나지 않
을까요?"

"그것 역시 생각하기 나름입니다."

"무슨 뜻입니까?"

"전체가 아니면 무(無)다 하는 사고방식엔 항상 위험이 내포되어 있습
니다. 다시 말해서 이분법적 흑백논리(二分法的黑白論理)는 항상 현실
적 해결책이 될 수 없다는 얘기입니다. 어떻게 하면 전체가 살아남을 수
있느냐 하는 유연한 사고방식, 선도 악도 부정하지 않는 중용적인 사고
방식이 아니고는 어떠한 난제도 해결할 수 없습니다."

"그러나 부잣집에 태어났다는 것만으로 특별대우를 받을 수 있다는
것이 아무래도 납득이 가지 않습니다."

"부자의 집 자녀로 태어나는 것도 그만한 원인이 있기 때문이지 아무
나 부잣집 자녀로 태어나는 것은 아닙니다."

"그럼 부잣집 자녀로 태어나는 것도 전생의 인과응보라는 말씀인가요?"

"그렇습니다. 아무 이유도 없이 부잣집에 태어나는 것은 아닙니다."

"그럼 가난한 집에 태어나는 것도 인과응보라는 말씀이군요."

"그렇습니다."

"그럼 어떤 사람이 부잣집에 태어날까요?"

"남에게 베풀기를 좋아하고 착한 일을 많이 한 대가라고 보아야 합니다."

"그렇다면 가난한 집에 태어나는 것은 무엇 때문입니까?"

"남에게 인색하여 도울 줄을 모르고 재물을 낭비한 인과입니다."

미모(美貌)는 부모만의 선물은 아니다

"그렇다면 선생님께서는 요즘 한창 여성 단체들에서 폐지 운동을 벌이고 있는 각종 미인 선발 대회도 찬성하시는 쪽이십니까?"

"그 질문에 대답하기 전에 미인 대회를 반대하는 측의 취지는 무엇입니까?"

"스스로 노력하여 갈고닦은 품성이나 선행의 결과가 아니고 순전히 부모 하나 잘 만난 덕으로 미모를 갖추고 태어났다고 해서 그것에 대해 사회가 상을 준다는 것은 불로소득을 조장하는 것밖에는 되지 않는다는 겁니다. 그리고 미인 선발을 둘러싼 각종 부정 사례들이 누적된 데다가 성형수술을 하여 자연미를 훼손시키고 여성의 미모의 상품화를 조장한다는 겁니다."

"미인 대회에 당선되기 위해서 뇌물이 건너간다든가, 성형수술을 하고 성의 상품화를 부추긴다는 역작용을 우려하는 데는 확실히 일리가 있습니다. 인간에게 탐욕이 있는 한 사람이 하는 모든 일에는 반드시 부정이 끼어들지 않을 수 없게 되어 있습니다. 그러나 그렇다고 해서 미인 대회 자체를 아예 폐지해 버리자는 주장에는 찬성할 수 없습니다."

"왜 그렇습니까?"

"미녀로 태어나는 것은 우연히 부모를 잘 만났기 때문만은 아니기 때문입니다."

"그럼 다른 이유가 또 있습니까?"

"있고말고요."

"그게 무엇입니까?"

"한 여자가 미녀로 태어나는 것은 부모를 우연히 잘 만났기 때문만이
아니라 스스로 지은 인과응보 때문입니다."

"도대체 어떤 인과가 있었을까요?"

"과거 생에 바르고 착하게 살아온 것이 원인이 되어 이목구비가 또렷
하고 바른 미모를 갖추고 태어난 것입니다. 우리 사회는 부모에게 효도
를 다한 사람에게 효자상(孝子賞) 또는 효부상(孝婦賞)을 줍니다. 효자
상, 효부상은 그 효행이 이웃 사람들에게 알려져서 주어지는 상이라고
한다면, 미녀상(美女賞)은 수상자가 수많은 전생을 거치면서 바르고 착
하게 살아온 보이지 않는 공로를 인정하여 사회가 주는 상이라고 할 수
있습니다.

사람의 외모는 각자의 심상(心相)의 외부적 표현입니다. 마음이 바르
고 착하고 아름답지 않은 여자 쳐놓고 미녀로 태어나는 일은 있을 수 없
습니다. 이러한 순수한 미녀에 대하여 사회가 상을 주는 것은 모든 여성
들에게 바르고 착하고 아름답게 살아가는 사람은 누구나 미녀가 될 수
있다는 확신과 희망을 심어 줄 수 있습니다.

그런데도 불구하고 단지 미스 코리아의 명성을 얻어 보겠다는 탐심
때문에 심사 위원들에게 뇌물을 쓰든가, 성형 수술을 하든가 경력을 속
이는 짓은 일시적으로 사람의 눈을 가릴 수는 있어도 인과응보를 관장
하는 하늘의 눈은 결코 속일 수 없습니다."

"과연 그럴까요?"

"사필귀정(事必歸正)입니다. 제아무리 은밀하게 자행된 부정도 그리고 인위적으로 조작된 미(美)도 조만간 반드시 백일하에 그 정체가 드러나게 되어 있습니다. 이러한 부정행위 때문에 미인 대회 자체를 폐지하는 것은 빈대 무서워 초가삼간을 다 태우는 것과 같이 어리석은 일입니다. 부정과 조작은 인간의 지혜로 막을 수 있도록 최선을 다해야 합니다."

"그러나 미모는 부모의 선물만이 아니라 해도 그것을 믿을 사람이 얼마나 되겠습니까?"

"사람들이 믿고 안 믿는 것과 상관없이 그것은 진실입니다."

"아무리 진실이라고 해도 믿지 않는다면 그것도 문제가 아닐까요?"

"그 책임은 진실 그 자체에 있는 것이 아니고 진실을 믿지 않는 사람들이 책임입니다."

"그게 무슨 뜻입니까?"

"하루살이가 겨울을 믿지 않는 것은 겨울의 책임이 아니고 어디까지나 하루살이의 무지에 그 책임이 있습니다. 무지한 사람은 자신의 무지를 겸손하게 인정하고 공부를 하여 머리를 깨쳐야 합니다."

"수행을 하면 진실을 알 수 있을까요?"

"수행으로 뚫지 못할 난제는 없습니다."

〈64권〉

이혼을 방지하는 비결

우창석 씨가 말했다.

"선생님, 요즘 우리나라에서는 세 쌍의 젊은이가 결혼하면 1년 안에 한 쌍이 이혼을 할 정도로 이혼이 다반사가 되어 가고 있다고 합니다. 우리나라 이혼율은 미국 다음으로 세계에서 가장 높다고 합니다. 이렇게 이혼이 자꾸만 늘어나는 원인은 사랑이 식어 가기 때문일까요?"

"남녀 간의 사랑은 제아무리 열렬하다고 해도 결국은 식지 않을 수 없게 되어 있습니다. 왜냐하면 모든 뜨거운 것은 반드시 식게 되어 있는 것이 자연의 이치이기 때문입니다. 화산에서 분출된 펄펄 끓는 용암도 시간이 흐르면 식지 않을 수 없게 되어 있습니다. 따라서 부부 사이에 식지 않는 사랑 같은 것은 존재하지 않는다고 보는 것이 옳습니다."

"그럼 부부를 묶어 주는 유대는 무엇이라고 보십니까?"

"결혼 선서에 나오는 것과 같이 남편은 아내에게 남편으로서의 소임을 다하고 아내는 남편에게 아내로서의 소임을 다하겠다는 성심입니다. 이 성심이 깨어지기 때문에 신혼여행 중에도 이혼을 하는 일이 다반사로 벌어진다고 봅니다. 이 성심이 바로 부부로서의 상호 신뢰입니다. 가정은 바로 이 믿음을 바탕으로 이루어진다고 봐야 합니다."

"그 부부로서의 믿음이 깨어지지 않게 하려면 어떻게 해야 할까요?"

"부부간에는 아무리 사소한 것이라도 약속을 깨는 일이 없어야 합니다. 약속을 위반하는 일이 되풀이되면 상대에 대한 사랑은 물론이고 인격적인 신뢰감이 사라지고, 그렇게 되면 상대를 과연 평생의 반려자로 삼을 수 있을까 의심하게 되는데 이러한 일이 쌓이다 보면 결국 파탄이 오게 됩니다."

"그런데 이상한 일이 있습니다."

"뭐가요?"

"불과 한 세대 전만 해도 요즘처럼 이혼이 많지는 않지 않았습니까?"

"그건 사실입니다."

"그런데 왜 시간이 흐를수록 이혼율이 높아만 갈까요?"

"그것은 여성이 경제적, 사회적 지위가 시간이 흐를수록 점점 더 향상되고 있기 때문입니다. 과거에는 일단 결혼을 하면 여자는 마치 남자에게 예속이 되거나 소유물이라도 되는 것 같은 남존여비 시대의 관념이 지배하고 있었습니다. 그러나 여자도 경제력을 갖게 되고 남편 없이도 얼마든지 혼자 살 수 있는 능력을 갖게 되면서 남녀평등이 일상생활에서 움직일 수 없는 현실이 되었습니다.

따라서 아내는 남편에게 종속되는 관계가 아니라 대등한 인격 대 인격의 관계로 변화하게 되었습니다. 이처럼 여성의 지위가 향상되고 능력과 인격이 고양되면서 과거처럼 남자가 여자에게 신뢰를 잃고 횡포를 부려도 여자가 참고 사는 일은 더이상 없어지게 되었습니다. 이것이 첫째 원인이고, 두 번째 원인은 여자에게만 부과되던 이조 5백 년의 성리학적 전통인 정조 관념이 사라지게 되었다는 겁니다."

"그게 무슨 뜻입니까?"

"과거에는 가혹할 정도로 여자에게만 정조가 강요되어 왔습니다. 이것이야말로 전형적인 가부장적이고 남존여비 사상의 유물입니다. 여자를 실력과 능력과 인품이 아니라 과거가 깨끗했는가 정조를 잃지 않았는가, 결혼한 일이 있었는가 아이가 딸린 이혼녀인가의 여부로 저울질했었습니다.

그러나 여자의 교육 수준이 남자와 거의 대등해지면서 이제는 여자의 과거지사가 아니라 인품과 능력과 실력이 말을 하는 시대가 된 겁니다. 그래서 요즘은 총각도 아이 딸린 이혼녀에게 열렬히 구혼하는 시대가 되었습니다.

남자가 여자를 보는 가치 기준이 과거에 여자가 남자를 보던 가치 기준과 같아졌다고 말할 수 있습니다. 여자가 결혼 상대로 남자를 고를 때 그가 과거 총각 시절에 어떤 여자와 무슨 일이 있었다든가, 이혼한 전력이 있다든가 전처소생의 유무보다는 그의 인품과 능력을 첫째로 꼽고 있습니다. 그와 마찬가지로 여자도 그런 기준에서 평가를 받게 되었다는 말입니다.

따라서 요즘은 남녀를 불문하고 우선 경제적 능력이 있고 신뢰할 만한 인격을 갖추고 서로 전기만 통한다면 과거지사 같은 것은 따지지 않게 되었습니다. 그래서 결혼한 지 1년 안에 여자가 연애 시절에 남자에게서 미처 발견하지 못했던 구제불능의 고약한 주사(酒邪)나 도박하는 버릇, 아내 구타하는 버릇이 나타났을 때 여자는 비록 아이를 낳고 살다가도 미련 없이 떠나 버리고 맙니다.

그러다 보니 번잡한 결혼 절차와 막대한 결혼 비용을 감안하여 요즘은 유럽에서처럼 일정 기간 동거를 해 보고 나서 상대의 장단점을 속속 들이 파악한 뒤에 충분히 생각할 여유를 가진 다음에 정식 결혼식을 올리는 관행도 자리잡아 가고 있습니다. 이것을 계약 결혼 또는 계약 동거라고 하는데 이러한 관행이 널리 보급되면 앞으로 이혼 건수는 대폭 줄어들게 될 것입니다."

"부부 사이를 유지시켜 주는 가장 중요한 것은 무엇이라고 생각하십니까?"

"글쎄요. 서로가 주고받는 것이 있어야 합니다. 다시 말해서 상부상조의 유대 관계가 없으면 결혼생활은 실질적으로 유지될 수 없습니다. 한 쌍의 남녀가 만나서 가정을 이룬다는 것은 최소 단위의 기업을 창업하는 것과 같습니다.

기업은 고용주와 피고용주로 이루어지지만 가정은 서로가 고용주도 되고 피고용주도 되는 생활 공동체라고 할 수 있습니다. 그러므로 부부 중 어느 한쪽이 불치의 질병으로 자활 능력을 완전히 잃어버리면 실질적으로 결혼생활은 불가능하게 됩니다.

한쪽이 다른 한쪽을 위해 평생 동안 희생을 한다는 희귀한 실례가 없는 것은 아니지만, 현실적으로는 실행이 불가능한 일이기 때문입니다. 따라서 부부 관계는 서로가 주고받는 상부상조 관계로서만이 유지될 수 있습니다."

수련과 가정생활

"수련과 가정은 서로 양립할 수 있을까요?"

"그것은 수련자가 마음먹기에 달려 있습니다. 비구, 비구니, 신부, 수사, 수녀는 수행과 가정을 양립시킬 수 없다고 보는 입장이고, 재가 수련자들은 가정생활 자체를 하나의 수련의 현장으로 봅니다.

수신제가치국평천하(修身齊家治國平天下)는 가정을 수련의 현장으로 보는 대표적인 경우라고 할 수 있습니다. 한 가정의 가장이나 주부가 가정을 제대로 운영해 나가는 것 자체가 가장 실질적이고 현실적인 수련의 한 과정이라고 말할 수 있습니다. 남편이 아내의 신뢰를 받지 못하고 아내가 남편의 신용을 얻지 못한다면 그 가정은 오래 유지되지 못할 것입니다."

"그러나 사람들은 흔히 부부 사이에는 사랑만 있으면 된다고들 하지 않습니까?"

"사랑이 무엇인데요?"

"남녀 간에서 서로 끌어당기는 전기와 같은 흡인력(吸引力)이 아닙니까?"

"남녀 사이에 아무리 서로를 끌어당기는 강력한 전기가 작용하고 있다고 해도 그것은 일시적인 것이지 평생 계속되는 것은 아닙니다."

"그게 무슨 말씀이십니까?"

"서로를 끌어당기는 전기와도 같은 애정은 정력이 왕성한 청장년 시절의 얘기지 갱년기에 접어들면 부부간에도 그런 전기 같은 것은 다 사라지게 되어 있습니다. 갱년기를 전후로 따져볼 때 전기가 통하는 청장년 시절은 불과 2십 년 내외밖에 안 됩니다. 한평생을 놓고 볼 때 갱년기 이후의 노년기가 청장년기보다 훨씬 더 길다는 것을 알아야 합니다.

의학의 발달과 위생 관념이 고조되면서 앞으로 인간의 수명은 점점 늘어날 것이므로 노후생활은 계속 길어질 것입니다. 이때에 결혼생활을 지탱해 주는 것은 어디까지나 부부 사이의 동지적이고 동업자적인 상호 신뢰지 전기가 통하는 애정은 아닙니다. 전기가 통하는 애정 같은 것은 갱년기 이후에는 누구에서나 서서히 사라지게 되어 있으니까요."

"지금까지는 한 가정의 창업주에 해당되는 부부에 관한 얘기만 하셨는데, 한 가정의 자녀들과 가정의 관계는 어떻습니까?"

"자녀들은 부모와 형제들 사이에서 자라나면서 자연스럽게 인생을 살아가는 방법을 익히게 됩니다. 부모와 형제들의 마음이 안정되어 있으면 자녀에게 부모는 인생의 스승이 될 수 있을 것이고 형과 누나들은 사형(師兄)들이 될 수 있을 것입니다. 어른을 받들고 형제들과 협조하는 공동생활 방법을 익혀 나가게 될 것입니다.

이처럼 한 가정을 수련의 현장으로 만들 수 있는가 아니면 인생고의 현장이나 극단적인 경우 살벌한 범죄의 소굴로 만들 수 있는가 하는 것은 그 가족 구성원들의 마음먹기에 달려 있다고 할 수 있습니다."

〈66권〉

마음을 비워야 할 이유

곽도섭이라는 초로의 수련생이 말했다.

"선생님, 마음공부하는 사람들은 항상 마음을 비우라는 말을 많이 듣는데요. 우리가 마음을 꼭 비워야만 할 이유가 무엇입니까?"

"마음을 비우지 않으면 마음공부가 되지 않기 때문입니다."

"왜 그렇죠?"

"마음을 비우라는 말은 사실은 욕심을 비우라는 말입니다. 욕심은 무엇입니까?"

"이기심 아닙니까?"

"그렇습니다. 마음속에 이기심이 꽉 차 있는 사람은 사물을 볼 때 그 이기심이라는 색안경을 쓰고 보기 때문에 정확한 관찰을 할 수 없습니다. 그래서 이기심이 마음속에 꽉 차 있는 사람은 남의 돈을 사기를 치게 될 것입니다. 그러한 사람이 공무원이 된다면 뇌물을 받고도 그것이 잘못인 줄을 모르게 될 것입니다. 이기심이라는 색안경이 범법 행위를 얼마든지 합리화해 주기 때문입니다.

그러나 마음을 비운 사람은 이기심이라는 색안경을 벗어 던졌으므로 사기와 뇌물이 나쁘다는 것을 알고 그런 짓을 하지 않게 될 것입니다.

나쁜 짓을 하지 않고 착한 일, 공공의 이익에 합치되는 일을 하는 것은 자기 자신과 세상을 있는 그대로 보았기 때문입니다. 이기심만 없으면 우리는 언제나 사물을 있는 그대로 편견 없이 볼 수 있습니다."

"역시 이기심이 문제군요."

"그렇습니다. 우리가 이기심만 극복할 수 있다면 누진통(漏盡通)을 성취할 수 있습니다."

"누진통이 무엇인데요?"

"이기심을 다스릴 수 있는 수련의 경지를 말합니다. 이기심을 다스릴 수 있으면 생사를 초월할 수 있습니다."

"생사까지는 너무 거창한 얘기고요. 욕심만이라도 다스릴 수 있었으면 좋겠습니다."

"그렇게 희망만 할 것이 아니라 남과 이해관계로 대립되었을 때 그 희망을 실천에 옮겨 보는 것이 도를 얻는 데 훨씬 더 빠른 효과를 가져올 것입니다."

"남과 대립되었을 때 양보만 하면 사람들은 바보라고 하지 않겠습니까?"

"그래도 크게 밑지는 장사만 아니라면 양보하는 것이 낫습니다. 그렇게라도 하지 않으면 우리는 일상생활에서 수련을 할 기회는 사라질 것입니다. 이렇게 의식적으로 욕심과 이기심을 줄여 나가다 보면 어느덧 자기도 모르는 사이에 사물을 객관적으로 보는 안목을 갖게 될 것입니다.

그렇게 차츰차츰 이기심을 줄여 나가다가 무소유의 경지에 도달하면 그때 비로소 우주의 실상이 한눈에 들어오게 될 것입니다. 욕심을 버리고 우주를 거머쥐게 된다는 말입니다. 우주를 손아귀에 거머쥔 사람은 생사윤회에 다시 말려드는 일이 없어지게 될 것입니다."

도둑맞은 아내

우창석 씨가 말했다.

"선생님께서는 혹시 매주 금요일마다 KBS2에서 밤 11시 10분부터 12시 사이에 나가는 '부부 클리닉'이라는 프로를 보십니까?"

"매번 보지는 못하지만 가끔가다가 봅니다."

"그 프로에 나가는 얘기들은 독자들이 응모한 실화를 바탕으로 만들어지고 있다고 합니다. 대체로 신혼부부 사이에서 실제로 벌어지는 이혼 사건을 다루고 있습니다. 그래서 그런지 그 내용들이 현실감이 있고 충격적인 것도 있습니다. 혹시 지난 4월 12일에 나간 '도둑맞은 아내'를 보셨습니까?"

"아니요. 마침 그것은 못 보았습니다."

"저는 그것을 보고 남의 일 같지 않은 충격을 받았습니다."

"어떤 내용인데요?"

"갓 결혼한 신혼부부가 공동 노력 끝에 아파트를 한 채 장만하고 새로 입주하여 그야말로 깨가 쏟아지는 신혼살림을 막 차린 날 밤이었습니다. 남편은 증권 회사의 대리이고 아내는 여자고등학교 교사였습니다."

"맞벌이부부였군요."

"그렇습니다. 그날 밤 나란히 잠자리에 든 그들은 이제 신혼살림을 차리고 아파트까지 마련했으니 남은 것은 아이만 있으면 되겠다면서 그들은 신혼의 단꿈 속에 빠려 들어갔습니다. 그들이 깊은 잠에 든 한밤중이

246

었습니다.

딸그락 딸그락하고 문 따는 소리에 민감한 신부가 먼저 잠이 깨었습니다. 도둑이 문 따는 소리라는 것을 직감한 아내가 남편을 깨웠습니다. 신랑 역시 도둑이 만능키로 출입구를 따고 있다는 것을 알아채고는 무작정 도어 쪽으로 달려갔습니다.

그 순간 막 문을 따고 들어온 도둑과 육박전이 벌어졌습니다. 신부는 어쩔 줄 모르고 발만 동동 굴렀습니다. 남편이 아내를 보고 경비실에 연락하라고 고함을 질렀지만, 여자가 미처 문을 빠져나가기 전에 남편은 강도에게 제압당했고 여자도 강도에 의해 묶여 버렸습니다."

"강도는 한 사람뿐이었나요?"

"네, 한 사람뿐이었는데도 워낙 치밀하게 준비한 익숙한 강도의 솜씨와 완력에 둘은 속수무책이었습니다. 결국 둘은 결박을 당하고 입에는 접착테이프까지 부착되었습니다. 그러자 강도는 방안을 뒤져서 신용카드를 찾아냈습니다. 그는 날카로운 흉기를 들이대고 여자의 입에 붙은 테이프를 떼어내고 비밀번호를 대라고 윽박질렀습니다. 여자가 비밀번호를 대자 강도는 여자를 끌고 침대로 가서 남편이 길길이 뛰는 가운데 유유히 강간을 자행했습니다."

"아니 그래 여자는 반항도 못했습니까?"

"두 팔이 묶인 데다가 하도 겁에 질려서 혼비백산하여 저항다운 저항도 못 해 보고 고스란히 당한 것이죠. 그러고 나서 강도는 카드를 가지고 사라졌습니다."

"그래 그 후에 어떻게 되었습니까?"

"단란했던 신혼 가정은 순식간에 완전히 쑥밭이 되어 버린 거죠. 뭐."

"이미 화(禍)는 당한 거고 그래 무엇이 문제였습니까?"

"문제는 남자의 태도입니다. 자기가 무력해서 강도로부터 아내를 보호해 주지 못했으면 스스로 자책하고 아내가 미친개에 물린 것으로 생각하고 그 일을 잊어버리고 그전과 같은 분위기로 되돌아가면 되었을 텐데 그것이 안 되는 겁니다. 그러자 단란했던 신혼 가정도 풍비박산이 나고 말았습니다. 남자는 남자 나름대로 그 일을 잊으려고 애를 썼지만 그것이 뜻대로 안되었습니다.

여자는 자기를 기피하는 남편에게 불만을 품지 않을 수 없었습니다. 두 사람 사이의 골은 깊어만 갔습니다. 여자는 이래 가지고는 결혼생활이 불가능하다는 것을 깨닫고 차라리 합의이혼을 하기로 결심하고 남편에게 말했지만 그는 이 제의에 응하지 않았습니다. 할 수 없이 여자는 이혼 재판소를 찾았습니다. 그러나 판사들은 신중을 기할 것을 충고하면서 4주 후에 오라고 했습니다.

그러는 사이에 어느덧 한 달이 지났습니다. 엎친 데 덮친 격으로 신부는 입덧을 하게 되고 임신한 것을 알게 되었습니다. 임신 날짜를 짚어보니 공교롭게도 바로 그 강도에게 강간당한 무렵이었습니다. 마침내 임신 사실을 알게 된 신랑은 대뜸 "떼어 버려!" 하고 빽 고함부터 질렀습니다. 그러자 신부는 "당신 아이일 수도 있지 않아요?" 하고 항의했습니다.

"그때 생각만 해도 불결하니 무조건 떼어 버려."

"흥 불결하다고? 연약한 아내 하나 보호 못한 주제에 그런 말이 나와요?"

"난 그 일만 생각하면 지금도 미칠 것 같단 말요."

"그렇게 성급하게만 굴 것이 아니라 나중에 유전자 검사를 할 수 있는 방법도 있지 않아요?"

그러나 남자는 요지부동이었습니다. 결국 여자는 산부인과에 가서 중절수술을 했습니다. 그러나 그렇다고 해서 화를 당하기 전으로 돌아간 것은 아니었습니다. 그러한 어느 날 남편이 직장에서 귀가해 보니 집에 와 있어야 할 아내가 보이지 않았습니다. 이상하다고 생각하고 있는데 경찰서에서 아내로부터 전화가 걸려 왔습니다. 정신없이 경찰서로 달려가 보니 바로 그 강간범이 잡혀 와 있었습니다. 그들 부부를 마주한 경찰관이 그 강간범을 가리키면서 말했습니다.

"이 강도범에게서 이 카드가 나와서 조회해 보니 댁의 것이라는 것을 알게 되었습니다. 혹시 이자에게서 그때 이 카드 이외에 다른 것을 도난당한 것은 없는가 해서 오시라고 했습니다. 이때 부부의 시선이 자기네도 모르게 그 강간범에게 갔습니다.

부부를 주시하고 있던 강간범 역시 그들을 보고 혀를 길게 내밀고 어디 말해 볼 테면 해 보라는 시늉을 했습니다. 그 순간 화가 머리끝까지 치민 남편은 아내를 휙 나꿔채면서 경찰관에게 "다른 것은 아무것도 도난당한 것이 없습니다. 다시는 이런 일로 오라 가라 하지 말아주시오" 하고 뇌까리면서 아내를 잡아끌고 경찰서를 빠져나왔습니다.

"아니 그럴 때는 같은 강간 행위의 재발을 방지하기 위해서라도 경찰에게 솔직히 말했어야 하는 게 아닐까요?"

"제 생각도 같습니다. 그럴 때는 공공의 이익을 위해서라도 과감하게 그 사실을 밝혔어야 하는데 직접 그 일을 당한 그들의 심정은 그렇지 않았습니다. 남자는 그 사실이 외부에 알려져서 남에게 창피당하는 것에 더 마음이 씌었던 것 같습니다."

"그래서 그 후에 어떻게 됐습니까?"

"부부 사이는 그 일을 계기로 더욱더 벌어지기만 했습니다. 남자는 술로 시간을 보내고 아내 역시 머리를 길게 늘어뜨리고 야한 화장을 하고 술 마시고 디스코텍에 출입했습니다. 어느덧 4주가 되어 그들은 다시 이혼 재판소를 찾았습니다. 여자의 이혼 요구를 남자는 계속 들어 주지 않았기 때문이었습니다.

판사들은 이들 신혼부부의 딱한 사정을 장시간 심의하고 의논하고 설득도 해 보았지만 신혼부부가 동의할 만한 이렇다 할 묘수를 찾을 수 없었습니다. 수석 판사가 결론적으로 말했습니다."

"뭐라고요?"

강간범이 당신의 전생의 모습

"판사는 '두 사람의 문제는 우리 사회에서 아직 근절되지 않고 있는 남존여비 사상에서 나온 여성에 대한 순결 이데올로기를 극복하느냐 못하느냐에 달려 있습니다' 하고 남자 쪽에 책임을 돌려 버리는 듯한 발언을 끝으로 이 드라마의 장면이 끝났습니다."

"결국 아무런 판결도 내리지 못했군요."

"만약에 선생님께서 그 판사 자리에 계셨다면 어떻게 하시겠습니까?"

"남편에게는 좀 충격적이겠지만 나 같으면 이렇게 말했을 겁니다."

"어떻게 말입니까?"

"그 강간범이 바로 당신의 전생의 모습이라고 말했을 겁니다."

"인과응보의 이치를 모르는 남편이 그 말을 믿겠습니까?"

"믿고 안 믿는 것은 남자가 할 몫입니다. 나는 인생의 실상을 말해 주지 않을 수 없었을 것입니다."

"그렇다면 그 남편이 바로 전생에 그 강간범의 아내를 강간했다는 말씀입니까?"

"그렇습니다."

"그래서 금생에 똑같은 보복을 당했다는 말씀인가요?"

"그렇습니다."

"그걸 선생님께서는 어떻게 아실 수 있습니까?"

"도를 어느 정도 공부해 보면 누구에게는 그것이 훤히 내다보이는 때가 반드시 올 것입니다."

"숙명통(宿命通)이 열린다는 말씀이군요?"

"꼭 그렇다고까지 말할 수는 없지만 그 근처까지는 갔다고 할 수 있겠죠."

"만약에 남자가 그러한 인과응보의 이치를 깨닫지 못한다면 어떻게 될까요?"

"결국은 아내에게 이혼당하고 강간범을 원망하면서 혼자서 외롭게 폐인처럼 살다가 한평생을 그럭저럭 비참하게 마감하게 될 것입니다."

"언제까지 그런 생활을 하게 될까요?"

"선복악화(善福惡禍)의 이치를 깨달을 때까지 수없는 생로병사의 윤회를 되풀이하게 될 것입니다."

"선복악화란『삼일신고』에 나오는 말로, 착한 사람은 복을 받고 악한 사람은 화를 당한다는 뜻이 아닌가요?"

"그렇습니다."

"그건 누구나 다 아는 진부한 윤리가 아닐까요?"

"사람들이 그것을 진부하다고 생각하든 말든 그것은 영원히 새로운 생명력을 발휘하는 참신한 도덕률로 남아 있게 될 것입니다."

"다행히도 만약에 남자가 그러한 인과의 이치를 깨닫는다면 어떻게 되겠습니까?"

"그때는 모든 것을 자기 탓이라는 것을 알았으니 억울해할 것도 분해 할 것도 누구를 원망할 것도 없게 될 것입니다. 자업자득(自業自得)임을 스스로 깨달았으면 아내에 대한 순결 이데올로기 따위로 고민하고 말고 할 것도 없게 될 것입니다.

도리어 그는 이번 사건을 계기로 두터운 업장을 한 꺼풀 벗어 버리고 홀가분해진 심정이 되었을 것입니다. 그리고 자기의 전생의 업 때문에 뜻밖의 화를 당한 아내에게 무릎 꿇고 사죄했을 것입니다. 그리고 그전 보다 더 아내를 사랑하게 되었을 것입니다. 이러한 남편을 두고 이혼을 하겠다는 여자가 세상에 어디에 있겠습니까?"

"그런데 선생님, 만약에 그들 부부가 경찰에 불려갔을 때 강간당한 것을 사실대로 말했다면 어떻게 되었을까요?"

"강도죄에 강간죄가 추가되었겠죠."

"제가 알고 싶은 것은 그것이 아니고 그것이 도리어 보복의 악순환을 불러오는 게 아닌가 하는 겁니다. 다시 말해서 그 강도 강간범은 징역살 이를 한 후에 그들에게 보복을 하지 않을까 하는 겁니다."

"재범을 방지하기 위해서는 그만한 각오까지 해야 할 것입니다. 보복 을 당할 것만 겁낸다면 강간 사실을 그대로 경찰에게 말할 사람은 아무 도 없을 것입니다. 강간범은 바로 이 약점을 노린 겁니다. 그러나 그러 한 보복 가능성까지도 감안하여 강간범의 재범을 방지하겠다는 의지는 이 사회의 공공의 이익에 합치되는 것이므로 용기 있는 사람이라면 한 번 해 볼 만한 일입니다. 강간범의 협박에 움츠러들기보다는 이에 감연히 맞선다면 강간범은 도리어 그 기개에 짓눌리게 될 것입니다. 그 범인은 징역살이를 하고 난 뒤에 신고당할 위험까지 무릅쓰고도 바로 그들 부부의 집을 목표로 삼지는 못할 것입니다.

이것은 범죄 심리를 조금이라고 생각해 보면 금방 알게 될 것입니다. 그러므로 그 강간범은 바보가 아닌 이상 다른 집을 택할 것입니다. 그러나 그 강간범이 깊은 원한을 품고 다시 침입할 우려가 없는 것도 아닙니다. 그럴 때는 경찰의 협조를 받아 예방 대책에 만전을 기해야 할 것입니다.

그들 부부가 만약에 범죄 예방을 위해서 비상시에 항상 손이 닿을 수 있는 곳에 비상벨 단추를 설치하기만 했어도 그러한 범죄는 얼마든지 방지할 수 있었을 것입니다. 그것이 안심이 안 된다면 평소에 무술 실력을 길러놓는 것도 한 방법이 될 수 있을 것입니다."

"어디까지나 유비무환(有備無患)의 태세를 갖추라는 말씀이군요."

"그렇습니다."

"그렇게 철두철미하게 대비를 했는데도 화를 당할 수 있는 것이 아닐까요?"

"진인사대천명(盡人事待天命)이라고 하지 않습니까? 사람으로서 할 수 있는 일을 다했는데도 끝내 화를 또 당했다면 그건 하늘의 뜻이라고 보아야겠죠."

"하늘의 뜻이라뇨?"

"인과응보를 뜻하는 말입니다. 내가 과거 생에 착한 일을 했더라면 복을 받았을 텐데 화를 당하는 것을 보니 아직도 내가 과거 생에 악한 짓을 한 업이 다 풀리지 않았구나 하고 생각하고 그 화를 겸허하게 받아들

인다면 업장 하나를 또 벗어 던지게 될 것입니다. 그리고 그만큼 그의
생명력은 또 한 번의 진화의 과정을 밟게 될 것입니다."

"결국 당해야 할 화라면 피하려고만 할 것이 아니라 과감하게 정면으
로 맞아들이자는 말씀이군요."

"그렇습니다. 내가 저지른 업이라면 언제 받아도 받을 것입니다. 조금
일찍 받고 늦게 받고의 차이밖에 더 있겠습니까?"

삼공선도의 특징

우창석 씨가 말했다.

"제가 삼공선도 공부를 한다고 하면 동료들은 흔히 삼공선도가 요가나 참선이나 단학이나 각종 명상과 같은 수련법과 다른 점이 무엇이냐고 질문을 합니다. 그런 때는 얼른 말문이 열리지 않습니다. 이런 때는 뭐라고 대답하는 것이 좋겠습니까?"

"이름 그대로 마음공부, 기공부, 몸공부 세 가지를 조화롭게 하는 것이라고 말하면 되지 않겠습니까?"

"그건 저도 알겠는데요. 그것만 가지고는 아무래도 설득력이 좀 부족한 것 같아서 그럽니다. 세 가지 공부는 마치 『삼일신고』에 나오는 '지감(止感), 조식(調息), 금촉(禁觸)하여 일의화행(一意化行) 반망즉진(返妄卽眞) 발대신기(發大神機)하나니 성통공완(性通功完)이 시(是)니라' 한 것을 그대로 베낀 것 같은 느낌이 들어서 그렇습니다."

"그러나 실상은 방금 인용한 『삼일신고』의 구절 속에 삼공선도의 골자는 다 들어 있습니다. 지감은 마음공부이고, 조식은 기공부이며, 금촉은 몸공부입니다."

"그럼 일의화행(一意化行)은 무슨 뜻입니까?"

"일(一)은 하나 즉 진리를 말합니다. 일시무시일(一始無始一) 일종무종일(一終無終一) 할 때의 그 하나입니다. 만물의 근원입니다. 불교에서 말하는 공(空)과 색(色)을 합친 것이며 진공묘유(眞空妙有)이기도 합니

255

다. 일의(一意)는 바로 그 하나의 뜻을 말합니다. 다시 말해서 하나의 뜻속에는 유무(有無), 생사(生死), 너와 나, 선악, 시간과 공간이 존재하지 않는 진리와 실상이 들어 있습니다. 따라서 일의화행(一意化行)은 진리의 세계를 실현한다는 뜻입니다."

"그럼 반망즉진(返妄卽眞)은 무슨 뜻입니까?"

"알기 쉽게 말해서 번뇌 망상을 디딤돌로 하여 진리를 깨닫게 한다는 뜻입니다. 구도자가 자신의 존재의 실상을 알아내기 위해서 자기성찰(自己省察), 관찰(觀察), 관(觀), 명상(瞑想)을 일상생활화 하는 것을 말합니다. 여기서 번뇌 망상은 진리를 깨닫기 위한 발판이요 도약대가 된다는 뜻입니다."

"그렇군요. 그럼 발대신기(發大神機)는 무엇을 말합니까?"

"일의화행, 반망즉진의 수행 과정을 계속 추적하다가 보면 어느 수준에 도달해서는 제방에 고여든 물이 넘치는 때가 오듯 작은 깨달음들이 모여서 큰 깨달음의 순간이 다가온다는 뜻입니다. 발대신기(發大神機)란 신령스러운 깨달음의 기틀이 크게 발현된다는 뜻입니다.

다시 말해서 큰 깨달음의 기회가 다가온다는 말입니다. 성통공완(性通功完)이 시(是)나라 한 것은 이것이 바로 성통공완이라는 뜻입니다. 성통공완이란 견성성불(見性成佛), 견성 해탈(見性解脫)이란 말과 같은 뜻입니다.

'지감조식금촉(止感調息禁觸)하여 일의화행(一意化行), 반망즉진(返妄卽眞), 발대신기(發大神機)하나니 성통공완(性通功完)이 시(是)나라' 속에는 삼공선도의 수행 과정이 일목요연하게 압축 요약되어 있다고 해도 과언이 아닙니다."

"물론 그것이 골간이 되어 있다는 것은 잘 알겠는데요 그 밖에 좀 특이한 무엇이 없겠습니까?"

"그것 이외에 내가 『선도체험기』 시리즈를 통하여 일관되게 주장하여 온 핵심 사항이 있는데 그게 무엇인지 생각나지 않습니까?"

"글쎄요. 얼른 생각이 나지 않는데요."

"그럼 지금껏 『선도체험기』를 헛읽었군요."

"죄송합니다."

"잘 좀 생각해 보세요."

"혹시 역지사지 정신이 아닙니까?"

"맞긴 맞습니다만 그것보다 앞서서 강조한 것이 있습니다."

"아 이제 생각났습니다."

"어디 말해 보세요?"

"마음을 열라는 것이 아닙니다."

"그 말도 틀리지는 않습니다. 그러나 마음을 연다는 것은 지극히 추상적이고 관념적인 표현입니다. 마음을 열기 위해서 대인관계(對人關係)에서 우리가 반드시 거쳐야 할 과정이 있습니다."

"아아, 이제 알았습니다."

"말해 보세요."

"거래형(去來型) 인간이 되라는 겁니다."

"그렇습니다."

"그런데 선생님께서는 왜 하필이면 거래형 인간이 될 것을 처음부터 강조하시게 되었는지 그것이 궁금합니다."

"그럴 것입니다. 그러면 지금부터 그 이유를 설명하겠습니다. 인간이란 처음부터 영원성과 무한성을 골고루 갖춘 완벽한 진리 그 자체입니다. 이미 완전히 깨달은 존재이고 구원받은 존재입니다. 그것을 자성(自性) 또는 진아(眞我)라고 합니다.

그런데 그러한 진아가 어떤 계기로 이기심이 발동되어 업장을 쌓게 되었습니다. 그로 인하여 오늘날과 같은 인간이 되어 지구상에 태어나 생로병사의 윤회를 거듭하게 된 겁니다. 우리들 내부에는 완벽한 진아가 엄연히 자리잡고 있건만 바로 이 업장이 여러 겹으로 가리고 있어서 우리는 진아와 멀어지게 된 것이죠.

우리가 지상에 인간으로 태어난 것은 자기 자신의 이기심이 빚어낸 업장을 해소함으로써 원래의 진아를 되찾으라는 사명을 완수하기 위해서입니다. 그런데 내가 지금까지 적지 않은 인생을 살아오면서 곰곰이 관찰해 온 바에 따르면 우리가 무수한 과거 생에 걸쳐서 켜켜이 쌓아 온 업장은 거의가 다 부적절한 대인관계에 그 원인이 있었다는 것입니다."

"부적절한 대인관계라면 무엇을 말합니까?"

"좀더 알기 쉽게 말해서 남과의 관계에서 이기심과 욕심 때문에 업장이 쌓이게 되었다는 것입니다. 따라서 그 업장만 해소하면, 마치 안개가 걷히면 수려한 자연 경관이 드러나듯, 우리의 진아는 자동적으로 드러나게 되어 있습니다."

"요컨대 그 업장을 어떻게 해소하느냐가 문제겠군요."

"그렇습니다. 그 업장을 해소하는 방법은 무엇이냐 그겁니다. 여기에 착상한 것이 거래형 인간이 되자는 겁니다."

거래형 인간

"그런데 왜 하필이면 거래형 인간입니까?"

"군대에서 총기 분해 결합할 때 흔히 말하는 분해(分解)는 결합(結合)의 역순(逆順)이라고 하지 않습니까?"

"그렇죠."

"여기서도 같은 원리를 적용하면 됩니다. 이기심과 욕심 때문에 쌓은 업장이니까 그 이기심과 욕심을 거슬러 올라가는 첫걸음을 나는 거래형 인간이 되는 것으로 본 것입니다. 우리가 대인관계에서 남에게 불만과 원한을 품게 하는 원인은 무엇이라고 생각합니까?"

"나는 상대에게 하느라고 해 주었는데도 상대는 그것도 모르고 나에게 박절하게 대한다든가, 상대가 위급할 때 도와달라고 애원해서 성심껏 없는 돈을 긁어모아 마련해 주었건만 형편이 좋아졌는데도 갚을 생각을 하지 않고 떼어먹었으므로 은혜를 원수로 갚는다든가 하는 일 등등입니다."

"상대에게 은혜를 입었으면 갚아야 되는데 그걸 못해서 세세연년(歲歲年年) 업장은 쌓여만 가는 것입니다. 요컨대 우리가 대인관계에서 남에게 불만과 원한을 사게 하는 원인은 각자의 이기심 때문입니다."

"그렇다면 이기심 때문에 생긴 업장이니까 아예 처음부터 그 반대로 남을 돕는 일을 하면 업장을 해소하는 더 빠른 지름길이 되지 않을까요?"

"그건 옳은 말입니다. 그러나 이기심만 가지고 살아오던 사람을 보고 갑자기 남을 도와주라고 하면 누구나 수긍하려 하지 않을 것입니다. 그럴 때는 보시(布施)나 이타행(利他行)보다는 거래형 인간이 되는 것은 훨씬 더 실천하기 쉽고 설득력이 있습니다.

내가 이 세상을 살아가는 동안 적어도 남에게 도움이 되는 인간이 되

지는 못할망정 최소한 남에게 폐를 끼치는 인간이 되어서는 안 되겠다
하는 것이 사실은 나의 인생의 첫 번째 목표였습니다.

그러기 위해서는 남에게서 은혜를 입었으면 반드시 되갚을 줄 아는
인간이 되어야 합니다. 이것이 바로 마음을 여는 제일 첫 번째 단계입니
다. 그러나 대부분의 사람들은 남의 것을 어떻게 해서든지 뜯어내는 데
는 혈안이 되어 있어도 자기가 뜯어낸 만큼 되돌려주는 데는 말할 수 없
이 인색합니다.

이 세상의 모든 불화와 갈등과 분쟁의 원인은 남의 것을 챙길 줄만 알
았지 되갚을 줄을 모르는 데서 야기됩니다. 공짜만 챙길 줄 아는 얌체를
보고 우리는 마음이 꽉 막힌 사람이라고 합니다. 여기에서 숨통을 트기
위해서는 최소한 남에게서 받은 것만큼 되돌려줄 줄 아는 거래형 인간
이 되자는 겁니다."

"거기까지는 잘 알겠습니다. 그런데 거래형 인간이 되는 것과 수행과
는 어떤 관계가 있습니까?"

"수행자들 중에는 참선과 명상을 5년 10년씩 했는데도 이렇다 할 진전
이 없는 경우가 흔히 있습니다. 나의 관찰에 의하면 거의 백발백중 그러
한 수행자는 마음이 꽉 막혀 있습니다. 속에 이기심만 가득차 있어서 남
의 은혜를 입고도 갚을 줄 몰라 마음이 꽉 막혀 있어서 아무리 명상을
하고 이뭐꼬 화두를 잡아도 별 진전이 없습니다.

수련에만 진전이 없는 것이 아니라 이런 사람은 기의 유통도 제대로
되지 않아 뇌졸중, 중풍, 당뇨, 고혈압, 심장병, 비만 같은 고질병을 잘
앓게 됩니다. 마음이 막히면 기의 유통도 막히게 되어 있는 것이 자연의
이치입니다. 그 대신 남에게서 받았으면 줄 줄도 아는 사람은 남을 배려

하는 마음까지도 싹트게 되어 원활한 상호 교류가 이루어져 마음이 차츰 열리게 되고 마음이 열리니까 기운이 유통도 원활해져서 수련도 잘되고 온갖 고질병에서도 신속히 회복되는 것을 볼 수 있습니다.

거래형 인간이 되는 것은 상호주의를 일상생활에서 실천하자는 것입니다. 그런데 이것을 말하기는 쉽지만 수없이 많은 전생을 살아오면서 쌓이고 쌓인 두터운 이기심의 업습(業習) 때문에 하루아침에 거래형 인간이 되는 것이 결코 쉬운 일이 아닙니다.

특히 공짜 좋아하고 인색한 사람은 거래형 인간이 되는 것이 보통 어려운 일이 아닙니다. 그러나 구도자가 되기로 결심한 사람은 무슨 일이 있든지 거래형 인간, 상호주의적 인간이 되지 않는 한 수련은 한 치도 전진할 수 없다는 것을 명심해야 할 것입니다.

개인은 남들과의 접촉에서 주고받는 사이에 스스로 변화하게 되어 있습니다. 변화하지 않으면 고인 물웅덩이와 같아 속에서부터 썩어 버리게 되어 있습니다. 개인만 그런 것이 아니라 회사도 단체도 국가도 마찬가지입니다.

상호주의를 거부하는 북한은 해방 후 57년 동안 하나도 변한 것이 없습니다. 사회주의적 집단 농장, 개인숭배, 중앙 통제제도 등은 추호도 변하지 않았습니다. 세계에 유례가 없는 일입니다. 무엇 때문인가? 지배층의 집단이기주의 때문입니다. 거래와 상호주의는 인간이 생존 발전하기 위한 근원적인 방편입니다. 이기심만 고집하는 개인이나 집단은 바로 그 때문에 반드시 멸망하게 되어 있습니다.

거래와 상호주의는 이기심에서 벗어나는 첫걸음입니다. 수련이란 이기심에서 벗어나기 위한 공부의 과정입니다. 이기심에서 벗어나지 못한 채 수련하는 사람은 수행 도중에 신통력이 생기면 백발백중 그것을 돈 벌이에 이용하려고 합니다. 그 때문에 사이비 교주들이 생겨나 사회에 항상 물의를 일으키곤 합니다. 그래서 나는 이기심에서 벗어나 거래형 인간이 되는 것을 수행의 첫 번째 관문으로 삼은 겁니다."

"거래형 인간에서 한 단계 더 발전하면 어떻게 됩니까?"

"받고 주는 단계가 최초의 단계이고 그다음 단계는 먼저 주고 나서 받는 단계로 발전하게 되어 있습니다. 남에게서 혜택을 받고 나서 은혜를 갚는 것은 소극적인 거래라고 할 수 있습니다. 그러나 자기 스스로 남을 배려하여 상대에게 무엇이 부족한가를 먼저 알아내어 먼저 베푸는 것은 적극적 거래라고 할 수 있습니다.

그러나 아무리 적극적인 거래를 한다고 해도 상대가 얌체 모양 받을 줄만 알았지 줄 줄은 모르면 그 거래는 조만간 끊어지게 되어 있습니다. 아무리 성인이라고 해도 밑 빠진 독에 계속 물만 퍼붓는 어리석은 짓은 하지 않습니다.

여기에서 할 걸음 더 발전하면 남을 위해 주는 것이 결국은 자기 자신을 위해 주는 것이라는 이치를 깨닫게 됩니다. 애인여기(愛人如己), 역지사지(易地思之), 여인방편자기방편(與人方便自己方便)이 바로 그 단계입니다. 마음이 이 정도로 열린 사람은 관(觀)을 해도 화두를 잡아도 명상을 해도 막히지 않게 되어 있습니다.

그러나 나는 구도에 뜻을 두는 초보자에게 굳이 애인여기, 역지사지, 방하착, 여인방편자기방편과 같은 고도의 이타 정신을 발휘할 것을 요구하지는 않습니다. 그것은 스스로 다가오는 것이지 남의 권고 같은 것으로 되는 것은 아니기 때문입니다.

　그래서 나는 모든 구도자는 관을 하기 전에, 그리고 화두를 잡기 전에 그리고 명상에 들기 전에 먼저 거래형 인간이 되어 마음의 빗장을 조금이라도 열어 두어야 한다고 말합니다. 왜냐하면 마음 문이 꽉 막힌 사람은 수행을 백 년, 천 년을 해도 별 진전이 없기 때문입니다."

　"지금까지 말씀하신 것을 요약하면 삼공선도의 특징이란 첫째 마음공부, 기공부, 몸공부의 세 가지 공부를 조화롭게 하는 것이고 두 번째가 거래형 인간이 되는 것입니다. 그 밖에 다른 특징은 또 없습니까?"

　"왜 없겠습니까? 얼마든지 있을 수 있죠. 그러나 우선은 그 두 가지만이라도 알아 두시면 다른 수련 방법과 구별되는 특징을 말할 수 있을 것입니다."

　"그래도 몇 가지는 더 있어야 하지 않겠습니까?"

　"굳이 말해 달라면 삼공선도 수행자는 남녀노소를 막론하고 단전호흡 이외에도 하루에 걷기나 달리기를 한 시간 이상씩 해야 하고 꼭 도인체조를 30분 이상씩 하고, 일주일에 한 번씩은 반드시 6, 7시간의 등산을 해야 합니다."

　"그건 육체 운동이 아닙니까?"

　"그렇습니다. 육체 운동입니다. 육체 운동 중에도 유산소 운동입니다. 삼공선도 수행자는 이러한 육체 운동을 반드시 밥 먹듯이 실천해야 합니다."

　"그렇게 운동을 생활화해야 할 이유가 어디에 있습니까?"

　"수행의 기본적인 전제 조건은 건강이기 때문입니다. 건강해야 할 뿐만 아니라 몸이 항상 유연해야 합니다."

　"그것은 무엇 때문이죠?"

수승화강(水昇火降)

"몸이 유연하지 않으면 기운의 유통이 잘되지 않기 때문입니다. 운기(運氣)가 제대로 되어야 수승화강(水昇火降)이 이루어집니다. 수승화강이 되는 사람이라야 승유지기(乘遊至氣)를 할 수 있습니다. 승유지기를 할 줄 아는 사람이라야 관(觀)을 하거나 화두를 잡거나 명상을 해도 막히지 않게 되어 있습니다."

"승유지기(乘遊至氣)란 무엇을 말합니까?"

"글자 그대로 지극한 기운을 타고 노닌다는 뜻입니다. 좀더 구체적으로 말하자면 신방광의 서늘한 수기(水氣)는 머리로 올라가고 머리의 따뜻한 화기(火氣)는 아래로 내려오는 기의 순환이 이루어져, 하단전은 항상 화로처럼 따뜻하고 머리 부분은 가을바람처럼 시원하여 수승화강(水昇火降)이 잠시도 중단되는 일이 없는 경지를 말합니다."

"지금까지 기공부와 몸공부에 대해서는 구체적으로 말씀해 주셨는데 마음공부에 대해서도 좀더 자세히 말씀해 주실 수 없겠습니까?"

"거래형 인간이 되어야 한다는 것 역시 삼공선도에서는 마음공부의 출발점입니다. 그러나 사실은 이것에 앞서는 것은 관(觀)과 자기성찰(自己省察)입니다. 거래형 인간을 출발점으로 하여 역지사지, 방하착(放下着), 애인여기(愛人如己), 여인방편자기방편(與人方便自己方便)으로 이타행을 확대해 나가는 수행 과정 역시 끊임없는 관(觀)과 자기성찰에서 나온 결과입니다.

그러나 이상과 같은 마음공부의 방편들을 일일이 다 말하기는 번잡하니까 이것을 최대한으로 요약한 것이 '바르고 착하고 지혜롭게 살자'는 것입니다. 이것을 다시 단 세 글자로 요약 압축한 것이 정선혜(正善慧)

입니다."

"그렇게 삼공선도를 수행하여 수행자가 얻고자 하는 것은 무엇입니까?"

"우선 우리가 이 지구상에서 사는 날까지 건강하고 마음 편하게 살자는 겁니다. 그렇게 함으로써 생로병사의 윤회에서 벗어나기 위해서입니다. 그러자면 구도자는 자기 존재의 실상을 깨달아야 합니다."

"견성(見性)을 말씀하시는 겁니까?"

"그렇습니다."

"어떻게 하면 견성을 할 수 있을까요?"

"지금까지 얘기한 삼공선도 공부를 꾸준히 성실하게 밀고 나가면 누구나 조만간 자기 자신의 자성을 체험으로 알 수 있습니다."

"견성한 사람에게서 제일 먼저 나타나는 특징은 무엇입니까?"

"명리(名利)나 오욕칠정(五慾七情)에 더이상 매달리는 일이 없어집니다."

"요가 책을 보니까 견성을 하면 황홀한 삼매경을 경험한다고 하던데요."

"황홀한 삼매지경을 경험해 보았자 그때뿐이죠. 그것이 언제까지나 계속되는 것은 아닙니다."

"그럼 견성한 사람은 어떻게 해야 합니까?"

"견성을 한다는 것은 도(道)를 얻는 것을 말합니다. 천하를 얻은 사람은 죽음과 더불어 그것을 잃어버리지만 구도자가 얻은 도는 죽어도 없어지는 일이 없습니다. 바로 이러한 것이 도입니다. 그러나 도를 얻었으면 다시 일상으로 돌아가 때가 이르면 하화중생(下化衆生)을 해야 합니다."

"그게 무슨 뜻입니까?"

"자기가 수행 중에 깨달은 경험들을 필요로 하는 사람들에게 알려 주는 것을 말합니다. 그렇게 함으로써 그 자신이 도를 얻는 데 음으로 양으로 도와준 사람들에게 은혜를 갚게 되는 것입니다. 그러한 사람의 일상생활은 그것 자체가 하화중생(下化衆生)이 됩니다."

〈68권〉

수해(水害)도 인과응보입니까?

우창석 씨가 말했다.

"이번 루사호 태풍으로 우리나라는 280여 명의 인명 피해와 5조 4천억 원 이상의 재산 피해를 입었고 수십만의 이재민이 발생했습니다. 이러한 대형 태풍 피해로 사망한 사람과 이재민도 인과응보로 그렇게 된 것일까요?"

"그렇고말고요. 이 우주 안에 발생하는 어떠한 자연재해나 사건이든지 그리고 집단이든 개인이든 그들에게 일어나는 생사길흉화복(生死吉凶禍福)의 일체는 인과응보 아닌 것은 하나도 없습니다."

"선생님, 그런데 전 어쩐지 그렇게 생각되지 않습니다."

"왜요?"

"자연재해로 그런 재난이 일어났는데 그것을 어떻게 인간 각 개인의 인과응보라고 말할 수 있는지 도저히 이해가 되지 않습니다."

"그러나 그 자연재해 역시 인과응보입니다."

"자연재해는 일종의 천재지변인데 그걸 어떻게 인과응보라고 말할 수 있겠습니까?"

"그 천재지변 역시 인과응보로 인한 것입니다. 자연재해건 천재지변이건 곰곰이 따져보면 우연히 일어난 것은 하나도 없습니다. 따지고 보면 다 그럴 만한 이유가 있었기 때문에 그렇게 된 것입니다.

가령 지나친 화석 연료의 남용으로 인한 유독 가스의 과다 방출로 구름층이 두꺼워져 정상적인 햇빛의 투과가 어려워져서 엘니뇨와 라니냐 같은 이상기후 현상이 일어나 갑자기 게릴라성 폭우가 쏟아지는 기후 패턴의 출현과 같은 것입니다. 따라서 아무리 천재지변이라 해도 이유 없는 결과란 있을 수 없는 것이 자연의 이치입니다."

"자연재해니 천재지변이니 하는 것은 그렇다 치고 그렇다면 각 개인에게 일어나는 좋은 일, 궂은일은 어떻게 됩니까?"

"그것 역시 인과응보의 산물입니다."

"그럼 이번 루사호 태풍으로 졸지에 집과 전답이 휩쓸려 내려가 흔적도 없이 사라져 버려 무일푼이 되어 버린 이재민이나 홍수로 목숨을 잃어버린 사람들도 모두가 다 그 개인의 인과응보라고 보아야 합니까?"

"그렇고말고요."

"아무리 생각해 보아도 목숨을 잃거나 재산을 몽땅 잃어버릴 정도로 남에게 모진 일을 저지른 일이 없는데도, 특정 지역에 사는 사람들만 그런 재해를 입었는데도 그것이 다 인과응보 때문이라면 그것이야말로 불공평한 일이 아닙니까?"

"그거야 그렇게 생각하는 사람의 생각이 짧기 때문이지 인과응보의 이치에 불공평한 점이 있는 것은 아닙니다."

"그러나 생각해 보세요. 아무리 생각해 보아도 목숨을 잃거나 재산을 몽땅 잃어버릴 정도로 남에게 모진 일을 저지른 일이 없는데도 그런 재난을 당했다면 그것이 어찌 불공평하다고 말하지 않을 수 있겠습니까?"

"그렇게 말하는 것은 어디까지나 눈에 보이는 금생의 일만을 말하는 것이지 금생에는 보이지 않는 전생의 일까지 보고서 하는 말은 아니지 않습니까?"

"그러나 보통 사람들은 누가 전생 같은 것을 인정하겠습니까?"

"어느 개인이 알 수도 없는 전생의 잘못을 시인할 수 없다고 말한다고 해도 그 사람의 업장이 해소되는 것은 아닙니다. 어떤 사람이 정신이 흐려져서 과거의 잘못을 기억해 낼 수 없다고 해도 그가 저질렀던 죄업이 없어지는 것도 아니고, 그로 인하여 그가 받을 대가나 처벌도 없어지는 것은 결코 아닙니다."

"하긴 금생의 인과응보가 아니라 전생에 저지른 잘못에 대한 인과응보 때문이라면 저도 할 말이 없습니다."

"그러니까 금생에 아무 이유도 원인도 없이 당하는 불의의 사고는 수 없는 전생의 어느 생에서 저지른 잘못에서 유래되었다는 것이 틀림없다는 것은 알아야 합니다. 이유 없는 결과는 절대로 있을 수 없기 때문입니다.

어떤 사람은 불의에 큰 재난을 당하고 나서 왜 하필이면 지구상의 60억 인구 중에서 내가 그 일을 당해야 하느냐 하면서 그 억울함을 하소연하는 경우를 볼 수 있습니다. 그러나 그런 생각을 하는 것 역시 알고 보면 생각이 짧고 어리석기 짝이 없습니다."

"과연 그럴까요?"

"그럼요. 모든 존재에게 일어나는 일체의 재난은 그 자신이 원인이 되지 않고 일어나는 일은 절대로 있을 수 없기 때문입니다."

"그럼 나에게 닥치는 어떠한 불행도 남의 탓이 아니고 전부 다 내 탓이라고 보아야 하겠군요."

"그렇고말고요. 그게 사실이고 진실이니까요."

"그런데 대부분의 사람들은 재난의 원인을 남의 탓으로 돌리지 않습니까? 둑이 무너진 것은 시공자나 관련 공무원의 잘못으로 돌리고 재난이 일단 일어난 뒤에는 정부의 늑장 대응에 분통을 터뜨리지 않습니까?"

"그런 경우 물론 시공자나 관련 공무원이 일차적인 책임을 면할 길은 없습니다. 그렇다고 해서 이재민이 그들을 원망하고 분통을 터뜨려 보았자 마음에 상처만 입을 뿐이지 나아지는 것은 아무것도 없습니다. 그런 때일수록 냉정하고 침착하게 대응해야지 남을 원망하고 분통을 터뜨리는 것이야말로 어리석은 짓입니다. 그렇게 해도 달라지는 것은 아무것도 없으니까요."

"그럼 인생을 살아가면서 어떠한 길흉화복(吉凶禍福)을 당해도 전부 다 내 탓이라고만 생각해야 되겠군요."

"그렇습니다. 그렇게 생각하는 사람이야말로 가장 축복받은 사람이라고 말할 수 있습니다. 왜냐하면 그것이 진실이기 때문입니다."

"축복받은 사람이라는 것은 무슨 뜻입니까?"

"그렇게 모든 것을 자기 탓으로 돌리는 사람은 남을 원망하는 일이 없을 것이기 때문입니다. 무슨 재난을 당해도 남을 원망하지 않는 사람이야말로 가장 지혜로운 사람입니다. 지혜로운 사람은 보이지 않는 우주로부터 큰 기운과 능력을 공급받을 수 있습니다.

재난을 당하고 나서 그 책임을 남의 탓으로 돌리는 사람은 반드시 남을 원망하고 미워하게 됩니다. 그 원망과 미움이 보이지 않는 우주로부터 공급되는 큰 기운과 능력과 지혜를 가로막게 됩니다."

"그렇지만 남을 원망하고 미워하지 않기만 하는데도 보이지 않는 우주로부터 큰 기운과 능력과 지혜를 받을 수 있다는 말씀은 아무래도 잘 이해가 되지 않는데요?"

"모든 것을 내 탓으로 돌리는 사람은 남을 원망하거나 증오하지 않게 되므로 우선 마음이 평온합니다. 마음이 평온한 사람만이 자기 존재의 근원으로부터 오는 큰 힘과 사랑과 지혜를 퍼내어 쓸 수 있습니다. 마음이 불편하고 근심걱정에 꽉 차 있고 원한과 미움으로 충만해 있는 사람은 바로 그러한 불안 요인들이 그 자신의 존재의 근원을 가려서 능력도 지혜도 사랑도 구사할 수가 없게 되어 있습니다."

"존재의 근원이란 무엇입니까?"

"존재의 근원이란 바로 우주의 근원입니다."

"그럼 우주의 근원은 또 무엇입니까?"

"우주의 근원은 모든 존재의 실상입니다."

"남을 미워하지 않고 원망하지 않을 수 있으려면 어떻게 해야 합니까?"

"자기 존재의 실상을 깨달아야 합니다. 구도자와 수행자는 바로 그 깨달음을 위해서 공부를 합니다."

〈69권〉

사람은 어디서 왔나?

우창석 씨가 말했다.

"선생님, 오늘 아침에 조깅을 하는데 교회 전도사인 듯한 중년 부인이 손바닥만한 전도지(傳道紙)를 나누어주기에 무심코 받아서 주머니 속에 넣었다가 나중에 꺼내 보니 다음과 같은 구절이 눈에 들어왔습니다.

'생각해 보셨습니까? 인간은 어디서 왔습니까? 인간은 창조주 하나님이 태어나게 하셨습니다. 그러므로 세상에 보낸 분명한 목적이 있습니다. 해야 할 귀중한 사명이 있습니다. 그것이 무엇인지 생각해 보셨습니까?

여기서 '인간은 창조주 하나님이 태어나게 하셨습니다' 하는 대목에 대해서 선생님께서는 어떻게 생각하십니까?"

"인간은 창조주 하나님이 태어나게 한 것이 아니라 다른 누구도 아닌 자기 자신이 태어나게 했다고 해야 보다 정확한 표현이 됩니다."

"그럼 창조주 하나님은 누구입니까?"

"그야 다른 누구도 아닌 창조주 자기 자신이죠."

"왜 그렇게 생각하십니까?"

"이 우주 안에서 자기 자신을 지금과 같은 존재로 있게 만든 것은 나 자신 이외에 아무도 책임질 주체가 따로 없기 때문입니다."

"그런데 왜 교회에서는 '인간은 창조주 하나님이 태어나게 하셨습니다' 하는 것일까요?"

"언제부터인지는 모르지만 교회에서는 그전부터 목사님들이 그렇게들 말해 왔으니까 습관적으로 되풀이해 오다가 보니까 그렇게 되었을 것입 니다. 교회라는 것이 원래 남을 믿는 것을 가르치는 곳이니까요.

그런 조직을 유지 관리하려면 교인들로부터 성금을 받아 내야 하고 그러자면 자기를 지배하고 관리할 뿐만 아니라 자신의 생사길흉화복(生 死吉凶禍福)까지 주관하는 절대적 존재를 숭배하지 않을 수 없지 않겠 습니까? 그러니까 그렇게 말할 수밖에 없었을 것입니다. 만약에 처음부 터 교회에서 자력 수행(自力修行)과 자립심을 가르친다면 누가 교회에 나오려 하겠습니까?"

"그렇다면 '창조주 하나님'의 실체는 과연 무엇일까요?"

"창조주 하나님이야말로 나의 인과응보(因果應報)를 주관하는 나 자 신이요 또한 우주의식 그 자체라고 할 수 있습니다."

"그럼 내가 이 세상에 태어난 것은 자업자득(自業自得)이란 말씀이군요."

"그렇습니다. 한 치의 오차도 없이 우창석 씨가 심은 대로 거둔 결과 가 바로 이 세상에 우창석 씨가 되어 태어난 것입니다."

"그다음에 나오는 말인데 '그러므로 세상에 보낸 분명한 목적이 있습 니다' 하는 대목은 무엇을 말하는 것일까요?"

"이 세상에 핑계 없는 무덤은 없다는 말 그대로 사람은 누구나 자기가 이 세상에 태어난 목적이 있습니다."

"그것이 무엇일까요?"

"이 세상에 태어난 사람은 누구나 숙명적으로 생로병사(生老病死)의 윤회라는 고통을 겪어야 합니다. 그것은 과거 생의 업장(業障) 즉 죄업에 대한 속죄이기도 합니다. 그 업장에서 벗어나는 것이 이 세상에 태어난 사람들의 일차적인 목적입니다. 이 목적을 깨닫고 열심히 인생 공부를 하여 그 업장에서 일단 벗어나야 합니다. 그것이 바로 해야 할 일입니다."

"그다음에는 '해야 할 귀중한 사명이 있습니다' 하고 적혀 있는데 그 귀중한 사명이라는 것이 무엇일까요?"

"속죄하는 과정에서 깨달은 진리를 이웃에게 널리 알리는 겁니다. 이러한 과정을 일컬어 불교에서는 상구보리(上求菩提) 하화중생(下化衆生)이라고 합니다. 쉽게 말해서 진리를 깨달아 자기 혼자만 알고 즐기는 것이 아니고 그것을 이웃에 널리 알리는 것입니다. 이것이 바로 이 세상에 태어난 사람들이면 누구나 다해야 할 삶의 두 번째 목적이고 동시에 사명인 것입니다."

"진리를 깨닫는다는 것은 구체적으로 무엇을 말합니까?"

"궁극적으로는 우아일체(宇我一體)가 되는 것을 말합니다."

"우아일체가 무엇입니까?"

"신인일치(神人一致)를 말합니다."

"신인일치는 또 무엇입니까?"

"신과 내가 하나가 된다는 말입니다."

"그럼 우리가 이 세상에 태어난 목적이 우주와 하나가 되고 신과 하나가 되어 하나님이 되는 것이라는 말씀인가요?"

"바로 그겁니다. 인간은 바로 우주 그 자체요. 우주의식의 구현체(具顯體)인 하나님 자체입니다."

"그런 인간이 어떻게 하다가 생로병사의 윤회 속에서 허덕이는 존재로 추락하였을까요?"

"탐진치(貪瞋癡)가 발동되어 그렇게 되었습니다."

"탐진치가 무엇입니까?"

"그게 바로 탐욕, 성냄, 어리석음인데 한마디로 이기심이라고 하는 것입니다."

"그러면 그 이기심만 우리의 마음에서 다 비워 버린다면 누구나 우주의식과 하나가 될 수 있고 하나님과 한 몸이 될 수 있다는 말씀인가요?"

인간계(人間界)의 위치

"그렇습니다. 최소한 우아일체가 될 수 있는 멀고 먼 과정을 향하여 확실히 첫발을 내디딘 것이 틀림이 없습니다."

"그게 무슨 뜻입니까?"

"이기심을 여읨으로써 우선은 생로병사의 윤회의 고리를 끊는 것을 말합니다."

"생로병사의 윤회의 고리를 끊는다는 것이 무엇을 의미합니까?"

"다시는 생로병사(生老病死)가 없는 세계에 들어감을 말합니다."

"그런 뒤에는 어떻게 됩니까? 불교에서는 육도윤회(六道輪廻)의 고리를 끊은 후의 일곱 번째 단계를 성문계(聲聞界), 그다음 여덟 번째 단계를 연각계(緣覺界), 아홉 번째 단계를 보살계(菩薩界), 열 번째를 부처계라고 하는데 그럼 성문계를 말하는 겁니까?"

"그렇습니다."

"성문계(聲聞界)가 무엇인지 설명 좀 해 주시겠습니까?"

"스승의 말을 듣고 진리를 깨닫는 단계라는 설도 있고, 여기서 한 걸음 더 나아가 그 진리를 다른 사람들에게 알려 주는 단계라는 설도 있습니다."

"그럼 연각계(緣覺界)란 무엇입니까?"

"스승의 가르침 없이 스스로 진리를 깨닫는 단계를 말합니다."

"보살계(菩薩界)는요?"

"구도(求道)와 이타행(利他行)을 적극적으로 실천하는 부처가 되기 직전의 단계입니다."

"부처계는요?"

"천상천하유아독존(天上天下唯我獨尊) 삼세개고오당안지(三世皆苦吾當安之)의 단계입니다. 즉 하늘 위, 하늘 아래 나 홀로 우뚝 서서 과거 현재 미래 세계의 모든 고통을 내가 마땅히 다스리겠다는 큰 소망을 갖게 되는 더없이 존귀한 자리입니다. 그리고 그 자리는 우주의식과 인과응보를 대행하여 관리 운영하는 하나님의 자리이기도 합니다."

"그럼 사람은 그 10단계 중에서 어디에 속합니까?"

"첫 번째 지옥계(地獄界), 두 번째 아귀계(餓鬼界), 세 번째 축생계(畜生界), 네 번째 아수라계(阿修羅界), 다섯 번째 인간계(人間界) 그리고 여섯 번째 천상계(天上界)입니다. 여기까지는 아직도 생로병사의 윤회에 묶여 있는 육도(六道, 또는 六途) 윤회의 세계입니다. 인간계는 다섯 번째 단계에 속합니다.

그리고 육도(六道)를 다 합쳐서 욕계(慾界)라고도 합니다. 인간계가 10단계 중에서 한가운데에 속해 있긴 하지만 우리가 마음먹기에 따라

가변성(可變性)과 융통성(融通性)이 가장 많은 위치에 있습니다. 한중간
에 속해 있으므로 잘못하면 단번에 지옥에 떨어질 수도 있지만 잘하면
단숨에 10단계인 부처계에 오를 수도 있는 도약대(跳躍臺)에 서 있다는
얘기입니다. 그런 의미에서 지구는 우주의 교육장입니다. 모든 존재에게
지구에 태어난다는 것은 천재일우(千載一遇)의 기회이기도 합니다. 어
찌 그 기회를 헛되이 할 수 있겠습니까?"

〈70권〉

죽어도 좋아

우창석 씨가 말했다.

"선생님, 혹시 요즘 매스컴에 등장하는 〈죽어도 좋아〉라는 영화 이야기 들어 보셨습니까?"

"나도 얘기는 들어는 보았지만 자세한 내용은 모릅니다. 혹시 알고 있으면 말해 보세요."

"저도 그 영화의 소개 편만 보았는데요. 그것만으로도 내용은 대충 알수 있었습니다."

"어떤 내용인데요?"

"다 같이 배우자를 여읜 70대의 홀아비와 과부가 어느 날 우연히 만나 역동적인 성생활로 돌입함으로써 그 나름의 뜻있고 멋진 노후의 제2의 인생을 산다는 줄거리입니다. 비록 스크린으로 가려 놓기는 했지만 두 남녀의 성행위가 노골적으로 묘사되어 있었습니다."

"삶의 의미를 지나치게 섹스에서 찾으려는 것 같군요."

"그렇습니다. 아무래도 작가의 의도는 섹스에서 인생의 의미를 찾으려는 것 같았습니다."

"그것도 그렇지만 나이가 70이 넘으면 사람에게 있어서 성생활은 생리적으로 접어 버리지 않을 수 없게 되어 있는 것이 자연의 섭리입니다. 대체로 여자는 40대 후반만 되어도 벌써 폐경기에 접어들어 성기가 위축되고 퇴화되어 생리적 고통 때문에 물리적으로 성행위가 불가능해지고, 남자는 늦어도 60대 중반이면 성기의 발기력이 현저히 저하하게 됩니다.

물론 노년기에 성기능이 정지되었다가 회춘이 되는 극히 희귀한 경우가 있기는 하지만 그것은 아주 예외적인 현상입니다. 아무래도 그 영화는 이러한 예외적인 경우를 흥미 위주로 다룬 것 같습니다. 그럴 경우 그 영화는 보편성과 사실성 즉 리얼리티를 잃게 되어 있습니다."

"그것도 그렇지만 인생을 정리해야 될 황혼기에 겨우 섹스에서 돌파구를 찾으려고 한 것이 과연 옳은 발상일까요?"

"물론 그것은 잘못된 발상입니다."

"그 이유를 좀 정리해 주시겠습니까?"

"성행위는 아무리 미화해 보았자 종족 보존을 위한 수성(獸性)을 만족시키는 수단에 지나지 않습니다. 그러한 일은 20대에서 늦어도 40대에 끝내야 합니다. 그렇지 않으면 낳은 아이를 양육시킬 수 없기 때문입니다. 아이를 낳아 양육시키는 일은 사람만이 아니고 모든 동물들도 다 하는 공통적인 의무입니다.

따라서 성행위는 아무리 추켜세워 보았자 동물적 차원을 넘지 못합니다. 사람이 이 세상에 태어난 목적은 종족 번식을 위해서만은 결코 아닙니다. 인간은 짐승과 같을 수는 없습니다. 어디가 달라도 달라야 하지 않겠습니까?"

"인간이 짐승과 다른 점은 과연 무엇입니까?"

"진리파지(眞理把持)입니다."

"진리파지가 무엇입니까?"

"마하트마 간디가 한 말인데, 글자 그대로 진리를 움켜잡는 것을 말합니다. 자기의 존재 이유를 형이상학적으로 깨닫는 것을 말합니다. 짐승과 인간이 근본적으로 다른 점이 있다면 바로 이것입니다. 석가나 예수, 공자나 노자 같은 성인들이 바로 진리파지(眞理把持)의 모범을 일찍부터 인류에게 구체적으로 보여 주었습니다.

다석 선생의 말대로 몸나에서 참나로 거듭나는 것을 말합니다. 죽어 없어져야 할 거짓 나인 몸나에서 진리인 참나로 솟구쳐 오르는 것을 말합니다. 이것이 바로 사람이 이 세상에 태어난 삶의 목적이요 이유입니다.

요즘 사람들은 태어나서 유치원, 초·중고등학교, 대학 마치느라 시험 공부에 시달리고, 공부 마치면 군대 가고 취직하고, 결혼하고 아이 낳아 양육하고, 승진하고 스트레스 받고 퇴직당하는 등 생존 경쟁에 휘말려 정신없이 허덕허덕 살다 보면 어느덧 청장년 시절은 다 지나갑니다.

드디어 직장에서 쫓겨나야 할 노년이 옵니다. 사람은 이때 비로소 조용히 지나온 인생을 관조해 보고 자신이 걸어온 한평생의 잘잘못을 총정리할 때입니다. 남에게 잘못한 일이 있으면 반성도 하고 사죄도 하고 다시는 그런 잘못을 저지르지 않겠다는 다짐도 해야 합니다. 이러한 자기성찰을 하는 가운데 자신도 모르는 동안에 지혜가 싹트게 마련입니다.

이 지혜가 싹트면 누구나 자기가 지구상에 태어나게 된 이유를 알게 되고 앞으로 무엇을 할 것인가를 깨닫게 되어 있습니다. 그래서 인도 사람들은 노년기에 접어들면 만사를 제쳐놓고 영적(靈的)인 수행을 위해 순례길에 오르게 되어 있습니다.

공자는 다음과 같이 말했습니다.

'오십유오이우학(吾十有五而于學), 삼십이립(三十而立), 사십이불혹(四十而不惑), 오십이지천명(五十而知天命), 육십이이순(六十而耳順), 칠십이종심소욕불유구(七十而從心所慾不踰矩)'라고 했습니다.

다시 말해서 나는 15세에 학문에 뜻을 두었고, 30에 홀로 섰으며, 40에 남의 유혹에 넘어가지 않게 되었고, 50에 천명(天命) 즉 하늘이 부여한 사명을 알게 되었으며, 60에 누구한테 무슨 소리를 들어도 귀에 거슬리지 않게 되었고, 70에 마음대로 하고 싶은 일을 해도 법도에 어긋나는 일이 없게 되었다는 얘기입니다.

그런데 나이가 70이 넘어 겨우 한다는 짓이, 성에 눈을 뜬다는 것은 아무래도 지독한 지각생이 아니면 할 수 없는 일입니다. 70이 넘어 자기가 하고 싶은 일을 마음대로 해도 법도에 어긋나는 일이 없게 되기는 고사하고, 겨우 한 노파를 만나 섹스에 탐닉한다는 얘기가 과연 훌륭한 예술의 소재가 될 수 있을지 의문입니다. 사춘기에 해야 할 일을 고희(古稀)가 지나서야 한다는 것이 혹 희소가치가 있을지는 모르지만 인생의 보편타당하고 현실성 있는 테마는 될 수 없을 것입니다."

"아무래도 그런 인생은 후손들에게 좋은 모범은 될 수 없겠죠?"

"모범이 되기는 고사하고 경계의 대상이 되거나 반면교사가 되기도 어색할 것입니다. 70이 넘은 노인네들이 아이들의 소꿉장난에 정신이 팔리는 것과 같이 심히 부자연스러운 일입니다. 젊은이는 젊은이다워야 하고 노인은 노인다울 때 후배들로부터 진정한 존경을 받을 수 있을 것입니다. 짐승도 늙으면 짝짓기를 하지 않습니다."

"왜 그럴까요?"

"자연의 이치에 어긋나기 때문입니다. 그런데 만물의 영장이라는 인간이 노년기에 짐승도 하지 않는 성행위에 집착한다는 것은 자손들 보기에도 창피한 일입니다. 짐승의 지혜에도 못 미치는 유치한 짓이 아닐 수 없습니다.

창피를 아는 것이 인간입니다. 그 나이에 성행위에 쏟을 에너지가 남아 있다면 길가의 쓰레기라도 줍는 이타행(利他行)이 백번 더 낫습니다. 나이 70에 그만한 지혜도 없다면 아무래도 인생을 잘못 산 겁니다."

"노년기의 섹스를 어떻게 해석할 수 있을까요?"

"인간이 참나에 도달하기 전에 꼭 벗어나야 할 탐진치(貪瞋癡) 삼독(三毒) 중의 탐욕(貪慾)과 치정(癡情)의 산물입니다. 노년기의 탐욕과 치정을 우리는 흔히 노욕(老慾) 또는 노추(老醜)라고 합니다."

"그래도 작가는 그것을 무료한 노년기 인생의 돌파구로 생각한 모양이던데요."

"그런 돌파구는 가뜩이나 노쇠한 건강을 해치고 죽음만을 재촉할 것입니다."

"그렇지 않아도 남자 주인공의 손이 눈에 띄게 떨리고 있었습니다."

"수전증(手顫症)이군요. 수전증에 걸린 노인이 섹스에 빠지다니 기름을 지고 불 속에 뛰어드는 격입니다."

"수전증은 왜 일어나죠?"

"심포삼초(心包三焦)에 이상이 일어난 징후입니다."

"일종의 중풍(中風)과 같은 증세가 아닙니까?"

"그렇습니다."

"그렇다면 섹스에 탐닉하기 전에 병부터 고쳐야겠군요."

282

　　"그렇습니다. 아무래도 일종의 노망이요 추태입니다. 그러한 추태에서
벗어나지 못하는 한 그것에 가려져서 그들의 눈에는 진리가 보이지 않
을 것입니다. 작가는 그러한 인생의 최후가 어떻게 비참하고 허황하다는
것을 보여 주었어야 했습니다."

사람의 영혼(靈魂)은 과연 있는가?

우창석 씨가 말했다.

"박영호 지음 두레 출판사 간행 『다석사상전집』을 읽어 보면 인간의 영혼(靈魂)과 업식(業識)의 존재를 부인하는 말이 여기저기 눈에 띄는데 선생님께서는 어떻게 생각하십니까?"

"영혼이니 업식이니 하는 것은 어디까지나 우리가 사는 시공(時空)과 물질(物質)의 지배를 받는 상대세계 속에서의 얘기입니다."

"그게 무슨 뜻입니까?"

"상대세계를 떠나 절대세계에 들면 어차피 육체니 영혼이니 하는 것은 아무 의미도 없다는 얘기입니다."

"그럼 절대세계에는 무엇이 있습니까?"

"있긴 무엇이 있단 말입니까?"

"그럼 아무것도 없다는 말씀입니까?"

"그렇습니다. 그러나 없으면서도 모든 것이 다 있는 것이 절대세계의 실상입니다. 그래서 무위계(無爲界)에서 볼 때 유위계(有爲界)에서 일어나는 일체의 현상은 몽환포영로전(夢幻泡影露電)이라고 『금강경』에서 석가는 일찍이 말하지 않았습니까?"

"절대세계(絕對世界)와 무위계(無爲界)는 어떻게 다릅니까?"

"같은 말입니다."

"그럼 상대세계(相對世界)와 유위계(有爲界)는 어떻게 다릅니까?"

"그것도 같은 말입니다."

"그럼 역시 무위계에는 아무것도 없단 말씀이군요."

"그렇습니다. 무엇이 있다면 없어지는 것도 있어야 하니까 생멸(生滅)이 있는 곳은 상대세계지 절대세계일 수는 없습니다."

"그럼 절대세계는 알기 쉽게 말해서 무엇이라고 해야 할까요?"

"석가가 말한 니르바나이고 예수가 말한 하늘나라입니다. 그리고『삼일신고(三一神誥)』와『참전계경(參佺戒經)』에 나오는 하늘이고, 우리 조상들이 입버릇처럼 말해 온 '하느님 맙소사'에 나오는 하느님입니다. 그리고 공자와 맹자가 말한 천(天)이기도 합니다."

"그럼 니르바나 즉 하늘과 육도사생(六道四生)에 나오는 천계(天界)는 어떻게 다릅니까?"

"천계(天界)는 아직도 윤회가 끝나지 않는 상대세계(相對世界)고, 니르바나와 하늘 또는 하늘나라는 상대세계를 벗어난 절대세계입니다."

"그렇군요. 그럼『삼일신고』에는 하늘을 어떻게 말하고 있습니까?"

"'창창(蒼蒼)이 비천(非天)이요 현현(玄玄)이 비천(非天)이라. 천(天)은 무형질(無形質)하고 무단예(無端倪)하며 무상하사방(無上下四方)하고 허허공공(虛虛空空)하여 무부재(無不在)하고 무불용(無不容)이니라' 했습니다.

다시 말해서 푸르고 푸른 것이 하늘이 아니고, 검고 검은 것이 하늘이 아니며, 하늘은 모양과 바탕이 없고 처음과 끝이 없으며 상하사방이 없고, 아무것도 없이 텅 비어 있으면서도 없는 데가 없고 감싸지 못하는 것이 없다는 뜻입니다.

보다 쉽게 설명하면 하늘은 우리 눈에 보이는 것과 보이지 않는 것을 총망라한 전체를 말합니다. 그래서 감싸지 않는 것이 없다고 말한 것입니다. 없으면서도 있는 것이 하늘입니다. 그런 절대세계의 관점에서 보면 영혼이니 업식이니 하는 것은 없다고도 할 수 있고 있다고도 할 수 있습니다."

"그런데 왜 아까는 유위계의 모든 것은 몽환포영로전(夢幻泡影露電)이라고 말씀하셨습니까?"

"그것은 아직 참나 즉 진아(眞我)를 깨닫지 못한 수행자가 참나를 깨달으려면 유위계 즉 상대세계의 삼라만상이란 꿈, 허깨비, 물거품, 그림자, 이슬, 번개 즉 몽환포영로전(夢幻泡影露電)에 지나지 않는다는 것을 깨닫지 않고는 절대세계에 도달할 수 없기 때문입니다."

"그렇다면 참나인 절대계에 도달하기 위한 하나의 방편이라는 말씀입니까?"

"그렇게 볼 수 있습니다."

"그런데 말씀입니다. 절대세계의 관점에서는 영혼이니 업식이니 하는 것은 없다고도 말할 수 있겠지만 상대세계 안에서는 영혼이 있습니까 없습니까?"

"당연히 있습니다. 상대세계 안에서는 우리에게 육체가 있는 것과 같이 영혼도 분명히 있습니다."

"선생님께서는 상대세계 안에서의 영혼의 존재를 그렇게 단정적으로 있다고 말씀하시지만 자기 눈으로 영혼을 볼 수 없는 보통 사람들은 영혼이 없다고 말합니다. 이에 대해서는 어떻게 생각하십니까?"

"다석 류영모 선생은 '우리는 거짓 나인 제나에서 벗어나 참나인 얼나로 솟나야 한다'고 했고 '석가와 예수에게 나타났던 영원한 생명이 나에게도 나타났다'고 말했습니다. 이처럼 영원한 생명을 깨달은 성인(聖人)들이 아무리 극소수에 지나지 않는다고 해도 우리는 그것을 믿지 않을 수 없습니다. 그와 마찬가지로 영혼을 볼 수 있는 영안(靈眼)이 뜨인 사람이 아무리 소수에 지나지 않는다고 해도 우리는 영혼의 존재를 믿지 않을 수 없습니다.

그러므로 우리가 사는 상대세계 내에서 영혼이 없다고 말하는 것은 코끼리를 육안으로 볼 수 없는 어떤 시각 장애인이 코끼리 다리를 더듬어 보고 나서 코끼리는 기둥처럼 생겼다고 단언하고, 배를 더듬어 본 시각 장애인은 담벼락 같다고 말하는 것과 같습니다. 영혼은 영안(靈眼)이 열리지 않은 사람에겐 보이지 않습니다. 그러나 비록 영안이 열리지 않았다고 해도 지혜의 눈이 열린 사람은 영혼을 인식할 수는 있습니다."

"그러나 실제로 이 세상에는 영안이 열린 사람보다는 영안이 열리지 않은 사람이 훨씬 더 많은 것이 사실이 아닙니까?"

"그건 그렇습니다."

"그러니까 영안이 열리지 않은 사람들은 영혼이 없다고 말하는 것이 당연지사(當然之事)가 아닐까요?"

"그렇습니다. 그러나 영안이 열린 사람이 천 명에 한 사람밖에 안 된다고 해도 그것이 영혼이 있느냐 없느냐를 판가름하는 기준이 될 수는 없습니다. 실례로 인구 천 명이 사는 마을에 999명이 시각 장애인이고 눈이 온전한 사람은 단 한 사람밖에 없다고 할 경우 사물의 모양을 판정하는 기준을 어떻게 정해야 한다고 생각하십니까?"

"그야 당연히 단 한 사람일망정 눈이 온전한 사람의 관찰을 기준으로 판정해야 할 것입니다."

"영혼의 유무를 판정하는 기준도 이와 같다고 해야 하지 않겠습니까? 만약에 영혼이라는 것이 존재하지 않는다면 넋이니 얼이니 하는 말이 생겨나지도 않았을 것입니다. 만약에 영혼이 없다면 조상에게 제사나 차례를 지낼 필요도 없을 것입니다. 그리고 초혼제(招魂祭)니 위령제(慰靈祭)니 하는 것도 있을 필요가 없을 것입니다."

"제사(祭祀), 차례(茶禮), 초혼제(招魂祭), 위령제(慰靈祭), 천도재(薦度齋) 같은 것은 옛날부터 전해져 내려오는 하나의 관례요 형식이 아닙니까?"

"그건 영혼을 볼 수 없는 사람들이나 하는 소리입니다. 전생(前生)을 볼 수 없는 사람은 전생도 없고 업보도 윤회도 없다고 말하는 것과 같습니다. 자기의 영안이 뜨이지 않는 것은 생각지 않고 자신의 육안(肉眼)만 믿는 부질없는 자만에 빠져서 영혼이 없다고 단언한다든가 전생도 윤회도 없다고 말하는 것은, 마치 시각 장애인이 색깔이 없다고 말하는 것과 같이 심히 경솔한 태도가 아닐 수 없습니다."

"그럴 때는 어떤 태도를 취해야 할까요?"

"자기 눈에 보이지 않는다고 하여 덮어놓고 없다고 단정할 것이 아니라 신중을 기하여야 할 것입니다."

"어떻게 말입니까?"

"자기의 눈에 보이지 않거나 모르면 차라리 침묵을 지키는 것이 슬기로운 일입니다. 그렇게 유보적인 태도를 취하다가 그의 수련이 향상되어 영안이 열려서 영혼을 볼 수 있게 되면 그때 가서 영혼의 존재를 말해도 늦지 않을 것입니다. 그런데 그때까지 기다려보지도 않고 지금의 자신의 육안만을 믿고 영혼의 존재를 부인한다는 것은 경망한 짓이라고 아니할 수 없을 것입니다.

아이 못 낳는 고민

손미선이라는 38세의 주부 수련생이 말했다.

"선생님, 저는 고민 때문에 요즘은 밤잠을 새하얗게 새우곤 합니다. 이런 때는 어떻게 해야 합니까?"

"고민이라니 무슨 고민입니까?"

"고민들 중에서도 제일 큰 것은 제가 결혼한 지 10년이 넘었는데도 아직 아이가 없다는 겁니다."

"아이 못 낳는다고 시부모가 구박이라도 합니까?"

"그렇지는 않습니다."

"그럼 남편이 다른 여자한테서 아이를 얻으려고 바람이라도 피웁니까?"

"아뇨."

"그럼 무엇이 고민입니까?"

"아무래도 남들은 다 아이를 낳는데 저만 못 낳는 데 대한 자격지심 때문인 것 같습니다."

"그럼 그 자격지심을 마음속에서 지워 버리면 되지 않겠습니까?"

"저도 그렇게 하려고 할 만큼 노력도 해 보고 할 수 있는 일은 다 해 보았지만, 그 자격지심이라 할까! 자책이라 할까! 거기에서 벗어날 수가 없습니다."

"혹시 걱정도 팔자라는 속담 아십니까?"

"네."

"그런 것을 보고 하는 말입니다. 하지 않아도 될 걱정을 사서 한다는 뜻입니다."

"그런데 그게 저는 마음대로 안 됩니다."

"남편은 아이 없는 것에 대해서 뭐라고 합니까?"

"남편은 아이에 대해서 별로 관심이 없는 것 같습니다. 오히려 제가 아이 때문에 고민이 되어 밤잠도 제대로 못 자는 것을 걱정해 주고 있습니다."

"그럼 손미선 씨는 지금 아무 쓸모없는 고정관념에 사로잡혀 자기 자신을 묶어 놓고 장구 치고 북 치고 노래까지 하고 있는 겁니다. 혹시 맞벌이 같은 거 해 본 일 있습니까?"

"저는 결혼 후에 직장을 가져 본 일이 없습니다. 차라리 직장이라도 있다면 그러한 고민에 시달릴 시간도 없지 않을까 하는 생각이 들 때도 있습니다."

"그럼 직장에 취직이라도 해 보시지요."

"그런데 막상 취직을 하려고 하니까 특별한 재주도 기술도 없고 나이만 많이 먹어서 그것도 힘들더라고요."

"그렇다면 부부는 꼭 아이를 낳아야 한다는 고정관념에서 벗어나도록 하세요. 부부가 결혼하는 목적은 꼭 아이를 낳기 위해서만은 아닙니다. 그리고 요즘 부부들은 아이를 낳을 능력이 있어도 무자식 상팔자라면서 우정 피임을 하여 아이를 안 낳는 경우가 많습니다.

국가의 장래를 위해서는 별로 좋은 일은 아니지만 본인들이 그렇게 하는 데는 누구도 말릴 수 없는 일입니다. 아이를 낳으면 그 양육 책임은 여자에게 주로 맡겨지는 경우가 많고 양육비와 교육비와 사교육비

(私敎育費)도 만만치 않고, 자기가 원하는 일도 마음대로 할 수 없는 점을 들어 출산을 기피하는 경향이 점점 늘어나고 있는 추세입니다.

그리하여 우리나라의 출산율은 미국이나 프랑스보다도 낮은 1.3으로서 최하위 수준입니다. 이처럼 자녀에 대한 기존 관념도 바뀌고 있습니다. 그러니까 아이 못 낳는 데 대한 열등감이나 자책감 같은 것에서도 과감하게 벗어나야 합니다."

"저도 『선도체험기』를 48권까지 읽어서 선생님께서 하시는 말씀을 알아듣기는 하겠는데 그것이 그렇게 마음대로 안 됩니다. 한번 고민에 빠지면 밤잠은 물론이고 밥맛도 완전히 잃어버릴 정도입니다."

"그야말로 침식을 잃을 정도군요."

"그렇습니다. 저로서는 보통 심각한 문제가 아닙니다."

"그렇겠군요. 그러나 그것은 손미선 씨 스스로 만들어 놓은 허깨비와 싸우는 격입니다. 어떤 시골 사람이 밤에 혼자 길을 가다가 도깨비를 만나 밤새도록 땀을 뻘뻘 흘리면서 죽기 살기로 젖 먹던 힘까지 다하여 씨름을 하다가 날이 훤히 샌 다음에 문득 깨닫고 보니 몽당비를 붙잡고 있더랍니다. 손미선 씨가 바로 그 짝입니다."

"선생님께서는 그렇게 말씀하시지만 저는 한 번 잡념에 사로잡히면 도저히 그 구렁에서 빠져나오지 못합니다."

"악몽을 꾸고 있다고 생각하고 지금 당장에라도 정신을 차리세요."

"저도 제가 악몽을 꾸고 있다는 것을 알면서도 한 번 빠지면 혼자 힘으로는 도저히 빠져나올 수가 없습니다. 왜 그렇죠?"

"중심이 잡혀 있지 않아서 그렇습니다."

"제 마음에 중심이 잡혀 있지 않다는 말씀입니까?"

"그렇습니다. 내 마음은 무슨 일이 있어도 내 힘으로 다스린다는 단단한 각오로 야생마처럼 날뛰는 마음을 단단히 휘어잡아 다스려야 합니다."

"아무래도 저에게는 두 개의 나가 있는 것 같습니다."

"그렇습니다. 누구나 두 개의 나를 가지고 있는데 그렇게 함부로 제멋대로 날뛰는 마음을 거짓 나라고 하고 그 거짓 나를 다스리는 또 하나의 나를 참나라고 합니다."

"어떻게 하면 저도 중심을 잡을 수 있을까요?"

"그렇게 함부로 날뛰는 거짓 나를 참나가 다스릴 수 있는 사람을 보고 중심이 잡혔다고 하고 그렇지 못하고 손미선 씨처럼 참나가 거짓 나에게 휘둘리는 사람을 보고 중심이 잡혀 있지 않다고 말합니다."

"선생님, 그럼 어떻게 하면 중심을 잡을 수 있겠습니까?"

"그것은 다른 누구도 아닌 순전히 손미선 씨 자신만이 할 수 있는 일입니다. 사람이 말을 물가에까지 데리고 갈 수는 있지만 그 말이 물을 먹고 안 먹고는 순전히 그 말의 의사에 달려 있습니다. 그와 마찬가지로 손미선 씨가 자기중심을 잡느냐 못 잡느냐 하는 것은 순전히 손미선 씨 자신만이 할 수 있는 일입니다. 손미선 씨의 친부모나 스승이 옆에 있어도 그것을 대신해 줄 수는 없습니다.

자기중심을 잡아야

앓는 것과 죽는 것, 먹는 것과 배설하는 것, 꿈을 꾸거나 꿈에서 깨어나는 것, 진리를 깨닫는 것은 아무도 대신해 줄 수 없습니다. 오직 스스로 혼자서 해야만 합니다. 참나가 거짓 나를 이기는 것을 극기(克己)라고 합니다. 자기 자신과의 싸움에서 이기는 것을 말합니다. 인생과 구도

와 결혼생활의 성패에서도 알고 보면 자기 자신과의 싸움에서 이기는
사람이 최후의 승리자가 됩니다."

손미선 씨는 이제 좀 귀가 열렸는지 이 말에 유심히 귀를 기울이고 있
다가

"그렇군요."

하고 고개를 크게 끄덕이고 있었다.

"그런데 손미선 씨는 왜 『선도체험기』를 48권까지만 읽고 그다음은
읽지 않았습니까?"

"더이상 읽으려고 하면 이상하게도 눈앞이 부옇게 흐려오고 눈이 따
끔따끔 쑤셔서 읽을 수가 없었습니다."

"그렇다고 해서 안 읽었습니까?"

"네."

"그러지 마시고 그래도 꾸준히 책을 읽으셔야죠."

"책만 들면 눈앞이 부옇게 흐려 오고 눈이 따끔따끔 쑤시는 것은 무엇
때문입니까?"

"그건 일시적인 현상입니다. 책 읽는 것을 방해하는 기운이 장난을 친
다고 생각하면 됩니다."

"그런 때는 어떻게 해야 합니까?"

"누가 이기나 보자고 속으로 단단히 결심하고 계속 책을 들여다보아
야 합니다. 결국은 끈질긴 사람이 이기게 되어 있습니다. 수련을 하자면
그만한 인내력과 지구력(持久力)은 필수적입니다. 그러니까 오늘부터라
도 집에 가서 책을 다시 손에 잡아 보세요. 손미선 씨에게 진즉 그러한
인내력이 있었더라면 지금쯤은 『선도체험기』 69권을 다 읽었을 것입니

다. 그 책들을 다 읽었더라면 그런 잡념 따위에 시달리지는 않았을 것입니다."

"아이 문제는 그렇다 치고, 선생님, 문제는 또 있습니다."

"그게 뭡니까?"

"저는 친정어머니한테 한다고 하는데 제 언니는 그렇지 않습니다. 어머니를 보고도 소 닭 보듯 하고 조금도 효도를 하려고 하지 않습니다. 효도는커녕 혼자 외롭게 살아가는 어머니한테서 뜯어 가려고만 합니다. 그걸 생각하면 속에 불덩어리가 치밉니다."

"친언니입니까?"

"네."

"형부는 뭐 하는 사람인데요?"

"잘 나가는 큰 무역 회사의 간부입니다. 살 만큼 사는데도 어떻게 친어머니한테 그렇게도 깍쟁이로 구는지 이해가 가지 않습니다."

"언니는 나이가 몇입니까?"

"저보다 세 살 위니까 지금 마흔하나입니다."

"조카는 몇입니까?"

"둘입니다."

"한날한시에 낳은 일란성 쌍생아도 성격은 각각입니다. 아무리 한 배속에서 나온 형제라도 성품이 똑같을 수는 없습니다. 착한 사람이 있으면 모진 사람도 있을 수 있습니다. 형제는 반드시 똑같아야 하는 법은 없습니다. 또 그럴 필요도 없습니다. 오히려 똑같다면 그게 오히려 부자연스러울 것입니다. 모든 사물은 제각기 자기 개성이 있게 마련이니까요. 동생이 언니보고 나는 마음이 착한데 언니는 왜 그렇게 깍쟁이냐고

295

묻는다면 언니는 뭐라고 대답하겠습니까?"

"그것도 정도 문제죠."

"이것은 정도의 문제가 아니라 성격 차이의 문제입니다. 아무리 친형제라고 해도 성격이 서로 똑같을 수는 없다는 얘기입니다. 손미선 씨도 이러한 차이를 인정하신다면 조금도 문제될 것이 없습니다.

부모 슬하에서 자랄 소녀 시절이라면 혹시 동생이 언니를 보고 언니는 왜 그렇게 못되게 구느냐고 따질 수도 있겠지만, 이제는 결혼을 하여 한 가정의 아내요 주부요 두 아이의 에미인 40대의 언니를 보고 동생이 도덕 교육을 시킬 수도 없는 일입니다. 듣기 좋게 잘 타일러 보아서 듣지 않으면 어쩔 수 없는 일입니다."

"그럼 그럴 때는 어떻게 해야 합니까?"

"서로의 차이를 있는 그대로 인정하는 수밖에 없습니다. 언니는 언니고 나는 납니다. 언니의 불효를 새삼 문제삼아 보았자 형제간에 의만 상하게 될 것입니다."

"그래서 저도 언니한테 뭐라고 말하지는 않았습니다. 그러나 언니한테 대놓고 말을 할 수 없으니까 속으로 끙끙 앓아서 스트레스만 쌓이고 있을 뿐입니다."

"그러면 안 되죠. 그렇게도 할일이 없습니까? 그런 일에 무엇 때문에 속으로 끙끙 앓아야 합니까? 차이를 인정하고 나면 속으로 끙끙 앓을 필요는 조금도 없습니다. 손미선 씨는 언니의 불효를 탓하기 전에 할 일이 있습니다."

"그게 뭐죠?"

"그런 일에 신경을 씀으로써 정신적인 불안을 겪는 자신부터 먼저 정

296

리해야 합니다. 그런 것을 보고 주제넘다고 말합니다."

"그럼 어떻게 해야 합니까?"

"그런 일로 속앓이하기보다 손미선 씨는 친정어머니에게 더욱더 효도를 다하는 것이 좋을 것입니다. 그렇게 하여 언니 때문에 속이 상했을 어머니를 위로해 드려야 합니다. 언니의 잘못을 탓해 보았자 달라지는 것은 아무것도 없습니다. 그러나 손미선 씨가 효도를 다하면 친정어머니를 기쁘게 해 드릴 수 있을 것입니다. 어머니는 진정으로 둘째 딸 잘 기른 보람을 느낄 것입니다.

시집도 남편도 아무 말 안 하는데 아이 못 낳은 자격지심으로 자기 자신을 스스로 괴롭히는 일이나, 언니의 불효를 보고 앙앙불락(怏怏不樂)하는 것이나 모두가 다 지극히 비생산적이고 자학적(自虐的)인 자기모멸에 지나지 않습니다.

이러한 짓은 자기 자신의 생명력을 스스로 갉아먹는 지극히 어리석은 짓입니다. 남이 뭐라고 하지 않는데도 제 스스로 만들어 낸 악령(惡靈)과 싸움을 벌이는 것만큼이나 어리석은 짓입니다. 제가 파 놓은 함정에 스스로 빠져서 몸부림치는 격입니다. 지금이라도 늦지 않으니 한시바삐 자신이 만든 그 악몽에서 깨어나셔야 합니다."

"선생님, 말씀을 듣고 있자니까 어느 정도 제가 어리석었다는 것이 수긍이 갑니다."

"그럼 무엇을 주저하십니까? 빨리 그 악몽에서 깨어나십시오."

"물론 깨어나야지요. 그러나 한 번 깨어난다고 해서 영원히 깨어나는 것도 아니고 그런 악몽에 또다시 빠지게 될 것 같습니다. 어떻게 하면 그러한 악몽에서 근본적으로 빠져나올 수 있을까요?"

"그것은 어찌 생각하면 아주 간단하고도 쉬운 일입니다."

"그것이 무엇인데요?"

욕심을 송두리째 몰아내야

"손미선 씨 마음속에서 욕심을 송두리째 몰아내면 됩니다."

"욕심이라니요? 저는 제가 남보다는 욕심이 많다고는 생각지 않는데요."

"그렇지 않습니다. 아이에 대한 욕심이 원인이 되어 자격지심을 불러왔고, 언니에 대한 불효를 못 참는 성격 역시 욕심에서 비롯된 겁니다."

"그것을 어떻게 욕심이라고 말할 수 있을까요?"

"욕심은 바로 이기심에서 나옵니다. 이기심이 탐진치(貪瞋癡)를 만들어 냅니다. 탐욕, 성냄, 어리석음이 그것입니다. 아이 욕심은 탐욕에서 나온 것이고 언니의 불효에 대한 속앓이는 성냄과 어리석음에서 나온 것입니다. 사람은 이 탐진치 삼독(三毒)에서 벗어나지 못하는 한 거짓나 즉 가아(假我)에서 벗어날 수 없습니다. 가아에서 벗어나 참나 즉 진아(眞我)로 거듭나지 못하는 한 번뇌 망상과 잡념에서 완전히 벗어날 길은 없습니다."

"그 참나라는 게 무엇입니까?"

"참나는 전체(全體)입니다."

"전체라니요?"

"전체란 시작도 끝도 없고 태어남도 죽음도 없는 대우주 전체를 말합니다. 따라서 전체란 시작도 있고 끝도 있고 태어남도 죽음도 있는 이 상대세계와는 근본적으로 다른 절대의 세계입니다. 너와 내가 서로 겨루는 상대세계에서 벗어난, 너와 내가 따로 없는 하나의 세계, 둘이 아닌 하나의 세계입니다. 이 무한대의 우주 전체를 하나로 감싸고 있는 경지를 말합니다. 참나는 바로 이 전체와 하나로 연결되어 있습니다. 그러므로 우리는 거짓 나에서 벗어나 참나로 거듭나야 합니다."

"그러면 사람이 그 참나로 거듭나기 위해서는 어떻게 해야 합니까?"

"삼독(三毒)의 덩어리, 욕심과 이기심과 어리석음의 뭉치인 거짓 나를 벗어 버려야 합니다. 그러자면 자기 마음속에서 일어나는 온갖 욕심을 다 털어 버려야 합니다. 삼독을 비워 버리는 바로 그 순간에 그 공백을 메워 주는 것이 참나입니다. 우리 인간이 이 세상에 태어난 목적은 이처럼 거짓 나에서 참나로 거듭나기 위해서입니다."

"거짓 나에서 참나로 거듭나기 위해서 우리가 일상생활에서 실천해야 할 일이 무엇입니까?"

"항상 나 자신보다 주변 사람들을 배려하는 마음을 갖고 이를 실행하는 겁니다. 손미선 씨처럼 그러한 백해무익한 잡념이나 번뇌 망상에 스스로 갇혀서 허덕일 시간이 있다면 그 시간에 자기 주변 사람들을 살펴보고 그들이 나에게 무엇을 바라는가를 알아내어 그것을 실천하는 것입니다."

"역지사지(易地思之)하라는 말씀입니까?"

"그렇습니다. 참나로 거듭나는 지름길이 무엇인지 아십니까?"

"글쎄요. 잘 모르겠는데요."

"늘 나 자신보다는 둘레에 있는 남을 먼저 생각해 주는 마음가짐입니다. 그러한 마음가짐을 실천하는 것을 일컬어 이타행(利他行)이라고 말합니다. 예수가 말한 하늘나라나 석가가 말한 피안의 세계 즉 니르바나는 바로 나보다는 남을 먼저 생각하는 존재들의 세계입니다.

사람이 사익(私益)보다는 공익(公益)을 먼저 생각할 때 그의 마음은
이미 하늘나라와 피안의 세계에 서 있게 되는 것입니다. 사람이 남을 내
몸처럼 아끼는 마음을 가지는 그 순간, 우리를 감싸고 있는 무한한 대우
주 전체가 내 마음속에 들어와 자리를 잡게 됩니다. 유한(有限)의 상대
세계에서 무한(無限)의 절대세계로 건너뛰는 데는 순간의 마음가짐이
좌우합니다."

"그럼 유한의 세계인 이쪽과 무한의 세계인 저쪽은 순간의 마음이 결
정한다는 말씀인가요?"

"그렇습니다. 그래서 『중용(中庸)』이라는 책에 보면 다음과 같은 말이
나옵니다.

'도야자(道也者), 불가수유리야(不可須臾離也), 가리비도야(可離非道也)'

즉 도(道)라는 것은 잠시도 떨어져 있어서는 안 된다. 떨어지면 도가
아니다. 여기서는 물론 도(道)가 바로 참나입니다. 유교에서는 덕(德),
불교에서는 도를 법(法)이라고도 말하고 니르바나라고도 말합니다. 우리
조상들은 하나, 하느님, 하나님이라고 했습니다. 그리고 요즘은 진리니
우주의식(宇宙意識)이니 무위계(無爲界)니 하고 말하기도 합니다."

"그럼 그 참나와 잠시라도 떨어져 있지 않으려면 어떻게 해야 합니까?"

"항상 바르고 착하고 슬기롭게 생각하고 행동해야 합니다. 그리하여
종래에는 완전히 참나로 거듭나야 합니다. 부부는 흔히 이신동체(異身
同體)라고 합니다. 찰떡궁합이라는 부부 사이에도 잠시만 틈이 생기면
다른 이성이 비집고 들어와 삼각관계를 형성하여 시기와 질투가 판을

치게 만들곤 합니다.

부부는 이 세상에서 해로하다가 죽으면 어쩔 수 없이 헤어져야 합니다. 육체를 가진 부부는 생사까지는 초월할 수는 없기 때문입니다. 그러나 참나로 거듭난 사람은 생사를 초월해 있으므로 죽어도 참나 그대로입니다. 아니 그에게는 죽음 같은 것은 있지도 않습니다."

"그럼 어떻게 해야 참나로 거듭날 수 있습니까?"

"자기 존재의 실상이 사실은 진리 그 자체임을 깨달아야 합니다. 그것을 대각(大覺) 또는 구경각(究竟覺)이라고 합니다."

"그럼 대각을 한 사람은 다음 세상에 어디에 태어납니까?"

"태어남이 있으면 죽음이 있습니다. 깨달은 사람은 이미 피안의 세계에 가 있게 됩니다. 그에겐 태어남도 죽음도 없는데 어떻게 태어난다고 하십니까?"

"그럼 어디에 있게 됩니까?"

"깨달음의 세계, 피안의 세계 즉 니르바나의 세계, 하늘나라는 상대세계와 같은 시간과 공간의 제한이 없는 시간과 공간과 물질을 초월한 경지입니다. 그런데 어디에라는 공간을 제한하는 말이 어떻게 성립할 수 있겠습니까?"

"그럼 깨달은 사람은 그렇지 않은 사람과 무엇이 다릅니까?"

"악몽을 꾸다가 깬 사람과 계속 악몽을 꾸는 사람의 차이와 같다고 할 수 있습니다. 그 악몽이 바로 우리가 사는 상대세계라고 보면 됩니다. 상대세계의 사람들은 오욕칠정(五慾七情)에 사로잡혀서 식욕, 성욕, 권력욕, 명예욕, 재욕을 충족시키기 위해서 동분서주하고 아귀다툼을 벌입니다. 그런가 하면 희구우애노탐염(喜懼憂哀怒貪厭)을 좇아 서로 물어

뜯고 싸웁니다. 모두가 이기심과 사욕과 공명심을 충족시키기 위해서입니다.

그러나 이러한 것들은 알고 보면 모두가 허망한 것들입니다. 사람은 오욕칠정에 빠져서 허덕이면 허덕일수록 인성(人性)만 황폐해질 뿐입니다. 어찌 보면 이것은 하나의 악몽에 지나지 않습니다. 오욕칠정이 한갓 악몽임을 일찍이 알아차리고 거짓 나와 거짓 세계의 악몽에서 깨어난 사람이 다름 아닌 참나로 거듭난 사람입니다."

"그럼 달라진 것은 무엇입니까?"

"생각과 정신이 달라지고 그것을 겉으로 나타내는 눈빛이 달라지고 그에 따르는 언어와 행동거지가 달라지게 될 것입니다."

"그런데 저는 아직도 번뇌 망상과 잡념 따위에 시달리고 있으니 너무도 한심하죠?"

"그렇다고 해서 실망하거나 걱정할 필요는 없습니다."

"무슨 뜻입니까?"

"번뇌가 보리라는 말이 있지 않습니까?"

"처음 듣는 말인데요."

"번뇌를 거쳐야 지혜에 눈이 뜬다는 말입니다. 지금 손미선 씨가 아이 못 낳은 것과 언니의 불효 때문에 고민하는 것도 다 마음공부의 과정이라고 생각해야 합니다. 그러한 마음의 고통을 거쳐 좀더 풍부한 인생 체험을 쌓은 훌륭한 인격자로 변화될 것입니다.

『맹자(孟子)』 고자하편에 보면 다음과 같은 말이 나옵니다.

'생어우환(生於憂患)이요, 사어안락(死於安樂)이라.'

즉 우환을 많이 겪는 사람의 삶은 역동적이고 희망이 있지만 안락한 생활만 하는 사람의 삶은 활력이 없어 죽은 것과 같이 희망이 없다는 뜻입니다. 그러니까 마음이 바른 사람은 비록 우환과 고민에 시달리는 일이 있더라도 그것이 그의 영적(靈的) 성장에는 항상 좋은 밑거름이 될 수 있다는 얘기입니다.

누에나방은 누에였을 때 자신이 만든 누에고치를 뚫고 나와야 알을 낳을 수 있습니다. 그 누에고치를 벗어나려면 좁은 구멍을 빠져나와야 합니다. 그런데 구멍이 하도 좁아서 통과하기가 보통 어려운 게 아닙니다. 죽을 기를 써야만 겨우 빠져나올 수 있게 되어 있습니다.

이것을 지켜보던 사람이 하도 안쓰러워서 좀 쉽게 빠져나올 수 있도록 구멍을 넓혀 주면 빠져나오기는 한결 쉽지만 일단 빠져나오자마자 죽어 버리고 맙니다. 왜 그럴까요? 나방은 그 비좁은 구멍을 빠져나오느라고 무진 애를 쓰는 동안에 새로운 생명력을 축적하게 되는데 사람이 구멍을 넓혀 놓았으니 도리어 활력을 잃어버려 죽을 수밖에 없었던 것입니다.

사람도 고생을 해야 할 때는 흠뻑 고생을 하는 것이 백번 낫습니다. 그래서 고진감래(苦盡甘來)라는 말이 나온 것입니다. 그리고 오르막이 있어야 내리막도 있게 마련입니다. 그러므로 바르고 지혜롭게 살겠다는 삶의 지표만 확실하면 어떠한 고난이 닥쳐와도 겁낼 것은 조금도 없습니다. 왜냐하면 그에게는 고난과 우환이 늘 새로운 도약을 위한 발판이 될 수 있으니까요."

재림 예수, 미륵불, 정도령

우창석 씨가 말했다.

"선생님, 기독교인들 중에는 아직도 예수가 다시 온다고 믿는 사람이 많습니다. 그리고 불자들 중에는 미륵불이 반드시 와서 무명중생(無明衆生)들을 구제해 줄 것이라고 믿고 있고, 종교를 믿지 않는 평균적인 한국 사람들 중에는 정도령이 반드시 와서 도탄에 빠진 백성들을 구해 준다고 믿는 사람들이 있습니다. 재림 예수, 미륵불, 정도령에 대해서 선생님께서는 어떤 생각을 갖고 계십니까?"

"내가 보기에는 그런 것들은 전부 다 사람들을 홀려서 사익(私益)을 취하려는 사이비 종교의 혹세무민(惑世誣民)에 지나지 않는다고 봅니다."

"왜 그렇죠?"

"재림 예수니 미륵불이니 정도령이니 하는 것은 전부 다 한때 의식 수준이 낮은 중생들의 불안감을 해소시키기 위해서 고안된 일시적인 인심 안정 방편에 지나지 않기 때문입니다."

"허지만 그렇게 말하면 지금껏 재림 예수를 철석같이 믿어온 사람들에게는 너무나 큰 충격이 아닐까요?"

"비록 충격을 받는 한이 있더라도 악몽에서 깨어나는 것이 부질없는 환상에 사로잡혀 허상을 좇는 것보다는 백번 낫지 않겠습니까?"

"그럼 재림 예수, 미륵불, 정도령이 사라진 공백은 무엇으로 메울 수 있겠습니까?"

"사람은 마음먹기에 따라 무엇이든지 될 수 있는 존재라는 것을 알게 하면 그 공백은 얼마든지 메울 수 있습니다."

"그러면 일체유심조(一切唯心造)라는 말이 사실이라는 말입니까?"

"그렇고말고요."

"아니, 그렇다면 사람은 마음먹기에 따라 과연 재림 예수도 될 수 있고 미륵불도 정도령도 될 수 있다는 말씀입니까?"

"그렇습니다."

"어떻게 하면 그렇게 될 수 있겠습니까?"

"부모에게서 물려받은 육신을 가진 몸나는 태어남과 죽음이 있는 유한한 존재입니다. 이것을 알고 이 몸나에서 벗어나 참나를 받아들이게 되면, 대우주 전체가 전부 다 내 것이 될 수 있다는 것을 깨닫기만 하면 누구나 그렇게 될 수 있습니다. 그렇게만 된다면 재림 예수도 미륵불도 정도령도 전부 다 내 손안에 들어올 수 있을 것입니다. 그 참나가 바로 전체라는 것을 알아야 합니다."

"그 전체라는 것이 무엇입니까?"

"어느 한 부분이 아닌 전체가 바로 하나입니다."

"그럼 그 하나는 무엇입니까?"

"우주 삼라만상 일체를 포용하고 그 생멸(生滅)을 주관하는 절대자입니다."

"그럼 우리 인간은 그 하나와는 어떤 관계에 있습니까?"

"인간 역시 그 하나가 필요해서 생겨난 유한한 존재이지만 그 용도가 다하면 다시 하나로 돌아가는 무한한 존재이기도 합니다. 그러므로 우리는 비록 인간의 탈을 쓰고 지구상에 태어나서 일정한 사명을 완수하기

위해 생존하고 있지만 그 사명을 다 완수하면 그 본질인 하나로 되돌아
가는 그러한 존재입니다.

사람은 몸나 즉 거짓 나의 속성 때문에 오욕칠정에 사로잡혀 부귀영
화를 위해 아귀다툼을 벌입니다. 바로 그 때문에 늘 불안과 망상에 시달
리고 있지만 자신의 본성인 하나를 깨달으면 한낱 세속적인 욕망의 산
물인 재림 예수니 미륵불이니 정도령 따위에 현혹되는 일이 없어지게
될 것입니다."

"그렇군요. 그럼 전체가 바로 하나라면 하나는 무엇입니까?"

"그 하나가 바로 도(道)요 덕(德)이요, 자성(自性)이요 본성(本性)이요,
영생(永生)이요 진리요, 니르바나요 하나님 또는 하느님입니다."

"그렇다면 그 전체의 일부분인 우리 인간은 역시 그 본질은 하나님 그
자체라는 말씀입니까?"

"잘 보셨습니다. 바로 그겁니다."

"그렇다면 이 우주 안에 있는 일체의 사물도 모두 다 그 본질은 하나
님 그 자체라는 말씀인가요?"

"그렇습니다. 그러나 그 삼라만상 중에서 자기 자신이 하나님이라는
것을 깨달을 수 있는 지혜를 가진 존재는 무기물(無機物)도 식물도 짐승
도 아니고 오직 인간이 있을 뿐입니다. 인간만이 말을 하고 글을 쓰고
사색을 할 수 있습니다. 인간 이외에 그러한 일을 할 수 있는 존재는 아
직 지구상에는 존재하지 않습니다."

"그렇다고 해서 인간은 누구나 다 하나님임을 깨닫게 되어 있는 것은
아니지 않습니까?"

"그건 그렇습니다."

"그럼 어떤 사람이 하나와 전체를 깨달을 수 있습니까?"

"우선 도심(道心)이 마음속에 싹터야죠."

"도심이 무엇입니까?"

"자기 존재의 실상에 도달해 보려는 마음입니다. 그런 마음을 가진 사람이 구도자구요."

"그럼 어떻게 하면 구도자가 전체와 하나가 될 수 있을까요?"

"대각(大覺)을 해야 합니다."

"대각이 뭡니까?"

"철저한 깨달음을 말합니다. 그것을 구경각(究竟覺)이라고도 합니다."

"어떻게 하면 구경각에 도달할 수 있겠습니까?"

"이기심의 덩어리인 거짓 나를 버리고 참나로 거듭나야 합니다."

"어떻게 해야 그렇게 될 수 있을까요?"

"누구나 욕심을 철저히 다 비우면 그 자리에 참나가 대신 들어와 앉게 되어 있습니다. 탐진치(貪瞋癡) 삼독(三毒)에서 벗어나도록 부지런히 공부하면 누구나 조만간에 그렇게 되게 되어 있습니다."

"선생님, 저 역시 그렇게 되어 보려고 부지런히 공부를 한다고 해 왔는데 지금 그 공부 수준이 어느 정도나 되는지 모르겠습니다. 선생님께서 좀 점검해 주시겠습니까?"

"혹시 주변에서 속썩이는 사람 있습니까?"

"있습니다."

"그게 누굽니까?"

"한 달 전에 제가 사는 아파트 바로 아래층에 이사 온 사람인데, 아무래도 신경과민증 환자 같습니다."

"왜요?"

"아이들이 조금만 장난을 쳐도 득달같이 달려와서 조용히 하라고 야단법석을 떱니다. 어떤 때는 아이들이 잠이 든 한밤중에도 소음이 들린다고 올라와서 문을 걷어차고 생난리입니다. 아이들도 전부 다 잠들고 우리 내외도 잠자리에 들었는데 무슨 소음이 들린다는 거냐고 항의했더니 자기 귀에는 소음이 들리는데 왜 거짓말하느냐고 제 멱살을 잡고 막 행패를 부립니다."

"그 사람은 아이도 없습니까?"

"네. 나이가 45세나 되었는데도 아직 장가도 못 들고 노모와 단둘이서 산다고 합니다."

"그럼 어떻게 할 작정입니까?"

"매번 싸울 수도 없고 이사를 가든지 해야지 도저히 못살 것 같습니다."

"그렇다면 우창석 씨는 아직 수련이 멀었습니다."

"왜 그렇게 생각하십니까?"

광풍(狂風) 맞은 바위가 돼라

"무슨 일에든 속을 썩는 사람은 아직 멀었다고 보아야 합니다."

"왜 그렇죠?"

"아직은 오욕칠정(五慾七情)에 시달리는 무명중생(無明衆生)의 수준을 벗어나지 못했기 때문입니다."

"왜 그렇게 보십니까?"

"어느 정도 수행이 되면 광풍(狂風) 맞은 바위처럼 듬직해야 하는데 우창석 씨는 지금 그 광풍에 휘날리는 나뭇잎처럼 흔들리고 있기 때문

308

입니다."

"그래도 그 사람이 달려 올라와서 문을 걷어차면서 소란을 피울 때는 피가 거꾸로 솟구쳐 오르는 걸 어떻게 합니까?"

"우창석 씨도 감정을 가진 사람이니까 그런 일을 처음 당했을 때는 그럴 수도 있겠죠. 그러나 같은 일을 여러 번 당하고 상대가 아무래도 정신 신경계통에 이상이 있는 사람이라는 것을 알았으면 의연한 모습을 보여 줘야 하지 않겠습니까?"

"어떻게 말입니까?"

"우선 상대가 아무리 화를 내고 소란을 피워도 이쪽에서는 침착하게 상대를 설득했어야죠."

"설득이라뇨? 설득은커녕 당장 저를 때리겠다고 달려드는데요. 몇 대 얻어맞기까지 했습니다."

"그래 상대에게서 얻어맞고 어떻게 했습니까?"

"방어만 하고 제가 참았죠. 맞상대하면 같은 사람이 될 테니까요."

"그건 잘한 일입니다. 그러나 방어를 할 필요도 없습니다."

"그럼 아내와 아이들 보는 앞에서 창피하게 얻어맞으라는 말씀입니까?"

"좀 창피하더라도 계속 얻어맞다가 보면 이웃들이 폭행 혐의로 경찰에 신고를 해 줄 것입니다. 이웃이 증인이 되어 폭력 행위를 한 가해자라는 것이 입증이 되면 그 사람은 현행범으로 입건이 됩니다. 상대는 반드시 합의를 신청해 올 것입니다.

그렇게 되면 그 싸움은 우창석 씨의 판정승으로 끝나게 될 것이고 다시는 소음 때문에 소란을 피우지 못하게 될 것입니다. 경찰이 꼭 입건하기를 바라고 그렇게 하라는 말은 아닙니다. 상대가 폭력을 쓸 때 끝까지 참을 줄 아는 사람이 최후의 승리자가 될 수 있다는 얘기죠."

"만약에 상대도 약아서 폭력은 자제하고 계속 욕설이나 퍼붓고 소란만 피우면 어떻게 하죠?"

"손뼉도 마주쳐야 소리가 나게 되어 있습니다. 상대가 제아무리 고함을 치고 욕설을 퍼부어도 시종일관 부드러운 얼굴로 앞으로 평화적 해결을 위해 최선을 다하려고 하면 일방적으로 계속 욕설과 고함만 치지는 못할 것입니다. 광풍 속의 바위처럼 의연(毅然)하라는 말입니다. 폭풍우가 휘몰아친다고 해도 바위가 흔들릴 수는 없는 것 아닙니까?"

"그야말로 고도의 인내력을 발휘하라는 말씀이군요."

"그렇습니다. 바로 인내력 싸움입니다. 인내력과 지구력이 강한 쪽은 상대방의 기운을 계속 소모시키게 될 것입니다. 참는 쪽은 인고(忍苦)를 통하여 계속적으로 생명력을 축적할 수 있지만 고함치고 욕설하는 쪽은 지속적으로 생명력을 고갈시키게 될 것입니다."

"선생님 말씀을 듣는 동안에 제 수련이 아직 멀었다는 것을 절감하게 되었습니다."

"다행이군요. 싸움이란 언제나 수준이 비슷한 사람들끼리 하게 되어 있습니다."

"제가 너무 경솔했습니다."

"선생과 제자가 서로 핏대를 올리면서 싸운다면 구경하던 사람들이 뭐라고 하겠습니까?"

"면목이 없습니다."

"이제는 자신의 수련 정도를 측정하는 방법을 아시겠습니까?"

"오욕칠정에서 얼마나 벗어나 있는가를 점검해 보면 알 수 있을 것 같습니다."

"그렇습니다. 그 오욕칠정을 에고(ego)라고 합니다. 그러니까 에고인 제나에서 벗어나 영아(靈我)인 얼나로 진화하는 정도를 마치 환자가 체온계로 자신의 체온을 스스로 점검하듯 하면 될 것입니다. 제나를 몸나, 거짓 나, 개아(個我) 또는 가아(假我)라고도 하고, 얼나를 참나, 영아(靈我) 또는 진아(眞我)라고도 합니다.

다시 말해서 몸나에서 참나로 완전히 탈바꿈하는 순간이 깨달음입니다. 이 참나를 자성(自性)이라고도 합니다. 생멸(生滅)이 없다고 해서 영원한 생명 또는 영생(永生)이라고 합니다. 참나 또는 자성을 깨닫는다고 하지만 그 정도는 사람에 따라 천차만별입니다. 불교에서는 그 정도를 수다원, 사다함, 아나함, 아라한, 보살, 부처의 여섯 단계로 나눕니다."

"각 단계의 특징을 좀 설명해 주시겠습니까?"

"그러죠. 수다원은 구도심을 일으킨 단계이고, 사다함은 한 번 더 윤회를 해야 한다고 해서 일환과(一還果)라고도 하고, 아나함은 다시 윤회할 필요가 없다고 해서 불환과(不還果)라고도 합니다. 아라한은 그 수행 정도가 다른 수행자들의 존경을 받을 만하다고 해서 응공(應供)이라고도 합니다. 보살은 부처 되기 직전의 단계이고, 부처는 구경각(究竟覺)을 성취한 경지를 말합니다. 이왕 수련을 하기로 작정을 했으면 구경각을 성취하여 반열반(般涅槃)의 반열에 들어야 할 것입니다."

"반열반이 뭡니까?"

"니르바나의 경지에 오른 것을 말합니다."

"니르바나가 뭐죠?"

"전체입니다."

311

"전체라뇨?"

"개체가 아닌 전체 말입니다. 다시 말해서 삼라만상을 전부 다 포용하는 대우주 전체를 말합니다. 개체가 전체에 흡수되어 전체와 하나가 된 것을 상상해 보세요. 외롭게 대기 속에 떠돌던 물방울이 대양에 흡수 통합되었을 때의 안도감과 희열을 상상해 보세요.

바로 그 전체가 니르바나요 피안의 세계요, 하나요 하나님이요, 하늘나라요 극락입니다. 삶도 죽음도 없고, 사랑도 미움도, 큰 것도 작은 것도, 악도 선도 없는 상대를 초월한 절대의 경지입니다. 제나가 얼나로, 몸나가 참나로, 가아(假我)가 진아(眞我)로 다시 태어난 것을 말합니다.

진리와 하나로 통하여 공덕을 완성했다고 하여 우리 조상들은 성통공완(性通功完)이라고 말했습니다. 진리를 보고, 완전한 자유를 얻었다고 하여 견성 해탈(見性解脫)이라고도 말했습니다. 수행의 경지가 이쯤은 되어야 부동심(不動心)을 가졌다고 말할 수 있습니다."

"부동심이란 흔들리지 않는 마음이라는 뜻이 아닙니까?"

"그렇습니다."

"왜 그런 말이 생겼을까요?"

"더이상 이기심에 흔들리지 않게 되었기 때문입니다. 이 이기심을 오온(五蘊) 또는 오욕칠정이라고도 합니다. 그리고 여기서 나온 부귀영화가 다 한낱 백일몽이라는 것을 알았으니 이런 것에 마음이 흔들릴 리가 없지 않겠습니까."

"과연 그렇겠는데요."

〈71권〉

주지(住持)와의 갈등

처음 찾아온 중년의 정현택이라는 수련생이 오행생식 처방을 받은 다음에 잠시 머뭇거리다가 말했다.

"선생님, 초면에 좀 미안하지만 제 개인적인 일로 선생님한테 자문을 좀 구해도 되겠습니까?"

"어디 말씀해 보세요. 내 말이 도움이 될 수 있다면 기꺼이 응하겠습니다."

"선생님, 저는 지방에서 소규모의 주택 건축업을 하고 있는데요, 지금 시내 변두리에서 한창 주택들을 짓고 있는 중입니다. 그런데 그 주변에 있는 암자의 주지가 계속 민원을 넣어 작업을 방해하고 있습니다."

"이유가 무엇인데요?"

"소음 때문에 수행과 종교 행사에 방해가 되니 작업을 중지해 달라는 겁니다."

"혹시 그 암자가 불법 건물이 아닌지 확인해 보았습니까?"

"네, 알아보았더니 몇 해 전에 지방문화재로 등록이 되었다고 합니다."

"정현택 씨는 정식으로 당국의 허가를 받고 주택을 짓고 있겠죠?"

"그야 물론이죠."

"그럼 소음이 난다는 것은 명분이고 속으로는 다른 의도가 있을 겁니다. 혹시 보시(布施)를 하라고는 하지 않던가요?"

"선생님 말씀이 맞습니다."

"얼마를 요구하던가요?"

"그 액수가 하도 어마어마해서 그 돈을 다 주면 남는 이익이 없습니다. 그렇다고 해서 이미 시작해 놓은 일을 중단할 수도 없고 정말 어떻게 해야 할지 모르겠습니다. 작업이 진행되지 않자 저를 후원해 주던 물주들이 그거 하나 제대로 해결하지 못하느냐면서 하나둘씩 떠나기 시작했습니다."

"그래 정현택 씨는 어떻게 했습니까?"

"남들이 하는 대로 주지를 데리고 나와서 주연(酒宴)도 베풀어 주고 했지만 민원을 철회할 기미가 보이지 않습니다."

"주지가 술도 들던가요?"

"일반 사람들과 똑같습니다."

"그럴 때는 생각을 좀 해 보아야죠."

"어떻게 말입니까?"

"그 주지와 조용히 만나서 흥정을 해 보세요."

"흥정요?"

"그렇습니다. 협상(協商) 말입니다. 나도 이 사업을 해서 먹고살아야 하는데 주지가 요구하는 액수를 다 내주면 적자가 난다는 것을 잘 알아듣게 설명해 주어야 합니다. 돈을 뜯어내자는 것이 주지의 목적이니까 그도 주택 사업이 중단되는 것은 원치 않을 것입니다.

만약에 주택 사업이 중단되거나 취소되면 정현택 씨는 큰 손해를 보

314

게 될 것이고 주지 역시 돈을 받아내지 못할 것입니다. 양쪽이 다 같이 유익할 것이 없습니다. 그것보다는 공생(共生)의 길을 찾아야 하지 않겠느냐고 주지를 설득하도록 하세요. 명색이 불자(佛子)인데 공멸(共滅)보다는 공존공생의 길을 택하려고 할 것입니다."

"그래도 안 들으면 어떻게 하죠?"

"아마 그런 일은 없을 것입니다. 그래도 거절하면 양측이 다 같이 동의할 수 있는 중재자를 내세우면 될 것입니다. 그러나 이런 일은 일종의 뒷돈과 같은 것이어서 주지도 남에게 공개되는 것을 원치는 않을 것입니다. 그러니까 주지도 남이 보지 않는 데서 은밀히 주고받는 쪽을 택하려고 할 것입니다."

"남북 정상회담도 아닌데 명색이 사찰의 주지가 그렇게 뒷돈을 요구하다니 정말 속에서 배알이 꼴려 아니꼽고 치사해서 못 견디겠습니다."

"그래도 현실이 그런데 어떻게 하겠습니까? 선택은 정현택 씨 자유니까 신중히 처리하세요. 사업하려면 그런 일도 감수하셔야지요."

"저도 민원을 넣으면 어떨까요? 주지의 뒷돈 요구에 사업을 못할 정도라고 말입니다."

"그럼 일이 아주 복잡해질 겁니다."

"어떻게요?"

"주지는 소음 방지를 요구했지 뒷돈을 요구한 일이 없다고 안면을 싹 바꿀지도 모릅니다. 그렇게 되면 해결은 부지하세월(不知何歲月)이 될 것입니다."

"결국 칼자루는 주지가 쥐고 있다는 얘기가 됩니까?"

"그러니까 불교의 원리인 공생과 상부상조를 내세워 협상을 하라는 것 아닙니까?"

"결국 그 길밖에 선택의 여지가 없을 것 같습니다. 그러나 그 돈이 주지의 호주머니 속으로 들어갈 생각을 하니 도저히 참을 수가 없습니다."

"그럼 서로 합의된 돈을 줄 때 반드시 공익(公益)을 위해 써야 한다는 것과 그 사용처를 시주(施主)에게 투명하게 밝힌다는 단서를 달면 될 것입니다."

"과연 그렇게 되면 제 돈이 주지 개인의 재산이 되지는 않겠군요. 저는 제가 땀 흘려 번 돈의 일부를 마치 김대중 정부가 5억 달러를 남북 정상회담의 대가로 마치 뇌물처럼 김정일 개인 구좌에 넣어 주듯이 하기는 정말 죽기보다 싫었거든요. 그러나 그 돈이 불자들에게 진리를 보급하는 데 사용된다면 아까울 것이 없습니다."

이렇게 말하면서 그는 들어올 때와는 달리 환한 얼굴로 돌아갔다.

돼지에게 진주를 던지지 말라

　삼공재(三功齋)가 생긴 지 4년 후인 1994년 4월부터 지금(2003년 3월)까지 9년 동안 거의 일주일에 한 번씩 찾아와서 한두 시간씩 수련을 해 오는 중년 부부가 있다. 송무웅, 황양희 부부가 바로 그들이다. 삼공재가 열린 지 14년이 되었지만 이만큼 지구력 있는 수련자의 경우는 찾아보기 어렵다. 그 때문에 그들은 그동안 수련도 많이 되었는데 요즘은 빙의령과 접신령 문제로 무척 어려움을 겪고 있다. 황양희 씨가 말했다.

　"선생님, 저희들은 요즘 빙의령 문제로 힘겨워하고 있습니다. 언제까지 이렇게 고생을 해야 하는지 모르겠습니다."

　"요즘도 빙의령 때문에 전화가 많이 걸려 옵니까?"

　"날이 갈수록 더 심해지고 있습니다."

　"제일 힘든 문제가 무엇인지 사례별로 말씀해 보세요."

　"제령(除靈)을 해 달라고 청해 오는 사람들이 하도 많아서 그것을 일일이 다 들어 주기는 물리적으로 불가능한 일이고 어떻게 처신을 해야 할지 모르겠습니다. 친지와 알음알이를 통해서 전화가 걸려 오는 것이 대부분입니다.

　심한 경우는 빙의나 접신된 후 몇 년씩 된 사람들도 있습니다. 거의가 큰돈까지 써 가면서 용하다는 무당, 스님, 목사들을 모두 다 찾아다니면서 자기네가 해 볼 수 있는 일은 다 해 본 뒤에도 듣지 않았는데, 저희와 전화가 연결되자마자 제령(除靈)이 되니까 자기네들은 좋겠지만 자동적으로 그 빙의령을 인수받아 천도(薦度)를 해야 하는 우리는 죽을 맛입니다. 물론 한두 시간 안에 천도가 되는 경우도 있지만 심한 경우는 3, 4일 동안이나 지독한 몸살을 앓듯이 고생해야 하는 수도 가끔 있습니다."

"그럴 겁니다. 나도 겪었던 일이라 그 고생을 이해합니다."

"그런데, 선생님, 그렇게 해서 고생고생 끝에 제령을 해 주고 나면 얼마 지나지 않아서 또 빙의가 되었다면서 청탁 전화가 걸려 옵니다. 그런데 이번에도 전보다 더 강력한 메가톤급인 경우가 대부분입니다.

힘들여 제령을 해 주고 나면 며칠 후에 또 전화가 걸려 와서는 앞으로도 계속 전화로 제령을 해 줄 수 있게 해 달라고 합니다. 그런 경우는 어떻게 처신을 해야 할지 막막합니다. 우리의 기력(氣力)에도 한계가 있으니까요. 그렇다고 해서 돈을 받고 빙의령 천도를 해 줄 수도 없는 일이고 말입니다."

"돈을 받는 것은 정말 안 됩니다. 만약에 두 분이 돈을 받기 시작하면 그 순간부터 수련은 물 건너간 것이 되어 버리고 말 것입니다."

"그래서 우리도 돈은 일체 요구하지 않습니다."

"당연히 그래야지요. 그렇다고 해서 그렇게 힘들여 제령을 해 주었는데도 찾아와서 고맙다는 예의도 차리지 않고 계속 전화로만 신세를 지려고 하는 것은 몰염치한 얌체짓이 아닐 수 없습니다. 고마움을 표시할 줄 모르는 철면피한(鐵面皮漢)에게는 당연히 사절을 해야 합니다.

그런 사람에게 계속 도움을 주는 것은 돼지에게 진주를 던져 주는 격입니다. 그 소중한 진주는 계속 그들에게 짓밟히게 될 것입니다. 그들은 그것이 얼마나 귀중한 것인지 모르기 때문입니다. 솔직히 말해서 두 분에게는 그것이 지난 9년 동안 얼마나 끈질긴 수련 끝에 얻어진 능력입니

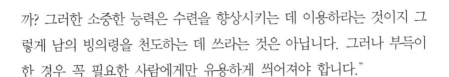

까? 그러한 소중한 능력은 수련을 향상시키는 데 이용하라는 것이지 그렇게 남의 빙의령을 천도하는 데 쓰라는 것은 아닙니다. 그러나 부득이한 경우 꼭 필요한 사람에게만 유용하게 씌어져야 합니다."

"어떻게 말입니까?"

"구도자의 공부에 도움이 되는 경우에 한해서 쓰여져야 합니다. 그러므로 그렇게 고마움을 표시할 줄도 모르는 그러한 무례한 속물저질(俗物低質)들을 함부로 도와주라는 것이 아니라는 것을 알아야 합니다."

"그렇다면 빙의로 고생하는 사람은 결국은 자신의 빙의 현상을 수련을 하라는 신호로 받아들여야 한다는 말씀인가요?"

"그렇고말고요. 친지의 소개로 어쩌다가 자기도 모르게 한두 번은 제령을 해 줄 수도 있겠지만 반드시 수련을 해야 한다는 신호임을 본인에게 알려 주어야 합니다. 수련을 하면 누구나 자기에게 들어온 빙의령을 스스로 천도시킬 수 있는 능력을 갖게 된다는 것을 일깨워 주어야 합니다."

"그렇게 말해 주었는데도 수련에는 관심이 없고 계속적으로 남의 신세만 지려고 할 때는 어떻게 하죠?"

"단연코 거절해야 합니다. 스스로 농사지을 생각은 않고 남이 수확해 놓은 것을 공짜로 얻어먹기만 하겠다는 얌체족을 도와줄 필요가 있겠습니까?"

"무슨 뜻인지 잘 알겠습니다. 그리고 선생님. 저희들의 경우, 빙의령 문제로 고생하는 기간이 얼마나 지속될 것 같습니까?"

"그거야 수련의 성과 여하에 달려 있는 일입니다. 가능하면 제령하는 데 너무 많은 기운을 쓰지 않도록 해야 합니다. 아까도 말했지만 그 기운은 수련을 하라는 것이지 수련도 하지 않는 사람들의 빙의령 천도하는 데 쓰라는 것이 결코 아닙니다."

"빙의령을 지금보다 좀 쉽게 천도시킬 수 있는 묘안은 없겠습니까?"

"그 묘안은 지금보다 수련에 한층 더 박차를 가하는 길밖에 없습니다. 수련이 보다 깊어지면 제령도 지금보다는 훨씬 더 쉬워질 것입니다. 그러나 내가 꼭 말하고 싶은 것은 두 분에게는 지금이 아주 위험한 시기라는 것입니다.

본의 아니게 그러한 능력이 알려져서 몰려오는 사람들의 청탁을 일일이 물리치기가 어려울 것입니다. 그렇지만 두 분이 9년 전에 시작한 이 공부는 진리를 깨달아 생사의 윤회에서 벗어나자는 것이지 초능력을 얻어 그것으로 빙의된 사람을 제령시켜 주라는 것은 아닙니다. 빙의된 사람이 구도자가 아닌 이상 도와줄 필요가 없습니다.

구도 이외의 목적에는 결코 써서는 안 된다는 것은 깊이 명심해야 합니다. 그래서 예부터 도인들은 자신의 능력을 함부로 외부에 노출시키지 않았습니다. 본의 아니게 일단 노출되었다고 해도 금방 감추어 버리고 모른 척합니다. 왜냐하면 지금 두 분이 겪고 있는 것과 같은 어려움을 사전에 피하기 위해서입니다."

"사실은 저희도 사태가 이렇게 심각해지리라고는 미처 생각지도 못했습니다."

구도자(求道者)의 생존술(生存術)

"그래서 진정한 구도자는 알아도 모르는 척하고 초능력이 있어도 없는 척하고 시중에 묻혀서 바보처럼 평범하게 살아갑니다."

"그러나 일단 외부에 그러한 능력이 노출되었을 때는 어떻게 하죠?"

"무조건 감추어야 합니다. 그래서 옛 도인들은 세속이나 깊은 산속에 꼭꼭 숨어서 살았습니다."

"허지만 이미 유명해져 버렸을 때는 어떻게 하죠?"

"자기 주변에 이중삼중으로 철조망을 쳐야 합니다. 생존 시의 성철(性撤) 스님은 이렇다 할 초능력을 발휘하지도 않았는데도 워낙 고승으로 소문이 나서 국내외에서 수많은 사람들이 몰려들었습니다. 물론 개중에는 진정한 구도자도 있었겠지만 대부분이 사업상 필요가 아니면 호기심으로 한 번 얼굴이나 직접 대해 보자는 관광객들이 더 많았습니다.

이 때문에 성철 스님은 자신의 거처에 이중삼중으로 철조망을 치고 나서 자기를 만나고 싶은 사람은 누구를 막론하고 불상 앞에서 3천배를 하게 했습니다. 3천배라면 말이 쉽지 보통 사람이 그것을 다 하려면 무려 14시간이 걸린다고 합니다.

초보자는 이것을 마치고 나면 땀으로 벌창을 하고 기진(氣盡)하여 쓰러지기가 일쑤입니다. 훈련된 수련자도 8시간은 걸린다고 합니다. 3천 번의 절을 끝내고 나서 성철 스님을 만나 보아야 그로부터 '이뭐꼬?'나 '부모미생전본래면목(父母未生前本來面目)'이니 '뜰 앞의 잣나무'니 하는 화두를 받는 것이 고작입니다. 그러나 화두 하나를 얻기 위해 3천배를 할 수 있다는 인내력만은 알아주어야 합니다.

요컨대 유능한 구도자는 외부에 알려지기 전에 자신의 정체를 감추거나 숨기는 것이 제일입니다. 차선책은 접근을 막는 방법을 강구하는 겁니다. 살아남기 위해서는 어쩔 수 없는 자위책입니다. 동물이 외부 침해에서 살아남기 위해서 위장술을 쓰거나 깊은 동굴이나 벼랑 끝이나 높은 나뭇가지 위에 서식처를 만들거나 둥지를 트는 것과 다르지 않습니다."

"그러니까 자신의 초능력을 외부에 과시하거나 선전하는 사람은 모조리 사기꾼이나 사이비 교주로 보면 틀림이 없겠군요."

"그렇고말고요. 잘 알고 계시는군요."

"그래서 필요할 때는 바보짓도 하고 미치광이 노릇도 해야 되겠네요."

"그렇고말고요."

"그렇지만 저희들은 두 아이가 아직 학교 공부를 하고 있는데 생업까지 집어치우고 숨어 버릴 수는 없는 일이 아니겠습니까?"

"두 분은 지금도 늦지 않았으니까 철저히 위장술을 써야 합니다."

"어떻게 말입니까?"

"그런 능력이 한때 있었지만 지금은 사라져 버렸다고 널리 외부에 알리면 됩니다."

"그렇게 하면 전화로 시험을 하려고 할 텐데요."

"전화번호도 바꿔 버리든가 아예 전화를 받지 않으면 됩니다."

"그래도 사업상 꼭 받아야 할 전화는 어떻게 하죠?"

"사업상 꼭 필요한 사람들과는 외부에 알려지지 않은 휴대전화를 이용하도록 하면 될 것입니다."

"선생님 얘기를 듣고 나니까 겉으로 알려진 구도자보다는 외부에 나타나지 않는 진짜 구도자들이 더 많을 것 같습니다."

"사실입니다. 드러난 것은 그야말로 빙산(氷山)의 일각(一角)에 지나지 않는다고 보아야 합니다. 희귀식물이나 희귀동물이 살아남으려면 무엇보다도 매스컴에 노출당하지 말아야 합니다. 일단 그 서식처가 알려지면 도벌꾼과 밀렵꾼들 때문에 도저히 살아남지 못합니다.

구도자 역시 자기 공부를 완성하려면 될 수 있는 대로 외부에 알려지지 말아야 합니다. 수련 중에 쥐꼬리만한 초능력이 발현되었을 때 그것을 남에게 알리고 싶어서 입이 근지러워서 못 견디는 사람은 이미 구도자로서의 자격을 상실했다고 보아야 합니다. 공부의 승패는 인내력과 지구력에 달려 있는데 그걸 못 참는다면 수행자로서는 더이상 기대할 것이 없는 것입니다.

벼는 익을수록 고개를 숙이고 구도자는 공부가 깊어질수록 골방 속에 숨어야 합니다. 수행은 처음부터 끝까지 진리인 하늘과 나와의 수직 관계에서 성취되는 것이지 다른 사람들과의 횡적인 유대에서 오는 것은 아니기 때문입니다. 그렇다고 해서 이웃 사랑을 하지 말라는 말은 아닙니다. 단지 이웃은 이타행(利他行)과 애인여기(愛人如己)의 대상이지 자기 능력을 과시할 대상은 아니라는 말입니다."

"그래서 선방에서는 그렇게도 묵언하심(黙言下心)을 강조하고 있는 모양이죠?"

"그렇고말고요. 그것 역시 구도자로서의 생존술의 하나입니다. 그러다가 진리를 터득하여 우아일체(宇我一體)가 되면 자기도 모르게 입이 열립니다. 유덕자필유언(有德者必有言)의 경지에 오르게 됩니다. 그때쯤 되면 구도자들과 제자들이 알아보고 모여들게 될 것입니다. 자연히 하화중생(下化衆生)을 위하여 할일이 생기게 될 것입니다."

어느 요식업자(料食業者)의 분노(忿怒)

정지현 씨가 말했다.

"제 조카가 금년에 나이가 마흔일곱 살인데, 무역 회사에 다니다가 그만두고 한 5년 동안 아내가 버는 돈으로 살면서 무위도식했습니다. 그런데 2년 전에 요식업에 관심을 갖게 되어 아내 친구의 소개로 강남구 논현동 도로변에 점포를 하나 세내어 식당을 차렸습니다."

"경험도 없이 요식업계에 뛰어들었단 말입니까?"

"그런 건 아니고요. 그의 아내가 그 방면에 경험이 있으므로 부부가 함께 그 일을 하기로 했습니다. 비록 낡은 건물이긴 하지만 마침 동남향 코너에 위치한 이층 상가 아래층 34평 기존 식당 점포를 세내어 한식(韓食)집을 차렸습니다.

그걸 차리느라고 퇴직금과 집을 저당 잡힌 대출금과 창업보조금까지 합하여 1억 5천만 원을 장만하여, 권리금 3천 5백만 원 내고 전세보증금 2천만 원에 월세 1백9십만 원에 세를 들었습니다. 그리고 그 나머지 9천 5백만으로는 운영비와 식당 비품비로 충당하고 3천만 원 정도를 투자하여 낡은 점포를 대대적으로 내부 수리 공사를 하고 화장실까지 새로 만들었습니다."

"계약 기간은 어떻게 정했는데요?"

"건물주가 관례대로 1년으로 하자는 것을 수리비를 많이 들인 것을 감안하여 2년으로 해 달라고 졸라서 그렇게 했다고 합니다. 건물주보고 이

상가를 신축하거나 매도할 의사가 없느냐고 물어보았더니 아직은 그럴 의향이 없다고 하기에 그 말을 믿고 수리비를 아끼지 않고 투입했다고 합니다.

수리 기간만 한 달이 걸렸습니다. 건물주도 그것을 감안하여 영업 못한 한 달 동안은 임대료를 면제해 주었다고 합니다. 그렇게 하여 신장개업을 했는데 사업 수완이 있었던지 운이 따랐던지 장사가 번창하여 적지 않은 돈을 벌었습니다. 그런데 문제가 생겼습니다."

"문제라뇨?"

"신장개업한 지 1년 동안 돈 버는 재미에 정신없이 한창 신나게 일하고 있는데 건물주로부터 느닷없이 계약 기간이 끝나는 금년(2003년) 5월 말에 기존 건물을 헐고 신축 공사를 하게 되었으니 그때까지 건물을 비워 달라는 통고를 받았습니다. 그 말을 듣는 순간 조카는 마른하늘에 날벼락을 맞는 심정이었다고 합니다.

그는 건물주에게 심한 배신감을 느끼고 그를 미워하고 저주까지 했습니다. 하도 실망이 커서 잠도 제대로 오지 않고 입맛도 잃어버렸습니다. 그런데 이상하게도 그런 일이 있고난 뒤에는 장사가 더 잘되어 인근에서는 크게 소문이 날 지경이 되었습니다. 점심과 저녁 시간에는 손님들이 하도 많이 모여들어 문밖에 장사진을 쳤습니다.

조카의 식당이 번창일로를 걷는 것과는 대조적으로 그 주변의 기존 요식업체들은 파리를 날렸습니다. 하도 장사가 안되어 그 구역의 요식업체 사장들이 조카의 식당에서 시식(試食)을 해 볼 정도였습니다. 그들 중 일부는 조카의 식당의 메뉴대로 음식을 만들어 보았지만 개업 초기에는 다소 손님이 모여들었다가도 얼마 안 되어 조카의 식당으로 다시

325

몰려들었습니다."

"특별한 운영 비법이라도 있었던 것이 아닐까요?"

"저도 조카에게 그걸 물어보았습니다. 그랬더니 점심 식사는 박리다매 (薄利多賣) 주의를 택하여 인건비만 건지기로 했다고 합니다. 그렇게 하여 점심에 모여든 손님들이 자연스럽게 저녁에도 모여들게 유도했다고 합니다. 이 전략이 다행히도 맞아 들어 저녁 손님들도 들끓게 되었습니다. 저녁 손님들은 낮 손님들과는 달리 술과 고기를 드는 경우가 많으므로 거기서 이익을 올렸습니다.

하여튼 간에 조카는 소문대로 큰 떼돈은 아니라도 밑천을 충분히 건지고도 남을 정도로 돈을 벌었습니다. 월 순이익이 1천 내지 1천 5백만은 되었다니까요. 그런데 계약 기간이 끝나는 대로 나가라고 하니 얼마나 실망이 컸겠습니까? 약이 오를 대로 오른 것이죠.

그래서 건물주에게 항의했습니다. 계약 당시에는 신축 계획도 매도할 의사도 없다고 하여 막대한 수리비를 들여 공사를 하게 해 놓고 이제 자리가 좀 잡힌다 싶으니까 신축 공사한다고 계약 기간이 되었다고 아무 대책도 없이 나가라고 하니 그런 법이 어디 있느냐고 말입니다."

"건물주는 뭐라고 했답니까?"

"계약 당시에는 신축할 계획이 전연 없었지만 지금은 상황이 완전히 바뀌었다고 말했습니다. 건물주가 그 건물을 산 지 20년 동안 이 지역에서는 아무런 변화가 없었는데 조카가 계약을 하고 나서 1년도 채 안 되는 동안에 이 지역에 큰 변화가 일어났습니다.

그 상가 주변의 낡은 2층 건물들이 차례로 헐려 나가고 4·5층짜리 새 건물들이 들어서게 되었습니다. 그 원인은 이 지역에 테헤란로에서 넘쳐

나는 벤처 기업들이 대량으로 밀려들어 오기 시작했지만 기존 상가 건물의 사무실을 구할 수 없어서 주거 지역의 단독주택들을 세내어 사무실로 쓰면서 새 사무실을 구하고 있었기 때문이었습니다.

이 지역의 어떤 건물주든지 낡은 이층 건물을 그대로 쓰고 앉아 있을 수는 없도록 상황이 바뀌었습니다. 계약 만료일이 다가오자 건물주는 조카에게 내용증명을 보내어 계약 만료일까지 건물을 비워 달라고 공식 통고하게 되었습니다. 이렇게 하지 않으면 계약이 2년간 자동 연장되기 때문입니다.

그러나 조카는 건물주에게 새 건물을 지은 후 일층 점포를 우선적으로 자기에게 임대해 주든가 아니면 사업에 투자한 1억 5천만 원을 보상해 주지 않으면 나갈 수 없다고 강경하게 맞서고 있습니다."

"그에 대해 건물주는 뭐라고 했답니까?"

"새 건물을 지은 후에 일층 상가를 임대하는 것은 공동 투자자가 있어서 그들의 의견도 들어 보아야 하니까 자기 혼자서 결정할 수 없는 것이므로 건물 지은 후에 보자고 말했답니다. 그리고 보상에 대해서는 계약서상에 그런 보상을 한다는 조항도 없을 뿐 아니라 그런 관례도 없으니까 응할 수 없다고 했답니다.

저도 계약서를 보았는데 과연 그런 조건은 기술되어 있지 않았습니다. 제가 보기에도 건물주에게는 아무런 하자(瑕疵)가 없었습니다. 조카가 그 문제로 하도 노심초사하기에 제가 아는 변호사한테 문의해 보았더니 그런 때는 건물주가 명도(明渡) 소송(訴訟)을 하면 조정 기간 4개월 내지 6개월 후에는 꼼짝없이 임차인은 건물을 비워 주어야 한다고 합니다.

우리나라는 약자인 임차인에게 법이 유리하게 되어 있지만 선진국에

서는 임대인이 명도 소송을 내면 즉각 집을 비워야 한다고 합니다. 그뿐
아니고 변호사 비용까지 포함한 소송비용 일체를 패소자가 뒤집어써야
한다고 합니다."

"나도 그렇게 알고 있습니다. 그럼 조정 기간 4개월 내지 6개월 동안
에는 무엇을 한다고 합니까?"

"판사는 어떻게 하든지 임대인과 임차인 사이에 화해를 붙이려고 하
는데 6개월이 지나도록 어느 한쪽이든지 끝내 응하지 않으면 임대인이
승소하게 되어 있다고 합니다. 그런데 대개의 경우 건물주가 건설업자하
고 건축 계약을 하고 나서 공사 일자는 하루하루 다가오는데 임차인이
건물을 비워 주지 않을 경우 공사 지연으로 인한 비용 때문에 어쩔 수
없이 울면서 겨자 먹기로 임차인의 요구를 들어주지 않을 수 없다고 합
니다.

그러나 그런 경우를 예상하고 건물주가 건설업자와 건축 계약을 맺지
않은 경우라면 임차인에게 불리하다고 합니다. 그렇지 않으면 건물이 매
도되어 중도금까지 건물주에게 넘어갔을 경우, 매수인이 건물을 완전히
비워 주지 않으면 잔금을 치를 수 없다고 할 경우에도 건물주는 명도를
거부하는 임차인에게 그가 요구하는 보상금을 내어 주지 않을 수 없다
고 합니다. 그러나 조카에게 알아보았더니 건물주는 이 두 가지 경우 중
어디에도 해당되지 않는다고 합니다."

"그럼 이미 게임은 끝났군요. 그럼 무엇이 문제입니까?"

"조카가 끝까지 단념을 하지 않고 법이 허용하는 한 온갖 수단과 방법
을 총동원하여 건물주와 싸우겠다고 벼르고 있는 겁니다."

"하긴 장사가 그렇게 잘된다니 누가 그렇게 순순히 응하려고 하겠습

니까? 그 심정은 충분히 이해할 만합니다. 그러나 건물주가 명도 소송만 내면 패소할 것이 뻔한데 무엇을 어떻게 하겠다는 겁니까? 그거야말로 달걀로 바위 치기가 아닙니까?"

증오와 원망의 독기

"저도 그 점을 조카에게 누누이 설득했지만 전연 먹혀들지 않습니다. 이대로 나가다간 불의의 사고라도 나지 않을까 걱정이 됩니다. 대단히 죄송한 말씀입니다만 선생님께서 제 조카를 잘 좀 타일러 주실 수 없겠습니까?"

"아니 피붙이인 삼촌의 말도 안 듣는데 제가 무엇을 타이르고 말고 할 것이 있겠습니까?"

"그렇지 않습니다."

"그렇지 않다니요?"

"조카는 제가 읽는 『선도체험기』를 몇 권 빌려다가 읽어 본 일이 있어서 선생님의 말씀이라면 받아들이지 않을까 생각됩니다. 지금도 조카는 건물주를 하도 미워하고 원망을 하고 있어서 제정신이 아닙니다. 벌써 1년 이상이나 그러한 원망과 증오심이 쌓이고 쌓여서 바로 그것 때문에 암 같은 난치병이라도 걸리지 않을까 걱정이 될 지경입니다."

정지현 씨의 부탁이 하도 간곡해서 나도 모른 척만 할 수는 없었다.

"내 말이 어느 정도 먹혀들지는 모르지만 밑져야 본전이라 생각하시고 그럼 어디 한번 데려와 보세요."

그로부터 사흘 후 오후 세 시경 과연 정지현 씨는 조카를 데리고 나타났다. 이목구비가 뚜렷하고 지성적이고 전연 빈틈이 없는 합리적으로 생긴 외모였는데, 과연 듣던 대로 그는 원망과 증오로 인한 독기가 몸 전체에 충만해 있어서 누가 살짝 건드리기만 해도 금방 터질 것만 같았다. 정찬수라고 자신의 이름을 밝힌 그는 인사 소개가 끝나자 뜻밖의 말을 먼저 했다.

"선생님께서는 포병 장교 출신이시더군요."

"아니 그걸 어떻게 아셨어요?"

"『선도체험기』에서 보았습니다."

"그랬군요."

"저희 아버님께서는 육사 8기생이셨습니다."

"그래요? 육사 8기라면 내가 소대장 할 때 대대장 아니면 사단 참모로 계시던 분들입니다. 그때 갑종 91기, 포간 51기 출신의 초급 장교인 나는 매번 그분들에게 얻어터지고 깨어지곤 하기도 했지만 그분들의 도움도 많이 받았습니다. 부친께서는 아직도 생존해 계십니까?"

"돌아가셨습니다."

"나는 32년생이지만 선친께서는 몇 년생이신데요?"

"24년생이십니다."

"지금 살아 계신다면 80이시군요. 병과가 무엇이었습니까?"

"보병입니다."

"병과가 같았더라면 어디서든 만났을 것입니다. 그건 그렇고 삼촌한테 자세한 얘기는 들었는데 신경이 많이 쓰이겠습니다."

"전 재산을 투입해서 벌인 사업인데 생각하면 정말 미치고 환장할 지경입니다."

"그렇겠죠. 막상 정찬수 씨를 직접 만나 보니 예상했던 것보다 상황이 훨씬 더 절박한 것 같습니다. 분노와 원한과 증오심으로 정찬수 씨는 지금 온몸이 달아오르고 있습니다. 이것을 한마디로 울화(鬱火)라고 합니다. 틱낫한 스님은 화(火)를 가라앉히려면 현재 자기가 하는 일을 생각하고 천천히 걸으면서 조약돌을 만지라고 했다지만, 내가 보기에는 그것만으로는 화를 진정시키기 어려울 것 같습니다."

"그럼 어떻게 하는 것이 좋겠습니까?"

"화(火)의 정체를 우선 파악해야 합니다. 그래야 적절한 대책이 나올 것입니다. 그렇게 하지 않고 지금처럼 그 화를 계속 키우기만 하다가는 언제 폭발할지 모릅니다. 그렇게 되면 정찬수 씨의 건강이 버티어 낼 수 없을 것입니다. 돈과 명예를 잃는 것은 인생의 일부를 잃는 것이지만 건강을 잃으면 인생 전부를 잃게 되어 있습니다. 내가 보기에 정찬수 씨는 지금 간담과 비위가 많이 상해 있습니다."

"그렇지 않아도 요즘 가슴이 답답하고 소화가 잘안 될 때가 있는데 선생님께서는 그걸 어떻게 아셨습니까?"

"정찬수 씨의 안색에 나타나 있습니다. 약간 비만이긴 하지만 얼굴에 검푸르고 노란 기운이 나타나면 간담과 비위에 이상이 있는 겁니다."

"그렇지 않아도 이 상태로 계속 나가면 병이 날 것 같은 느낌이 들곤 했습니다."

"그것 보세요. 건강이 깨졌는데 돈을 많이 벌어 본들 무슨 소용이 있겠습니까? 돈은 아무리 많이 벌어 보았자 죽을 때는 한 푼도 가져갈 수 없지만 건강한 마음만은 그대로 가지고 저세상에 갈 수 있습니다. 살아생전에도 건강만 있으면 돈을 벌 수 있는 기회는 앞으로 얼마든지 찾아올 수 있지만 건강이 망가져 버리면 그런 기회가 찾아온들 무슨 소용이 있겠습니까?

울화(鬱火) 가라앉히는 지름길

건물주에 대한 울화와 분노와 원망과 증오가 상대인 건물주보다는 정찬수 씨 자신을 해치고 있다는 것을 알아야 합니다. 울화는 자기 몸속에 스스로 독소를 쏟아 냅니다. 그것이 지금 정찬수 씨의 간담과 비위를 맹렬히 공격하고 있습니다. 울화, 분노, 원망, 증오는 맹독과 같아서 그것을 품고 있는 사람에게는 일종의 자살행위와 같습니다."

"저도 『선도체험기』를 몇 권 읽어서 그런 이치는 알고 있습니다만 제가 지금 처하고 있는 일을 생각하면 할수록 정말 분하고 억울해서 못 견딜 것 같습니다."

"지족자부(知足者富)라고 하지 않습니까? 만족할 줄 아는 사람이 정말 부자입니다. 제아무리 억만장자라고 해도 만족할 줄 모르면 그 사람은 진짜 가난뱅이라고 아니할 수 없습니다. 진정한 부자는 밖에 있는 것이 아니고 자기 마음속에 있다는 것을 알아야 합니다.

욕심을 부리면 끝이 없습니다. 그런 사람은 그 욕심 때문에 늘 허기지고 불행할 것입니다. 그러나 그 욕심을 조금만 줄이고 만족할 줄 아는 사람에게는 늘 행복이 찾아오게 되어 있습니다."

"그러나 선생님, 약속을 어긴 건물주는 정말 용서할 수 없습니다."

"건물주가 무슨 약속을 어겼습니까?"

"계약 당시에는 신축 공사도 매도할 의사(意思)도 없다고 해 놓고는 겨우 2년간의 계약 기간이 만료되자 나가 달라는 것은 일종의 배신행위가 아닙니까?"

"내가 보기에는 계약 당시의 건물주의 의사만을 믿고 전 재산을 투자하여 내부 공사를 한 정찬수 씨가 잘못한 것이지 건물주는 하등 잘못이 없습니다. 임차인은 어디까지나 임대인과의 계약을 토대로 일을 진행시켜야지 언제 변할지도 모르는 건물주의 일시적인 의사(意思)를 바탕으로 투자를 해서는 안 됩니다. 그 의사(意思)에 전 재산을 건 정찬수 씨가 어리석은 것입니다. 그러나 결과적으로 볼 때 정찬수 씨가 마냥 어리석은 것만은 아니었습니다."

"그게 무슨 뜻입니까?"

"그동안에 장사가 잘되어 밑천은 충분히 건지고도 남았다고 하지 않았습니까? 그만하면 손해는커녕 이익을 보지 않았습니까? 방금 전에도 말했지만 지족자부(知足者富)입니다. 정찬수 씨가 그야말로 만족할 줄 아는 사람이라면 당연히 부자라고 말할 수 있을 것입니다."

"그래도 자꾸만 억울하고 약이 오르는데 어떻게 합니까?"

"그건 재욕(財慾)이 지금 정찬수 씨의 눈을 가렸기 때문입니다. 지금의 형편이 정찬수 씨의 운명이요 업보(業報)거니 생각하면 억울할 것도 없습니다. 그럴 때는 자기 자신의 처지만 생각지 말고 입장을 바꿔 놓고 상대인 건물주의 처지도 생각해 보아야 합니다. 만약에 정찬수 씨가 건물주(建物主)라면 어떻게 했을 것 같습니까?"

잠시 생각에 잠겨 있던 그가 입을 열었다.

"솔직히 말해서 제가 건물주라고 해도 주변의 낡은 건물들이 다 헐려 나가고 새 건물들이 속속 들어선다면 은행 융자라도 얻어서 새 건물을 지으려 했을 것입니다. 그렇게 하면 수익이 지금의 몇 배로 오를 것이니 그럴 수밖에 없었을 것 같습니다."

"그것 보세요. 이제 시야가 트이지 않았습니까? 자기 입장만 생각하면 언제까지나 우물 안 개구리 신세를 면할 수 없습니다."

"『선도체험기』에서 역지사지(易地思之)하라는 말은 읽은 기억이 납니다만 그것을 저 자신에게 대입(代入)해 보기는 이번이 처음입니다."

"그처럼 처지를 바꿔 놓고 생각해 보는 것이 바로 울화뿐만 아니라 상대에 대한 분노와 원망과 증오심을 가라앉히는 지름길이기도 합니다."

그는 이 말을 끝으로 잠시 아무 말도 않고 묵묵히 앉아 있다가 무겁게 입을 열었다.

"선생님, 오늘 참 좋은 말씀 들려주셔서 정말 고맙습니다."

이렇게 말하는 그의 얼굴을 보니 조금 전까지도 그를 감싸고 있던 독기(毒氣)가 어느덧 보이지 않았다.

우리가 이 세상에 태어난 이유

황영식 씨가 말했다.

"두 가지 질문이 있습니다."

"어서 말씀해 보세요."

"모든 동물들은 왜 꼭 살려고만 발버둥을 치죠?"

"그것이 본능이니까요. 동물들뿐만 아니고 온갖 생물들은 살기 위해서 태어났지 죽기 위해서 태어나지는 않았으니까요."

"그래도 꼭 그래야만 할 이유가 있을 것 아닙니까?"

"자연의 실상이 그러할 뿐 이유 같은 것은 없습니다. 모든 생물의 속성이 그러니까 그러할 뿐입니다."

"그렇다면 어떤 사람이 강기슭을 지나다가 물에 빠져 허덕이는 소년을 보고 금방 뛰어 들어 아이를 건져내고 자기 자신은 기진맥진하여 물에 빠져 죽었다면 이것을 어떻게 보아야 합니까? 그 사람은 인간의 생존 본능에 어긋나는 행동을 한 것이 아닙니까?"

"그 사람이야말로 본능적이고 유한한 동물적인 생명 너머에 있는 영원한 생명을 자기도 모르게 알고 실천한 사람이라고 할 수 있습니다. 거짓 생명보다는 진짜 생명을 산 사람이라고 할 수 있습니다. 그래서 그러한 사람을 보고 예부터 살신성인(殺身成仁)이라고 했습니다. 여기서 물론 신(身)은 유한한 가짜 생명이고 인(仁)은 영원한 진짜 생명입니다. 이것을 보고 거짓 나를 죽이고 참나로 솟아났다고 말할 수 있습니다."

"그렇다면 선생님, 유한한 거짓 생명이 이 세상에 태어난 이유는 무엇입니까?"

"과거 생(過去生)의 업보(業報) 때문입니다."

"그럼 업보란 무엇입니까?"

"유한한 생명이 있게 한 원인입니다."

"그게 무슨 뜻입니까?"

"업보란 유한하고 목적을 가진 생명을 낳게 한 원인이라는 뜻입니다."

"그럼 업보와 영원한 생명과는 어떤 관계에 있습니까?"

"업보는 유한한 생명으로서 무한한 생명으로 이어 주는 생명의 고리라고 할 수 있습니다."

"무슨 뜻인지 잘 이해가 가지 않는데요."

"이 세상을 살아가는 대부분의 사람들은 범죄자가 아닙니다. 그래서 감옥에 가지 않습니다. 그런데 간혹가다가 살인, 강도, 절도, 사기, 뇌물 수수, 성폭행을 저지른 현행범들이 발생합니다. 이들 범법자들은 경찰에 체포되어 재판을 거쳐 죄질에 따라 일정 기간 감옥살이를 하게 됩니다.

업보란 쉽게 말해서 위에 말한 살인, 강도, 절도, 사기, 성폭행 같은 범죄를 말하고 그것이 원인이 되어 감옥에 들어가 감옥살이를 하는 사람이 바로 지구상에 태어난 우리들 인간이라고 할 수 있습니다. 그리고 석가, 예수, 공자, 노자 같은 사람들은 감옥에 갇혀 있는 재소자들에게 참나를 찾아주기 위해서 찾아온 하느님의 심부름꾼이라고 할 수 있습니다.

여기서는 편의상 감옥 밖의 사람들을 참나를 훼손하지 않은 사람이라고 본 것입니다. 그러나 알고 보면 이 지구 전체가 업보 때문에 태어난 사람들이 사는 세계입니다. 징역살이만 끝나면 누구나 다 감옥에서 출소

하는 것과 마찬가지로 우리도 업보에서만 벗어나면 언제든지 본래의 제 위치로 돌아갈 수 있습니다."

"그 본래의 제 위치가 무엇인데요?"

"업보를 저질러 이 세상에 태어나기 이전의 상태를 말합니다. 그것을 편의상 참나 또는 자성(自性)이라고 말합니다. 그리고 업보를 저질러 이 세상에 태어난 나를 거짓 나라고 말합니다. 아무리 죄를 저질렀다고 해도 징역살이가 끝나면 선량한 시민으로 되돌아오는 것처럼 우리도 이 세상에 살면서 과거 생의 업보에서 벗어나면 본래의 참나로 돌아갈 수 있다는 얘기입니다."

"그럼 업보와 육체 사이에는 어떤 관계가 있습니까?"

"업보가 참나를 가진 존재로 하여금 그 지위에서 강등당하여 시간과 공간 그리고 물질이라는 한계 상황 속에 묶어 버림으로써 육체를 가진 거짓 나를 잉태케 한 것입니다."

"그렇다면 우리가 이 세상에서 할 일은 한시바삐 그 거짓 나에서 벗어나 본래의 참나를 찾는 것이군요."

"그렇습니다. 본의 아니게 죄짓고 감옥에 들어가는 사람 치고 감옥을 영원한 안식처로 알고 있는 사람이 어디 있겠습니까? 그와 마찬가지로 우리가 살고 있는 이 지구는 우리의 영원한 안식처가 아닙니다. 단지 업보를 다 벗어날 때까지 잠정적으로 머물러 있어야 하는 교도소와 같다고 보아야 합니다."

"그럼 업보에서만 벗어나면 되겠군요."

"그렇고말고요."

"어떻게 하면 그 업보에서 한시바삐 벗어날 수 있겠습니까?"

"그거야 업보를 갖게 된 원인을 없애 버리면 되지 않겠습니까?"

"그 원인이 무엇입니까?"

"사리사욕(私利私慾)입니다. 이것이 우리 속에 자리잡은 것이 바로 거짓 나이고 육체입니다."

"그럼 그 거짓 나를 벗어던지는 지름길은 무엇일까요?"

"우리 자신의 마음속에서 사리사욕을 비워 버리면 됩니다. 한꺼번에 하기 어려우면 단계적으로 그리고 점진적으로 꾸준히 비워 나가면 됩니다."

"그렇게 하기만 하면 참나로 원상 복귀할 수 있다는 말씀입니까?"

"그렇습니다."

보이는 것은 가짜, 보이지 않는 것은 진짜

"그걸 어떻게 확인할 수 있습니까?"

"참나 말입니까?"

"네."

"눈에 보이지 않으니 참나를 확인할 수 없다는 말입니까?"

"그렇습니다."

"우선 이걸 알아야 합니다."

"무엇을 말씀입니까?"

"우리가 눈으로 보고 귀로 듣고, 코로 냄새 맡고 혀로 맛보고, 피부로 느끼고 의식으로 감지할 수 있는 현상계의 일체 삼라만상들은 사실은 믿을 것이 못 된다는 것입니다."

"왜요?"

"한 번 생겨난 모든 상(相)들은 언젠가는 없어지게 되어 있기 때문입

338

니다. 이것을 생자필멸(生者必滅)이라고 합니다. 일단 생겨났다가 사라지는 현상들은 영속성이 없으므로 믿을 수가 없습니다. 그래서 우리 구도자들은 그 현상계 너머에 있는 생멸(生滅)하지 않는 영원하고 절대적인 것을 희구하게 됩니다.

이 경지에 도달하기 위해서는 우리가 오감과 의식으로 감지할 수 있는 일체의 것은 몽환포영로전(夢幻泡影露電)임을 깨달아야 합니다. 그런데 이제 와서 황영식 씨는 보이지 않으니 확인할 수 없다고 말합니까?"

"말씀 듣고 보니 제 공부의 수준이 형편없이 낮은 것 같습니다."

"그래서 보이는 하늘보다 보이지 않는 하늘이 진짜 하늘이라는 것을 알아야 합니다. 보이는 하늘인 해, 달, 행성, 항성 즉 일월성신(日月星辰)보다는 이들 뒤에서 움직이는, 보이지 않는 하늘이 진짜 하늘이라는 것을 알아야 합니다. 보이는 것은 허깨비고 보이지는 않지만 변하지 않는, 없으면서도 존재하는 것이 진짜입니다.

일월성신은 빅뱅을 통하여 한 번 생겨난 이상 시간이 되면 언젠가는 사라지게 되어 있습니다. 그러나 이들을 있게 한 보이지 않는 하늘은 영원히 없어지지 않습니다. 마찬가지로 눈으로 확인할 수 있는 우리의 육체와 용모는 한 번 태어난 이상 세월이 흐르면 언젠가는 사라지게 되어 있지만, 우리의 육체와 용모를 있게 한 보이지 않는 참나는 태어나지도 않고 죽어나가지도 않습니다."

"그럼, 보이는 것은 모조리 다 가짜이고 그것을 있게 한 보이지 않는 것이 진짜라는 말씀입니까?"

"그렇습니다."

"그렇군요"

"그것이 실감이 납니까?"

"아뇨. 이치로 보아 그렇다는 말이지 아직 실감은 나지 않습니다."

"왜 그렇다고 생각합니까?"

"제 공부 수준이 낮아서 그런 것 같습니다."

"그래서 보이는 것은 모조리 다 가짜이고 보이지 않는 것이 진짜라는 확신이 들 때까지 공부 수준이 높아져야 합니다."

"어떻게 하면 그렇게 될 수 있을까요?"

"그것은 황영식 씨의 마음속에서 사리사욕(私利私慾)의 응어리인 탐진치(貪瞋癡)와 오욕칠정(五慾七情)을 어느 정도 몰아내었느냐에 달려 있습니다."

저자 약력

경기도 개풍 출생
1963년 포병 중위로 예편
1966년 경희대학교 영어영문학과 졸업
코리아 헤럴드 및 코리아 타임즈 기자생활 23년
1974년 단편 『산놀이』로 《한국문학》 제1회 신인상 당선
1982년 장편 『훈풍』으로 삼성문학상 당선
1985년 장편 『중립지대』로 MBC 6.25문학상 수상

저서로는 단편집 『살려놓고 봐야죠』(1978년), 대일출판사, 민족미래소설 『다물』(1985년), 정신세계사, 장편 『소설 한단고기』(1987년), 도서출판 유림, 『인민군』 3부작(1989년), 도서출판 유림, 『소설 단군』 5권(1996년), 도서출판 유림, 소설선집 『산놀이』 ①(2004년), 『가면 벗기기』 ②(2006년), 『하계수련』 ③(2006년), 지상사, 『선도체험기』 (1990년~2020년), 도서출판 유림 및 글터, 『한국사 진실 찾기』(2012), 도서출판 명보 등이 있다.

약편 선도체험기 29권

2023년 11월 27일 초판 인쇄
2023년 12월 10일 초판 발행

지 은 이   김 태 영
펴 낸 이   한 신 규
본문디자인 안 혜 숙
표지디자인 이 은 영
펴 낸 곳   글터

주   소   05827 서울특별시 송파구 동남로 11길 19(가락동)
전   화   070 - 7613 - 9110 Fax02 - 443 - 0212
등   록   2013년 4월 12일(제25100 - 2013 - 000041호)
E-mail   geul2013@naver.com

ISBN 979 - 11 - 88353 - 56 -9   04810   정가 20,000원
ISBN 979 - 11 - 88353 - 23 - 1(세트)